ITALO CALVINO(1923-1985)

ORLANDO FURIOSO RACCONTATO
DA ITALO CALVINO · ITALO CALVINO

伊塔洛·卡尔维诺

疯狂的奥兰多

赵文伟/译

译林出版社

图书在版编目（CIP）数据

疯狂的奥兰多 / （意）卡尔维诺著；赵文伟译.
—南京：译林出版社，2012.4（2023.6重印）
（卡尔维诺经典）
ISBN 978-7-5447-2221-6

Ⅰ.①疯… Ⅱ.①卡… ②赵… Ⅲ.①短篇小说－小说集－意大利－现代 Ⅳ.①I546.45

中国版本图书馆 CIP 数据核字（2011）第 151711 号

著作权合同登记号 图字：10-2010-339 号

疯狂的奥兰多 ［意大利］伊塔洛·卡尔维诺 / 著 赵文伟 / 译

责任编辑 冯一兵 竺文治
责任印制 闻媛媛

原文出版 Arnoldo Mondadori Editore S. p. A., Milano, Italia
出版发行 译林出版社
地　　址 南京市湖南路 1 号 A 楼
邮　　箱 yilin@yilin.com
网　　址 www.yilin.com
市场热线 025-86633278
排　　版 南京展望文化发展有限公司
印　　刷 江苏凤凰盐城印刷有限公司
开　　本 850 毫米 × 1168 毫米 1/32
印　　张 13.5
插　　页 4
版　　次 2012 年 4 月第 1 版
印　　次 2023 年 6 月第 6 次印刷
书　　号 ISBN 978-7-5447-2221-6
定　　价 59.00 元

目　录

前言 1

被追赶的安杰莉卡 1

布拉达曼特与骏鹰 20

阿琪娜岛 37

奥兰多、奥林匹亚、火绳枪 54

弃妇奥林匹亚 73

哭泣岛的囚女 89

曼迪卡尔多劫走多洛丽丝 104

巴黎之役的罗多蒙特 119

阿斯图尔夫对抗卡里格兰特和奥利罗 146

克罗利达诺与麦多罗 168

魔幻城堡 192

圣剑迪朗达尔之争 206

奥兰多的疯狂 222

阿格拉曼特军中内讧 236

泽比诺与伊莎贝拉之死 252

罗多蒙特、疯狂的奥兰多、安杰莉卡 268
月亮上的阿斯图尔夫 291
布拉达曼特与玛菲萨 311
里纳尔多与鲁杰罗的决斗 333
奥兰多恢复神智 348
兰佩杜萨三对三决斗 364
罗多蒙特的结局 379

前言

1. 罗瑟兰度斯，罗兰，奥兰多

每本中世纪的历史图册中都附有一张小地图，通常涂成紫色的区域标明了法兰克国王查理曼，即此后的查理曼大帝征服的疆土。一大片紫罗兰色的云朵笼罩在欧洲上空，甚至延伸至厄尔巴岛和多瑙河之外，在西方却止于仍处于撒拉逊人统治下的西班牙边界。云朵的最下端越过比利牛斯山脉，抵达并覆盖加泰罗尼亚：这里是西班牙边区，为了从科尔多瓦埃米尔手中夺走它，查理曼耗尽了生命的最后几年。查理曼发动过许多战争，打败过巴伐利亚人、布列塔尼人和伦巴德人，相比之下，与阿拉伯人之间的战争在法兰克皇帝的征战史中微不足道。然而，在文学上，它却被无限地夸大，甚至将全世界卷入其中，图书馆中更是文章满纸。在诗人们的想像中，以及在更早前平民的想像中，事件并不是从历史的角度，而是从神话的角度展开的。

为了追溯这个神话流传的奇妙起源，有必要对那段昏暗不幸的历史情节进行一番重述。七七八年，查理曼试图远征萨拉戈萨，但很快被迫重新翻越比利牛斯山脉。撤退途中，法兰克的后卫部队遭巴斯克山民袭击，在龙塞沃惨败。据加洛林王朝的官方史料记载，法兰克的阵亡将领名单上就有一个名叫罗德兰度斯的人。

到此为止，历史，即事实的真相与史诗并无多大关联。《罗兰之歌》创作于龙塞沃灾难发生后的三个世纪，一一零零年前后，即第一次十字军东征时期：这是最准确的历史参照。当时的整个欧洲弥漫着圣战情绪，基督教世界和穆斯林世界发生尖锐的冲突。在这样的氛围下，法国诞生了一部由无名氏创作的史诗（最后一行诗中出现的名字是杜洛杜斯）：《罗兰之歌》。诗歌语言简洁、动人、庄重。史诗中的查理曼征服了除萨拉戈萨外被撒拉逊人统治的整个西班牙。马西里奥国王提议讲和，条件是法兰克军队撤出西班牙，勇者罗兰主张继续作战，但盖内隆（马冈札的盖内）的意见占了上风，结果盖内隆背叛法兰克，与马里西奥定下密谋，撒拉逊军队撕毁和平协议，在龙塞沃集结力量并突袭罗兰率领的法兰克后卫部队。圣剑迪朗达尔为天使所赐，圣骑士用它创造了奇迹，然而他身边的士兵却一一倒下。直至身负重伤，死神向其逼近，他才甘心吹响神奇的号角奥利番特，向查理曼国王求助。

无人知晓是否杜洛杜斯只是把既成事实的传统转换成了诗歌语言，也就是说，龙塞沃的传奇早已成为吟游诗人的保留曲目，这些民间说唱者穿梭于一座座城堡间，终于有一天，这些口头传诵的武功歌被凝于笔端，为诗人们将其改写成韵文或叙事散文提供了源泉。出自杜比诺大主教之手的拉丁编年史（《查理曼与罗兰的故事》）也属于后者，作为同时代的直接证据，它一次次被后世的诗人和小说家们当作权威来源提及，与此同时，这部作品也同样成文于十字军东征时期。

有一点可以肯定，《罗兰之歌》奠定了此后的悠久传统，它从杜洛杜斯严肃的军事史诗演变成讲述传奇和冒险的文学作品。有关查理曼圣骑士的武功歌不仅在法国广受欢迎，在西班牙和意大利也同样如此。在比利牛斯山那边，罗兰变成了堂罗尔丹；在阿尔卑斯山这边，变成了奥兰多。武功歌的传诵中心散布于香客朝圣的路上：通向圣地亚哥·德·孔波斯特拉的道路途经龙塞沃，朝圣者可以拜访传说中罗兰－罗尔丹－奥兰多的墓地；还有通往罗马的大道，与伦巴德人长期交战以及觐见教皇时，查理曼都经过这条路。吟游诗人在朝圣者的宿营地向公众演唱歌颂圣骑士的武功歌，公众像熟悉自己的家人一样对这些人物了如指掌。

生活在意大利的吟游诗人不止来自法国，还有一些来自威尼托，他们把法语的诗句转换成近似波河平原地区方言的语言演唱；十三至十四世纪间诞生了一种名为“法兰克－威尼托”的文学形式，人们把法语诗翻译过来，用新的武功歌加以充实。不久后，他们开始把它译成托斯卡纳方言：托斯卡纳人用丰富的音律和节奏——八行诗取代了单调的同一韵脚。

法国的《罗兰之歌》只谈到了最后一战和罗兰之死，有关他这一生的其他内容：降生、族谱、龙塞沃之前的童年和青年时期的冒险经历可以在意大利、在奥兰多的名下找到。他的父亲克莱孟的米隆，是查理曼国王的宫相；他的母亲贝尔塔，是国王的妹妹。米隆引诱少女后，为了逃离舅哥君主的盛怒，将其劫持，逃往意大利。有资料表明，奥兰多出生在罗马尼阿大区的伊莫拉城，另一些资料则认为，他出生在拉齐奥大区的苏特里：毋庸置疑，他是意大利人。

所有这一切并不能使其成为现代意义上的“人物”。在杜洛杜斯和化名为杜比诺的作者笔下，他严肃不苟的典范形象（他是狂热的禁欲主义者：从未亲近任何一个女人，甚至包括他的妻子）留存在意大利的诗篇中，带着浓厚的忧郁色彩，以及不受欢迎的身体特征：他的眼睛斜视。

与奥兰多被赋予太多责任相比，他的堂兄，克莱孟的里纳尔多（在某篇法国武功歌中他被称作雷诺）的形象被凸显出来，这个充满冒险反叛精神的圣骑士，甚至从未屈服于查理曼的强权。因此，在意大利的民间史诗中他立即成为最受欢迎的英雄。与抬高里纳尔多的主人公地位相对应的是对查理曼的贬低，查理曼几乎被塑造成一个年老昏聩的喜剧人物，同时，史学家的文章中还折射出封建陪臣或归尔甫城邦反抗皇权的自治精神，当然，这两个特征首先是为叙事节奏服务的。

英勇忠诚的克莱孟人对背信弃义的马冈札家族充满憎恨，武功歌追查到了在龙塞沃叛变的盖内隆的祖先。这一主题是在虚构的背景下展开的：查理曼一方征服了西班牙，这一年代错误被另一个对称的年代错误抵消了：撒拉逊军队比在卡洛·马尔泰洛时期更加深入法国腹地，异教徒甚至长期包围巴黎内城。与这些主题平行的是，意大利的骑士诗还涉及到法兰克和伦巴德之间的战争、圣骑士在东方的奇遇以及他们和穆斯林公主的恋情。

武功歌所展现的“时代”，总而言之，是对所有时代和战争的浓缩，尤其是伊斯兰与基督教欧洲之间的相互挑衅，时间从卡洛·马尔泰洛时期跨越至圣路易九世时期。恰恰是在人们不再关注十字军所面临的宣传压力和军事负担时，圣骑士和异教徒之间的决斗和战争才演变成纯粹的叙事题材，以及每次冲突、每次原谅、每次冒险的象征，摩尔人包围巴黎就像特洛伊战争一样，只是个神话。

渐渐地，城堡和城邦中具备阅读能力的人从学者和教士扩展到平民，他们在传播为背诵和演唱创作的诗歌之外，还传播散文体的短篇小说，这些小说最先是用法文写成的，其后是托斯卡纳语。散文体小说不仅涉及发生在加洛林王朝的事件，还讲述不列颠的传说，如亚瑟王、圆桌会议、寻找圣杯的骑士加拉哈、梅林的魔法、吉妮维尔的情人以及伊丝塔。这个由奇幻和爱情故事组成的世界在法国民间如此受欢迎，（并由此蔓延至英国），以至取代了加洛林王朝一本正经的诗歌。与之相反，意大利的读物仍讲述宫廷贵族和贵妇的故事，意大利人民仍然忠实于奥兰多、盖内隆和里纳尔多。圣骑士和摩尔人之间的决斗已经深入人心，并成为极其传统的文化宝库民间文学的一部分。

在意大利南部地区，那不勒斯的说唱艺人（至少到一个世纪前）、西西里的木偶剧院（存活至今）以及西西里小推车侧面的图画都表明奥兰多的故事直至今日仍在民间流传。木偶剧院的保留节目从诗歌、十六世纪的韵文、十九世纪的作品中汲取养料，将故事按段落呈现，表演时间持续几个月，甚至一年，或者更长。

普及义务教育后，有几本书开始在传统上没有阅读习惯的意大利乡间传开。读的最多的是一本经过花样翻新和拙劣修改的编年体史书《加洛林皇室》，这本歌颂加洛林王朝的散文体武功歌写于十四到十九世纪间，作者是托斯卡纳说书人安德烈·德·巴贝里诺。

2. 奥兰多如何坠入爱河

知识分子和民间艺术作品之间一直存在着（特别是在当今这个世纪，“群众文化”呈现多种现代形式，首当其冲的是电影）一种相互关系：起初是拒绝，十足的蔑视，之后是讽刺的兴趣，再后来是发现了在其他地方徒劳寻找的价值。最后，文化人和高雅的诗人将幼稚的娱乐据为己有，并随之加以变形。

文艺复兴时期的骑士文学就是这样形成的。与此同时，十五世纪中叶，在意大利两个最优雅的宫廷，即佛罗伦萨的美第奇和费拉拉的伊斯特，奥兰多和里纳尔多的故事从民间的广场升入文化人的厅堂。佛罗伦萨曾经有一位不太入流的诗人路易吉·浦尔契（1432–1484）（在非凡的洛伦佐的母亲的委托下）将已经为人熟知的冒险故事写成了韵文，但带有讽刺滑稽的目的。此外，这首诗并没有以主人公圣战士的名字命名，而是借用了其中一个配角，被奥兰多打败并成为他侍从的摩尔干提的名字。

在费拉拉，伊斯特宫廷的一位显贵，斯坎迪亚诺伯爵马太奥·玛丽亚·博亚尔多（1441–1494）以超然的精神面对骑士史诗，和其他对现实不满的人一样，他的内心也流露出某种忧伤和乡愁，企图让过去的鬼魂复活。布列塔尼小说在费拉拉宫廷很流行，书中充斥着魔法、神龙、仙女和单枪匹马的游侠；这些神话故事和加洛林史诗的相互浸染已经在一些法国诗歌和很多意大利诗篇中显露，在博亚尔多的作品中，这两个流派首次和人文文化相遇，并试图越过地中海，与波河流域的古老经典融合。然而，诗人的技巧尚显原始，诗句所传达的丰富生命力在很大程度上来自诗歌本身的生涩滋味。《热恋的奥兰多》，在作者去世时仍未完结，诗句粗粝，是用一种不确定的意大利语写成的，而且不断超越方言的范畴。它的幸也是它的不幸；其他诗人向其投注的爱意里充满了殷切，他们仿佛向某种不适应通过自身力量存活的生物提供帮助，最终使其失色或者从传播中消失。十六世纪，托斯卡纳方言的使用在文学语言中占据了首位，贝尔尼用意大利文重写了整部《热恋的奥兰多》，如果这首诗不被重写，三个世纪都不会再版，直到十九世纪，真正的原文才被发现，它之于我们的价值正像清教徒非难的那样：它是用一种源自波河平原地区方言的“异样”意大利语写成的不朽作品。

然而首先《热恋的奥兰多》的光芒被《疯狂的奥兰多》遮蔽了，也就是说卢多维科·阿里奥斯托在博亚尔多死后十几年开始着手创作，这种持续的状态立刻呈现出另一番模样：十五世纪粗糙的外表到了十六世纪却像花果繁盛的植物般绽放。

这种幸与不幸仍在继续：我们在这里要讲的是，《热恋的奥兰多》只是《疯狂的奥兰多》的“祖先”，这样匆匆带过，就像是“对上一集剧情的总结”。我们知道这样做是错误和不正确的：两首诗是两个独立的世界，但我们缺一不可。

传统的奥兰多，就像人们曾经说过的那样，在他少数的心理特征中有一点是贞洁的，爱欲无法侵入的。博亚尔多作品的新意在于展现了一个热恋的奥兰多。为了抓住基督教圣骑士，特别是那两个堂兄弟——奥兰多和里纳尔多，契丹国王加拉弗洛尼（又说是中国国王）将他的两个孩子派往巴黎：美貌绝伦的安杰莉卡，善施巫术；斗士阿加利亚，手持魔法兵器，他的头盔可以抵挡各种刀刃。这样好像还不够，他们还有一枚隐身戒指。

阿加利亚发起挑战：谁将其击落马下，就能得到他的妹妹；谁被他击落马下，将成为他的奴隶。安杰莉卡甫一出现，所有在场的骑士，无论是基督徒还是异教徒（当时是复活节休战期，他们都来参加马上比武）都爱上了她，就连查理曼国王也为其神魂颠倒。阿加利亚经过一番幸运的决斗后，被撒拉逊人费拉乌（在意大利被称作费拉古托）杀死，然而为了争夺美丽的战利品，奥兰多追上了获胜者。安杰莉卡趁机逃走，并隐身起来，里纳尔多（在意大利被称作拉纳尔多，或拉伊纳尔多）徒劳地追赶。逃跑途中，口渴的安杰莉卡饮下了神奇的泉水：这是一眼爱情泉，这个美人爱上了里纳尔多。里纳尔多也喝下了被施了魔法的泉水，这眼泉却意味着无情：爱慕变成了敌意，他开始躲着安杰莉卡。离开里纳尔多就不能活的安杰莉卡，用一艘魔法船将里纳尔多绑架，但他并不知情，冒险踏上一个又一个岛屿后，终于从她身边逃走。撤回契丹，藏身阿尔布拉卡堡垒的安杰莉卡被鞑靼国王阿格里卡内和索卡西亚国王萨克利潘特包围，他们也不幸地爱上了她。第一个国王有妻子。为了保护安杰莉卡，仍然爱着她的奥兰多摆脱所有魔法，前来援助。他和阿格里卡内决斗了一天一夜后将其杀死。这场决斗（第一卷，17-19篇）恰恰是整首诗中最受欢迎的情节：决斗过程中，身心疲惫的两位勇士躺在草地上，仰望星空：奥兰多谈到上帝，阿格里卡内悔恨自己一直以来的无知。黎明时分，他们重新拿起武器，阿格里卡内身负重伤，临终前，他请求敌手为自己施洗。

讲述发生在阿尔布拉卡周围的战争和决斗并不是件容易的事，因为总有新的军队和勇士出现，安杰莉卡的父亲加拉弗洛尼想为死去的儿子复仇，印度的玛菲萨王后从来武器不离身，每个人都在同一时间进行着一场属于他自己的特别的战斗，并频繁交换敌人和盟友。憎恨着安杰莉卡的里纳尔多也来了，规劝他的堂弟奥兰多不要迷失在无望的激情里。安杰莉卡听凭奥兰多（此人，作为一名完美的骑士，洁身自好不去碰她）保护自己，但她只想着怎样才能不让奥兰多的嫉妒心伤害到里纳尔多的性命。无数次要的有关仙女、巨人和巫术的故事就像从主干事件上分出的枝杈：比如，安杰莉卡交给奥兰多一项艰巨的任务，让他去解救一座被施了魔法的花园，这样她就成功地将奥兰多的精力从与里纳尔多的争执中分散出来。

圣骑士向东方挺进时，法国一直承受着一轮又一轮新的入侵。

首先是塞卡利那（意即丝绸之国，指中国）国王格拉达索囚禁了查理曼国王，后来又被阿斯图尔夫打败，后者在毫不知情的前提下占有了死去的阿加利亚的魔法长矛。接下来是非洲国王阿格拉曼特命罗多蒙特（在意大利他的名字是罗达蒙特）国王在普罗旺斯登陆，派马里西奥国王（仍然是在盖内隆的唆使下）翻越比利牛斯山脉。里纳尔多返回助处于险境的查理曼国王一臂之力，安杰莉卡也随之前来，身后跟随着奥兰多。他们又路过那两眼被施了魔法的泉水，这次是安杰莉卡喝下了憎恨泉的泉水，里纳尔多饮下的则是爱情泉。奥兰多和里纳尔多再次成为对手；如此关键的时刻，两个堂兄弟却只考虑个人恩怨。

于是查理曼国王自荐为公断人：先把安杰莉卡交给巴伐利亚老公爵纳莫照管，然后再转交给那个在对异教徒作战中表现更勇猛的战士。在比利牛斯山脉附近的蒙塔尔巴诺迎来了决定性的一战：说它有决定意义首先是因为，尽管博亚尔多继续用几个诗节叙述了巴黎被困的情形，但阿里奥斯托是从这场战役开始把各种人物线索重新串接在一起的。这场战役具有决定意义还在于，特洛伊的赫克托耳的后裔，撒拉逊骑士鲁杰罗遇到了基督教女武士，里纳尔多的妹妹布拉达曼特（在意大利叫布拉迪亚蒙特，或布拉迪亚曼特，或布拉迪曼特，或布兰迪亚曼特），他们由敌人变为恋人。

这个情节重要是因为博亚尔多意图（受伊斯特的埃尔科莱一世的明确委托）证实伊斯特家族起源于里萨的鲁杰罗和克莱孟的布拉达曼特的结合。在那个时代，哪怕是假想的家谱，都有着至关重要的意义：伊斯特的敌人们散布谣言，说费拉拉的贵族是臭名昭著的盖内隆的后代；他们需要借此寻求避难之所。博亚尔多引入族谱主题时，诗歌的创作已经进展超前，没有时间展开叙述。这回轮到阿里奥斯托完成这个任务。然而与看起来对此很重视的埃尔科莱一世相比，他的儿子，阿方索一世和红衣主教依波利多却对这些幻想很少在意。此外，阿里奥斯托当然不具备宫廷谄媚者的特质，尽管如此，他还是诚心对待事先交待的工作，一丝不苟地做事。这么做有他的道理。首先，这是一流的叙事主题：两个恋人是分属敌对阵营的忠诚战士，因此他们的命运绝不可能像指派的那样，因为婚姻连在一起；其次，这样就可以把盛行骑士的神话时代与费拉拉和意大利当时发生的事件捆在一处。

3．贤明的卢多维科与疯狂的奥兰多

费拉拉作为史诗之都的历史长达一个多世纪。文艺复兴三大诗歌——《热恋的奥兰多》、《疯狂的奥兰多》，甚至苏莲托人托夸多·塔索创作的《被解放的耶路撒冷》都诞生在伊斯特的宫廷里。

为什么波河平原上的这块土地蕴含了如此丰富的八行诗，诗行间长矛飞舞，马蹄声疾？面对如此深不可测的主题，任何解释的企图都是枉然，但有一些事实摆在眼前：费拉拉是个富足的社会，奢华享乐触手可及；这是个有文化的社会，它自创了大学，一个重要的人文科学研究中心；最主要的是，这是个军事社会，费拉拉在威尼斯、教皇国和米兰公国间建立了一个自我防御的国家：作为一块重要的领土，当时的波河平原也是欧洲各国常年征战之地，因此，这也成为法国和西班牙在欧洲大陆争夺霸权的所有争端的部分起因。但是在弗朗西斯科一世以及卡洛五世统治时期，新型的中央集权国家开始成型，理想化的意大利城市公国则逐渐衰落。在《疯狂的奥兰多》诞生时的费拉拉，武士的荣光仍然是构建所有价值体系的基础，然而时至今日，武士已然成为越发粗俗的外交军事游戏中的走

卒。这首诗继续在两个时间平台上分开叙述：一个是骑士神话（在这里，吸收了奇异的阿拉伯色彩的加洛林王朝的史诗背景消失不见），另一个是当时的政治军事，一股富含生命力的潮水从圣骑士时代涌向十六世纪意大利的战争（在这里，对伊斯特宫廷的颂扬更多地与意大利被入侵损毁的苦涩重叠在一起）。

这个不相信骑士武功歌，却把他全部的力量、激情以及对完美的渴求倾注其中，在一首诗中精心描绘圣骑士和异教徒之间冲突的卢多维科·阿里奥斯托是谁？这个为现实的世界、本该有的世界、会怎样的世界内心煎熬着，却又用反讽的智慧将它多彩多姿的奇观呈现出来的诗人又是谁？

作为费拉拉公爵的办事员和勒佐·艾米利亚一位贵妇的儿子，一四七四年卢多维科·阿里奥斯托出生于勒佐·艾米利亚，受教于费拉拉，三十岁上下，开始为阿方索一世公爵的弟弟，红衣主教依波利多担任秘书一职。为了完成外交使命，他频繁往来于邻国的首都，曼托瓦、摩德纳、米兰和佛罗伦萨，并多次赴罗马调和费拉拉和教皇（先是朱利奥二世，后是利奥五世）之间的紧张关系。

是在做朝臣，而是作为一个肩负责任和信赖

处奔走，有时还会遭遇危险、经历奇遇（朱

那段时间）。尽管年月动荡，工作繁重，身处

或必要的精力在抒情诗、喜剧和七首讽刺诗

兰多》，这些作品最好地描绘了诗人的性格，

命中的遗憾和有节制的满足。

一五一八年，他没有跟随被任命为布达佩斯主教的红衣主教依波利多，而是转投阿方索公爵门下。这次的任务比先前更为艰巨，因为有三年的时间他需要驻留在伊斯特的迦法格纳山区，担任那里

的行政长官，这个职位名大于实，他要做的是让那个无情世界里的封建暴民，也就是当时亚平宁山谷的野蛮人，学会遵守法律。只有在从一五二五年到他去世的那年即一五三三年间，他才过上了宁静的生活，他再次返回费拉拉，担任宫廷演出总管。

他把三十年真正的生命献给了《疯狂的奥兰多》。一五零四年前后开始提笔，可以说此后从未间断过，因为这样一部诗作是没有尽头可言的。一五一六年出版了最早的四十歌版本后，阿里奥斯托试图追写续篇，但最后中断（死后出版的所谓《五歌》）：最初创作的想像力、冲动的幸福感好像离他远去。他继续修改四十歌，润色词句，打磨语言，他所做的工作在一五二一年出版的不附带续篇的第二版中清晰可见。《疯狂的奥兰多》多中心、共时性的结构中，事件就像树木的枝杈四方伸展，相交后继续岔开，拓宽这种诗歌的真正方法是使其从内部膨胀，从一个情节扩散到另一个情节，创造新的对称和冲突。用这种方法，诗歌自然是从头就构建起来的；用这种方法，作者继续扩充诗歌的容量，直到去世前夕：四十歌选定版于一五三二年出版。

诗歌的主题是奥兰多如何在不幸爱上安杰莉卡后变得疯狂愤怒；基督教军队如何在第一勇士缺席的情况下，遭受失去法国的危险；疯子失去的理智（盛放理智的容器）如何被阿斯图尔夫在月亮上找回，使其重新附在法定主人的体内，并使其回归行伍之列。平行主题是拦在鲁杰罗和布拉达曼特通往结婚道路上的障碍，以致前者无法从撒拉逊的营地过到法兰克的营地，接受洗礼，并迎娶后者。与这两个主题交织的是查理曼和阿格拉曼特在法国和非洲交战；罗多蒙特在摩尔人包围巴黎时大开杀戒；阿格拉曼特阵营内部的矛盾，直至双方阵营的多名勇士齐算总账。

我歌颂，爱情和贵妇，骑士和武器①，
歌颂礼节谦恭和如许无畏的功绩；
我的故事源自古老的过去，
摩尔人同他们的国王阿格拉曼特②
乘舰经非洲而来，劫掠法兰西③。
心中充溢着年轻的怒气，
发誓报复查里曼，罗马的皇帝④，
为死去的特洛伊。

同时我还讲述有关奥兰多⑤
从未写成散文或韵文的故事⑥。
为了爱情，他变得愤怒乖戾⑦，
宁可舍弃过往贤明的荣誉。
是她将我变成这个样子⑧，

---

① 这是阐明诗歌主题的开篇诗，此后祈求神灵或灵感的诗句与献词交织在一起。这里交代了有关武器的主题（有关查理曼的一组诗歌）以及爱情的主题（有关亚瑟王的一组诗歌）。

② 阿格拉曼特：非洲国王，亚历山大大帝的后裔。

③ 摩尔人或阿拉伯人与法兰克人交战的时代。这场战役是假想的。事实上，阿拉伯人进攻法兰西发生在卡洛·马尔泰洛和丕平时期。

④ 罗马皇帝：公元八零零年的圣诞节教皇利奥三世将查理曼加冕为罗马皇帝。

⑤ 奥兰多：历史上，他是米隆的儿子，布列塔尼边区的总督，战死于龙塞沃。在法国的英雄史诗中，他是查理曼最勇敢的圣骑士，一个严肃贞洁的勇士。

⑥ 故事：疯狂。

⑦ 愤怒乖戾：陷入愤怒的心境，变成一个疯子。这就是《疯狂的奥兰多》的由来。

⑧ 她：亚历山德拉·贝努齐，费拉拉人提托·斯特罗齐的孀妇。一五零五至一五零六年间阿里奥斯托已经开始写这首诗，一五一三年后，也就是在他认识贝努齐之后应该已经修改了八行诗。一五二六到一五三零年间，诗人秘密迎娶了亚历山德拉。

点滴分秒消耗我的天资。
不过我会在其中沉溺，
足以完成我的盟誓。

赫克托耳慷慨高贵的子孙，
我们这个世纪的荣耀和华光，
依波利多，作为谦卑的奴仆[1]，
我将满足您的愿望。
我亏欠您的，一部分用言语，
另一部分用作品补偿。
不要怪我给的太少，
我能给的将全部奉上。

你们位于最可敬英雄的行列，
我准备赞美你们的名字。
记得你们中间那个鲁杰罗[2]
有着显赫的祖先古老的世系。
如果你们愿意听，
我将追述他的勇猛战绩。
先让你们的深忧暂缓[3]，

① 依波利多：伊斯特宫廷的红衣主教。埃尔科莱一世之子，费拉拉公爵阿方索的兄弟。一五一六年，阿里奥斯托发表这首诗的第一版时，还在他手下效力。

② 鲁杰罗：里萨的鲁杰罗二世和为爱而皈依基督教的阿格兰特国王的女儿生下的儿子。赫克托耳之子阿斯蒂阿纳克斯的后人。据说他是伊斯特家族的祖先。

③ 深忧：政治、军事和宗教方面的深层忧虑。

且到我的诗句中去。

奥兰多这个人物既处于中心又远离中心；根据民间诗歌的说法，他的道德水准高出人类范畴，对激情具有免疫力。在博亚尔多的诗歌中，这个坠入爱河的人抵制住每一次诱惑，超越人类的尺度（穿越层层迷雾以及嫉妒的煎熬），进入最盲目的兽界。在这次意想不到的赤裸鬼魂附体后，奥兰多即使没变成一个真正意义上的人物，也是一个鲜活的诗歌形象，这一点在那一长串把他的形象描绘成戴头盔穿铠甲的武功歌中是无法找见的。

需要说明的是，《疯狂的奥兰多》中的主人公尽管辨识度很高，却从来不是全面立体的人物。虽然博亚尔多是个不善雕琢的诗人和讲述者，却在性格刻画上下了很大力气。阿里奥斯托，尽管具有微小画大师的细腻笔触，却把重心放在生命能量的频繁流动上，而没有关注个体肖像的饱满度。比如，在博亚尔多的作品中，英国人阿斯图尔夫，可以说，是以一个喜剧英雄的形象被塑造出来的，他的幸运和背运都属偶然；在阿里奥斯托那儿，他却变成诗歌的中心发动机之一，失去了《热恋的奥兰多》所传达的心理特征。他从不显露自身，他是怎么想的，他的感觉如何都无从知晓，相反，也许正因如此，阿里奥斯托的精神（那种不听凭他人掌控和界定的存在）才主要体现在他的身上，月球探险者绝不大惊小怪。他的生活被奇妙的事物围绕，他利用这些有魔力的物件、奇异的书籍、变形体、蝴蝶般轻盈的、长着翅膀的飞马达到全理性的目的，并从中得到实际的好处。

4. 基督徒和异教徒

如果《疯狂的奥兰多》的每个序言都这样开场：可以从这首诗延伸至另一首诗，并形成一个由无数诗组成的圆圈，这些诗本身又会从原作引出根源……读者会顿时感到气馁：如果在开始阅读之前就要置身所有的先前作品，先前作品之前的作品的洪流里，那么什么时候才能真正读到阿里奥斯托的诗作？事实证明，每个序言都是多余的：《疯狂的奥兰多》在此类作品中是独一无二的，几乎应该说，阅读可以在不提及任何先前或之后作品的情况下进行。这是一个独立的世界，人们可以在其中纵横捭阖，进去，出来，甚至迷失方向。

作者把对这个世界的创建当作一种延续、一种附录、一种对他人作品的续写，这是阿里奥斯托极其谨慎的表现，是英国人所谓的"轻描淡写"的实例，更确切地说，是一种特别的自嘲精神促使他将伟大重要的事情缩小化。

关于回忆，读者和作者可以在简短的几个诗节里匆匆带过。

奥兰多长期爱恋①
美丽的安杰莉卡②，

---

① 阿里奥斯托在此快速地总结了另一位大诗人马太奥·玛丽亚·博亚尔多（1441–1494）在他的诗作《热恋的奥兰多》中讲述的奥兰多的前事。"疯狂"恰好在"热恋"中断的地方开始。更确切地说，阿里奥斯托是在博亚尔多停笔的那一点稍稍靠后的地方重新开始讲述的，博亚尔多描述基督徒打了败仗，因此他已经开始讲述有关巴黎围困的事情。而在《疯狂的奥兰多》中，我们又回到发生在比利牛斯山区的冲突的高潮部分。

② 安杰莉卡：契丹国王加拉弗洛尼的女儿。非常美丽且不可捉摸。在《热恋的奥兰多》中她已经令很多基督教骑士神魂颠倒，其中包括奥兰多和里纳尔多。两个圣骑士追随安杰莉卡来到东方时发生的事情，构成了博亚尔多诗歌的主题。

留下无数不朽的战利品，
为她征战印度、米底亚和鞑靼[①]，
同她一道返回西方。
在雄伟的比利牛斯山脚下，
查理曼国王和法国、德国人
在旷野之上驻扎，

为了让马西里奥和阿格拉曼特国王[②]
再次为他们的疯狂冒失悔恨悲叹[③]，
一个曾在非洲聚集民众[④]，
人人手持长矛和宝剑；
另一个将西班牙推到阵前[⑤]，
企图毁灭法国人的家园。
奥兰多恰巧在此时赶到，
很快就后悔来到这边。

人类的判断常常谬误，
他的女人在这儿被夺走。

① 印度泛指整个亚洲南部；米底亚对应的是里海以南的中部地区；鞑靼是指契丹以西的地区，阿里奥斯托用这三个地名借指东方。出于对安杰莉卡的爱，奥兰多曾在这里立下赫赫战功。

② 马西里奥：撒拉逊人加拉弗洛之子，继承了西班牙王位。他是一个传奇人物，历史上并无其人。

③ 再次：指的是撒拉逊人，据传奇所言，曾被查理曼一方打败。

④ 一个：阿格拉曼特。

⑤ 另一个：马西里奥。

从西部打到东部海岸，
为了保护她征战许久。
在他的土地上，在许多朋友面前，
夺走她无需动用宝剑。
明智的皇帝想扑灭爱的火焰，
从他的身边将她夺走。

伯爵和堂兄里纳尔多[1]
在几天前干了一仗，
双方都垂涎罕有的美貌，
爱欲燃烧，心怀激荡。
查理曼不喜欢这样的争执，
于是不愿帮他们的忙。
他夺走争斗的根由，
将姑娘交到巴伐利亚公爵[2]手上。

在那场冲突和野战中，
谁杀死最多的异教徒，
谁的贡献对事业有益，
查理曼就拿她作奖励。
然而事实违背心意，
基督徒们纷纷逃离。

---

① 里纳尔多：克莱孟的阿莫内和巴伐利亚的贝阿特丽斯的儿子，阿莫内是奥兰多的父亲米隆的兄弟。

② 巴伐利亚公爵：老纳莫，在加洛林王朝的传奇中他是查理曼大帝的朋友和顾问。

公爵和许多人沦为囚徒，
留下大帐荒废在那里。

说到这儿，我们还要继续跟随跑进树林的安杰莉卡，和她那如同绘制在挂毯的完美背景上的苗条侧影。她的四周围绕着三名骑士，分别是里纳尔多、费拉乌和萨克利潘特，不过他们也许有其他的名字，因为他们的作用就像是在芭蕾舞中表演翻筋斗和决斗。此外，第一章中出现的三名骑士接下来都没能成为重要人物，即便里纳尔多的英勇和功绩为《疯狂的奥兰多》中的很多情节提供了素材，他也一直是个配角。他们首先是《热恋的奥兰多》中的人物，在新诗的开始，他们几乎是请求他人允许自己退到第二纵队，好为那些不按排名先后出场的灿若群星的主人公让路。

少女本是获胜者的奖品，
只身留在纳莫的帐篷里。
战争未结束就跳上马背，
并抓住合适的机会逃离。
预知那一天的命运女神
将与基督教的信仰为敌，
进入树林，在狭窄的路上，
再次与徒步的骑士相遇。

穿着铠甲，戴着头盔，
腰挎宝剑，手持盾牌。
骑士在森林中飞奔，

比赢得红色锦旗的半裸农夫还要轻快[①]。
胆小的牧羊女从未如此飞速
从残忍的毒蛇身边逃开，
安杰莉卡迅速调转马头，
因为意识到骑士徒步而来。

他就是那个勇敢的圣骑士，
蒙塔尔巴诺的阿莫内之子[②]。
虽然拥有骏马巴亚尔多[③]，
却奇怪地让它从手中逃离。
他定睛观看那个女子，
认出她即使在很远的距离，
天使的外貌，美丽的样子，
令他落入爱情的大网里。

女人将马头向后转，
在丛林中策马疾驰。
不在乎哪条路最好最安全，
不在乎树木稀疏抑或稠密。
苍白，颤抖，疯癫，

① 锦旗：颁给跑步比赛中获胜运动员的锦缎。费拉拉的斯齐法诺亚宫保存了一些壁画，其中描绘了在伊斯特时代很流行的跑步和骑马比赛的场景。

② 阿莫内之子：里纳尔多。

③ 《热恋的奥兰多》中讲到，里纳尔多下马和鲁杰罗比武，他的坐骑突然逃走，再也追赶不上。巴亚尔多：这匹骏马在骑士文学中就以敏捷和飞速著称。博亚尔多在阿里奥斯托之前借用了这一概念。

任凭马儿奔跑向前，
上上下下，在危险的荒野间，
四处打转，来至河边。

费拉乌出现在河边①，
尘土满面，大汗淋漓，
想饮水和休息的欲望
将注意力从战场转移。
而后不情愿地留在这里：
因为急匆匆地吞咽河水，
不慎将头盔落入水里，
却再也无法将它找回。

使出浑身的力气，
少女惊声地呼喊。
听到声音跳上河岸，
撒拉逊人看着她的脸。
尽管因恐惧而花容失色，
还是立即认出了这张容颜。
好几天没有听到她的消息，
美丽的安杰莉卡无疑就在面前。

① 费拉乌：法西罗内的儿子，马西里奥的侄子。在《热恋的奥兰多》中，费拉乌（费拉古托）迷恋安杰莉卡，杀死了她的哥哥阿加利亚。他向后者许诺把尸体连同武器一同抛入河里，同时请求后者允许他保留几天头盔，但他没有遵守诺言，既定的限期到了，还没有归还头盔。博亚尔多描述了《疯狂的奥兰多》之前发生的事情：坠入爱河、与阿加利亚决斗、定约及食言。

他熟知骑士的礼貌，
胸中的爱火和堂兄弟一样热烫[①]，
他会尽全力帮忙。
勇敢自信仿佛有头盔保障，
抽出宝剑，跑向里纳尔多。
面对威胁，后者毫不惧怕慌张。
很多次他们不止见面[②]，
而是通过武器交手干仗。

徒步而战，宝剑出鞘，
一场残酷的搏斗开始上演。
铁砧都禁不住他们的击打，
何况是锁甲斗篷和金属片[③]。
必须加快马的步伐，
趁着二人胶着作战。
朝着树林和田野奔去，
安杰莉卡策马加鞭。

二人徒劳地激战许久，
谁也没将对手制服。

① 堂兄弟：奥兰多和里纳尔多。

② 他们在《热恋的奥兰多》中决斗过。

③ 金属片和锁甲斗篷：组成铠甲（护臂、护肩、胸甲）的金属片以及套在铠甲下面的用细小的铁环相套形成的锁甲斗篷。

因为在使用武器方面，
谁也做不了对方的师傅。
是里纳尔多采取行动，
第一个面对费拉乌，
说他胸中一腔怒火，
遍体燃烧，无法静处。

他对异教徒说：“你以为只伤害了我，
却不知同时也伤害了你。
若这事发生是因为明亮的眼睛[①]
点燃了你心中的爱情，
把我耽搁在这里你又有何获利？
即使捉住我或将我杀死，
也不会因此得到美丽的女子。
我们迟疑的时刻，她已经离去。

如果你也爱她，
最好立刻上路，
趁她还未远离，
就把她给抓住。
等她落入我们之手，
我们再举剑比武。
否则长此苦战下去，

① 这事：决斗。

结果只有损失和错误。”

异教徒赞成提议，
于是将决斗推迟。
停战立时生效，
仇恨愤怒顿消。
异教徒离开河边，
并没留下里纳尔多徒步向前。
礼貌地邀请他上马，
骑马去追安杰莉卡。

啊，古代骑士多么的高尚，
他们是对手，有着不同的信仰，
刚才还激烈地搏斗。
全身仍感到伤口痛得慌，
穿行在阴暗的丛林崎岖的小路上，
却没有一个人怀疑对方。
异教徒刺了马身四次，
二人来到一个岔路旁。

因为他们不知少女
去了这里，还是那里，
（不过这也没什么分别，
两条路上都有她的行迹）
他们把裁断权交给命运。

里纳尔多走这里，撒拉逊人走那里，
费拉乌在树林中转来转去，
最后回到了原地[①]。

拥有“不同的信仰”在《疯狂的奥兰多》中无异于棋盘上棋子的颜色不一。十字军东征时期，圣骑士在基督教和伊斯兰教之间一定要争个你死我活的典型价值观已经远离。事实上，向前走的任何一步好像都不是为了理解他者、异教徒、摩尔人：人们仍旧把伊斯兰教徒称作异教徒、多偶像崇拜者，他们把狂热的崇拜归因于怪诞的神话三位一体（阿波罗、梅肯、特马根）。然而在价值和文明方面，它们和基督教是被放在平等的平台上展现的；几乎没有任何异域特征或与西方不同的服饰标记。(尽管异域标志在博亚尔多的诗中有所体现，诗中表现了躺着的撒拉逊人。“像猛犬一样——躺在地毯上，依照他们的习俗——蔑视法国的习惯。”）他们是和基督教骑士一样的封建贵族，即使现代军服的惯常差异也很难将他们区分开来，因为敌手们在作战的同时，经常交换胸甲、头盔、武器和坐骑。

事实上，摩尔人是一个无需任何历史和地理参照的奇妙存在体。但它不是抽象的存在：相反，人们会说，从奥兰多直接对抗罗多蒙特开始，敌营里的一切都是具体的、有特色的、庞大的。

文学史家对这首诗的题材，也就是阿里奥斯托对过去的中世纪是怎样一个态度，特别是对骑士精神的看法，有诸多讨论。尽管通过讽刺和神话变形来看待武功歌中的英雄，他从未试图弱化骑士的美德，从未降低那些理想人类设定的高度，即使对他来说，仿佛除

① 原地：他出发的地方，也就是头盔落水的河边。

了为一场庄严动人的游戏寻找托词外已然没有其他选择。

阿里奥斯托就像是个透明、快乐，没有困扰的诗人，但他依然保持着神秘感：在他顽固娴熟地构建一首又一首八行诗时，他好像首先忙着将自己隐藏起来。当然，他离塞万提斯的悲剧性深度还很远，一个世纪后，《堂吉诃德》完成了对骑士文学的瓦解。但是当教区神父和理发师放火焚书时，从让拉·曼却的乡绅为之疯狂的图书馆里抢救下来的少数书籍里面有《疯狂的奥兰多》。

5. 八行诗

《疯狂的奥兰多》从一开始就宣告了这首诗的韵律，或者更确切地说，宣告了一种独特的贯穿始终的韵律，虚线曲折的韵律。我们可以在欧洲和非洲的地图上跟随延续的相交分岔画出这首诗的图样，但是仅凭第一章就可以解释所有的追赶、误投、偶遇、慌乱和计划的变更。

我们是被奔驰的骏马和人心的断续绘制的Z字形引入诗歌的精神里面去的；行动迅捷的欢愉立即与一种可支配空间和时间的开阔感混合在一起。心不在焉的前行不止属于那些追赶安杰莉卡的人，也属于阿里奥斯托：可以说，诗人在开始讲述前，对如何编织情节不甚了解，但接下来，却用精确的预谋指引行文的计划；但有一点很明确：把这种冲动和自如讲述加在一起，也就构成了那个我们可以界定的——用一个意义深远的词汇来说——在阿里奥斯托诗歌中“漂泊”的韵律。

我们可以在整首诗的音阶或者每一章中最细小的音阶、诗节或诗句中发现这些属于阿里奥斯托的空间特征。八行诗是我们可以识别阿里奥斯托独特性的一种格律：阿里奥斯托在他的八行诗里散步，并居住其中，奇迹的产生首先源于他的自在从容。

主要有两个原因：一是，八行诗的诗节在本质上适合发表长篇大论，阿里奥斯托用松散戏谑的语调替代了崇高抒情的语调；二是阿里奥斯托的作诗方式，他并不拘泥于种别，没有像但丁那样，用对称规则约束很多事先设定的诗章以及诗章中的很多诗节（最短的诗章包含七十二首八行诗，最长的一百九十九首），首先他没有提出按主题进行严苛的分段。诗人可以随性而为，如果愿意，别人用一个诗句就可以完成的叙述，他可以多用几个诗节，或者把本可以成为长篇大论的主题浓缩成一句。

阿里奥斯托八行诗的秘密在于遵循口头语言的多重节奏；在于充满那种被定义为“语言中不可或缺的配件”，同样，还在于讽刺意味的玩笑。但是对口语的记录只是并存在同一诗节里面、从抒情到悲剧到箴言的很多语言方式中的一种。阿里奥斯托的语言简要得令人难忘，他的很多句子都成了谚语：“你看，人类的判断到头来常常是谬误。”或者：“啊，古代骑士多么的高尚！”但是实现速度转换的不只是这些插入句。可以说，八行诗的结构建立在断续的节奏上：一对韵脚代替了连在一起的六个诗句，接下来，是两个连韵的诗句，制造了如今所谓的“突降法”的效果——突然转变的不只是节奏，还有心理和知识氛围，从文化人到大众，从唤神到喜剧。

自然，阿里奥斯托自己游戏于这些诗节的次要方面，而这个游戏可能会变得单调，在八行诗的韵律中失去诗人的灵巧，引入停顿、不同位置上的句号，让不同的句法速度适应韵律表，用短句替换长句，将诗节打碎，有时还将其和另一个诗节连在一起，不断更改叙事节拍，从过去式跳到现在和将来未完成式，总之，他创造了一连串的叙事方法和角度。

“游戏”这个词反复出现在我们的论述中。但不要忘记，无论是儿童的游戏，还是成人的游戏，总有一个严肃的底子，它首先是对能力和态度的技巧训练，这对未来的生活必不可少。阿里奥斯托的游戏首先是社会的游戏，虽然他感觉自己是某种世界观的阐释者和沉淀者，仍然难免在地震的吱嘎声中，将自己处于孤立无援的境地。

第四十六章也就是最后一章的开篇列举了许多人，这才是对《疯狂的奥兰多》真正的献辞(超越了置于首篇的对依波利多必要的献辞《慷慨的埃尔科莱子孙》)。诗歌的航船即将到港，意大利城邦中最美丽优雅的贵妇、骑士、诗人和学者在防波堤上列队迎接。这是对人名的展览，对同代人和朋友的速写，阿里奥斯托描绘的是对他来说完美的民众，理想社会的群像。这首诗从自身出发，通过收件人自我定义，这首诗对于当下和未来读者所处的社会，对于那些参与这个游戏，并从中辨认出自己的群体也是一种界定和象征。

被追赶的安杰莉卡

开篇只有一位少女骑马逃入树林。直到某一刻，知道这个人是谁才变得重要起来：这是一首未完结诗的主人公，她跑步进入刚刚开启的诗篇。我们这些了解细情的人可以解释说，这里讲的是契丹公主安杰莉卡，她带着所有魔法来到法国国王查理曼的圣骑士中间，目的是让这些人爱上她，并心怀嫉妒，这样就能让他们放弃与非洲摩尔人和西班牙的战争。然而与其记录所有的前事，不如深入这片树林。在这里，人们听到的不是席卷法国大地的战争怒潮，而是稀疏的木屐声以及时隐时现的孤独骑士的刀剑声。

安杰莉卡身边围绕着一群被欲望模糊双眼的骑士，他们忘记了骑士的神圣职责，因为太过鲁莽而继续徒劳地打转。第一印象是这些骑士不清楚自己要什么：一会儿追赶，一会儿决斗，一会儿翻脸，他们总是处于改变主意的边缘。

以费拉乌为例：我们遇到他时，他正在河里寻找遗失的头盔：就在这时，安杰莉卡从他身边经过，他爱上了她，而她正被里纳尔多追赶；费拉乌停止寻找头盔，开始和里纳尔多决斗；决斗过程中，里纳尔多向对手提议推迟决斗，一起追赶逃跑的少女；费拉乌和竞争对手达成协议，停止决斗，专心寻找安杰莉卡，追寻爱情；在树林中迷失方向后，他发现自己正站在头盔落水的河岸边；他停下来，不再追赶安杰莉卡，开始寻找他的头盔；河中出现一个被他杀死的武士的鬼魂，要求他归还原属于自己的头盔，并责问费拉乌是否真的愿意用精美的头盔装饰自己；听罢此言，费拉乌放弃河流、头盔、鬼魂和逃跑的少女，全力找寻奥兰多。

既然寻佳人无望，
他终归回到河旁。
头盔曾在此坠落，
为不明的波浪隐藏。
沿着潮湿的河岸，
下至河水的中央。
头盔深埋于沙土，
想得到，切莫着慌。

将一根去枝的树干，
做成一支长竿，
在河底搜寻，在水中试探，
又打又戳，不放过任何地点。
胸中升腾怒火，
时间究竟怎样拖延，
齐胸的河水中骑士突现，
心怀惆怅，怒容满面。

全身铠甲，唯缺头盔，
右手抱着的那一顶。
费拉乌却遍寻不获。
他怒气冲冲地斥责：
“不守信用的叛徒[①]！
失落了头盔，
为何如此让你心伤，
早就该归还于我。

记住，异教徒，
当你杀死安杰莉卡的哥哥（就是我）时
曾经向我许诺：
几天后将头盔和武器丢入河。
多亏命运女神（非你所愿）
助我完成心愿。
你不必为此懊恼，
若懊恼就为你的不守信用。

想拥有一顶珍贵的头盔，
请凭你的勇气别处寻找。
圣骑士奥兰多有那么一顶，
里纳尔多的那顶也许更好：

① 叛徒：西班牙语，用来辱骂那些新近皈依基督教，却暗中信奉先前宗教的犹太人和摩尔人。这是阿加利亚，被费拉乌杀死的安杰莉卡的哥哥讲的话。

一顶曾属于阿莫内[1]，
另一顶原属曼布里诺[2]。
靠你的本事抢来一顶，
既然答应就请说到做到。”

水中突现鬼影，
根根毛发竖立，
撒拉逊人面色苍白，
张口结舌，欲言又止。
听到此处丧命的阿加利亚
当面将他训斥，
羞耻化为愤怒，
如烈火燃烧不熄。

没时间寻找托辞，
清楚自己无法驳斥。
闭嘴不语，羞愧心中作痛，
他以兰福萨的生命起誓[3]：
除了阿斯普拉蒙特那顶[4]，

---

① 阿莫内：阿格兰特的儿子，加拉切拉的兄弟，因此他也是鲁杰罗的叔叔。他被占有他头盔的奥兰多杀死。

② 曼布里诺：查理曼的敌人，里纳尔多同时夺去了他的头盔和生命。

③ 兰福萨：费拉乌之母。

④ 阿斯普拉蒙特：一座位于卡拉布里亚的山。因查理曼在这附近打败阿格兰特率领的撒拉逊军队而闻名。在这场战役中，奥兰多杀死埃尔蒙特。

绝不再戴任何头盔。
如今它已从奥兰多的头上，
转至傲慢的埃尔蒙特手里。

这比先前没实践的誓言，
起到了更好的效果。
他闷闷不乐地出发，
忍受精神上的苦痛折磨。
一心要找到圣骑士，
于是渴求尊重，四处奔驰。
走在另一条路上的里纳尔多
有着不同的际遇。

里纳尔多并未走远，就见前方
跳跃着自己那匹剽悍的骏马，
“没有你的生活有多残忍！
停下脚步，我的巴亚尔多，哦，停下！”
听到这话，马儿没回到他身边，
却仿佛聋了般，越跑越远。
身后的里纳尔多，气急败坏，
但我们还要跟随逃走的安杰莉卡。

那安杰莉卡呢？她在马上飞奔了一天一夜，外加一个早晨。来到两条溪水间的一个小树林。下马，寻找一块柔软的植被躺下。躲在玫瑰从中，安眠、叹息。抑或是，梦到了叹息，在叹息中再次醒来。抑或是，听见、醒来，那声叹息不是她的叹息。抑或是，睡着时，有人在她身侧叹息。

在可怖昏黑的丛林逃亡，
在渺无人迹的荒原游荡。
无论苦栎、榆树还是山毛榉，
惊恐的心怎容得树枝摇晃。
她坐立不安，心生异样，
误闯误撞、在陌生的路途癫狂。
每座山丘，抑或山谷中的一片阴影，
都会令她以为里纳尔多出现身旁。

少女似一头年幼的母鹿或狍子，
在她出生的小树林的枝叶间，
亲见母亲被猎豹咬住脖子，
或扯开前胸或两肋。
从一个丛林奔向另一个丛林，
逃离令她颤抖的残忍、恐惧和猜疑。
魔鬼的毒牙仿佛化作
路途中经过的每根荆棘。

一日一夜外加一个半天，
转来转去，不知身在何地。
最后来到风景宜人的树林里。
凉风吹来柔柔徐徐，

河边嫩草油油绿绿，
身边潺潺流过的是两条清溪。
寂静中甜美悦耳的声音在耳边响起，
而后在石子间稍作停歇，继续缓缓流去。

她心下稍安，
里纳尔多定是远在千里。
旅途劳顿，夏日炎炎，
何不在此休憩。
于花丛中下马，
撒开马儿，让它逍遥。
岸边满是鲜草，
马儿闲荡，绕着那清溪。

一簇茂密的灌木丛旁，
盛开着山楂花和朱红的玫瑰。
投映在清澈的水上的身影，
如此婀娜，如此娇美。
高大的橡树遮住了阳光，
树荫下的空地越发隐蔽。
繁茂的枝叶将太阳阻隔，
路人也无法窥见其中的秘密。

用柔嫩的草叶铺她的睡床，
如此舒适，似邀人同眠。

美丽的少女侧身其间，
求一个短暂的安闲。
然而未过多久，
耳边脚步声起。
起身走向岸边，
一个佩剑的骑士出现眼前。

安杰莉卡在灌木丛中搜寻，只见一名身形巨大的武士，长须飘舞，全副武装，像她一样，躺在矮树丛的另一端，脸腮枕着一只手，埋怨着，嘟囔着些许词句，不知其所云：“童女……玫瑰……”这个当兵的家伙正在谈论玫瑰：他嗅着一朵刚刚绽放的玫瑰，说：“如果摘下就可惜了，一旦折断它的茎，就失去了所有的价值。”可是这种倒霉事每次都发生在他身上，玫瑰总是被他人采走。然而被摘下的玫瑰就真的失去价值了吗？为什么那时的他无法将她忘记？

是友是敌，无从知晓：
恐惧、希望、怀疑，究竟是哪样。
屏住气，凝起神，
静静等待结果。
骑士走到河边，
一只手托着腮，
渐渐陷入思考，
纹丝不动，似一尊麻木的雕像。

垂头沉思了一个时辰，

先生，那位伤心的骑士[①]
开始用疲惫愁苦的声音
轻柔哀怨地叹息：
“怜悯可以将石子击碎，
残忍的老虎都会变得仁慈。
叹息着，哭泣着，
任泪水在胸前流成小溪。

相思，我的心在燃烧，
这般的痛苦煎熬。
我该怎么做，我已来迟，
另一个采花人比我先到[②]？
我难得说一句，看一秒，
他人却攫取全部丰厚的酬报。
如果我无法触碰到鲜花和果实，
我的心为何还要为她哀嚎。

纯洁的少女好似一朵玫瑰，
绽放于花园和多刺的枝头。
独自一人安心地休息，
羊群和牧人也不会给她烦忧。
微风、大地和流水，

① 先生：伊斯特宫廷的依波利多，此处和其他地方阿里奥斯托都直接指向红衣主教。这种做法在骑士歌中经常出现，借以指向听众。

② 采花：攫取到安杰莉卡的美貌。

带露的草叶都向她致敬点头。
美丽的姑娘和恋爱中的女人，
都渴望拥有她的美貌、乳房和额头。

然而一旦离开母亲的枝茎，
一旦离开绿色的根株，
一旦被男人采撷，
天赐的雅致风韵将消散如雾。
比眼睛和生命还宝贵的处子的花朵，
本该用更多的热情呵护。
任凭男人采撷，她曾经的美好
就会在其他情人眼中消除。

对所有他人毫无价值，
却只向一人慷慨赠予。
啊，残酷薄情的命运！
唯我死于贫穷，他人春风得意。
她是否还会如此冷酷？
我能否放弃自己的生命？
啊，我宁愿今日命丧此地，
如果爱的不是她，活着有何意义？”

这时，安杰莉卡认出了他：他也是她的追求者之一，索卡西亚国王萨克利潘特。整个有关玫瑰的故事都围绕着她。萨克利潘特依然爱着美丽的安杰莉卡，但他确信，在东方作战时，奥兰多一定已经将她据为己有。

安杰莉卡考虑了一下形势：她在重重隐患中独立无助，需要一个可以陪伴并保护她的人。她将奥兰多的纯洁美德当盾牌，守住了自己的贞操，甚至没让他碰过一个指头；现在，她提议让萨克利潘特做她的仆人，就像贞洁的圣骑士所做的那样。

这也许是真的，
对神智清醒的人却不可信。
让他相信却那么轻而易举，
他曾经陷入更严重的迷津。
本来能看见的，爱情令他盲目，
只有盲目才能看到爱情。
曾有这样一种说法：苦难往往
更容易去找那些轻信的人。

这个有关安杰莉卡贞洁的故事可能是真的；当然对于一个不像索卡西亚国王那样被爱情冲昏头脑的人来说却不那么可信。无论如何，这并不是问题的核心：管它玫瑰不玫瑰，安杰莉卡和萨克利潘特只是两个中途相遇的人，冷静地盘算下一步棋该怎么走，她想让他为自己服务，因此让他抱有幻想；他则想马上利用这一有利形势。事实上，萨克利潘特无意步奥兰多的后尘，任凭机会从身边溜走。“我要摘下清晨那朵新鲜的玫瑰……”这个当兵的家伙又开始念叨玫瑰了，就像他每次为完全不同的思绪心醉神迷时所做的那样。

“我要摘下清晨那朵新鲜的玫瑰，

延迟，就会丧失她应有的光彩。
我清楚，对一个女人
不能温柔，令其开怀。
即便她显示出不屑，
不时流露忧郁和怨哀。
不顾抗拒或虚假的蔑视，
在我的画作上图影上彩。”

然而就在这最美妙的时刻，他相信已然将安杰莉卡握于掌心时，萨克利潘特的美梦被一名突然闯入的白衣骑士打断。决斗中，萨克利潘特的坐骑倒毙；陌生敌手带着获胜的喜悦，跑开了。

他如此说道，
准备发起甜蜜的进攻。
邻近的树林中一声巨响
摇动天地，震耳欲聋，
他不情愿地放下眼前的事，
戴上头盔（古代人习惯随身携带盔甲武器）。
来到马前，系上马缰，
飞身上马，拿起长枪。

林中奔出一名骑士，
气宇轩昂，洋洋得意，
盔甲如雪般洁白，
洁白的还有头盔上的羽饰。

萨克利潘特国王忍无可忍，
此人怎能如此不合时宜
挡住去路，坏了好事!
他用凶恶不屑的目光注视，

奔上前去，发起挑战，
以为能将其挑下马鞍。
怎知那骑士同样骁勇，
看来要大战一番。
骄傲的威胁一切两段，
放低长矛，策马上前。
萨克利潘特如暴雨般折回，
与敌手面对面作战。

如同雄狮或发情的公牛
用角顶或撞击前胸，
平等地使用盾牌，
两名战士勇猛地进攻。
从葱郁的山谷到光秃的背风面，
周遭的一切随着击打上下抖动。
坚固完美的铠甲，
护住了他们的前胸。

战马非但没有跑开，
反而好似公羊顶角。

异教徒的坐骑几乎当场毙命，
尽管生前那么荣耀。
另一匹马也已跌倒，
感觉腹部的马刺，翻身站起。
撒拉逊国王的马躺在那里，
用全部重量压住主人的身体。

隐姓埋名的勇士端坐马背，
见对方的战马躺在面前，
自认到此时已占上风，
于是他无心恋战。
大路直通丛林，
只见他飞奔向前。
在异教徒找麻烦之前，
一英里或不到已是遥远。

迷惑惊讶的把犁人，
在闪电过去后
从公牛们轰然倒下的地方
挺身站起。
看着远处的松树，
没有树叶的装饰，
异教徒站起身，脚着地，
安杰莉卡将残忍的一幕看在眼里。

萨克利潘特羞愧地得知，那个将其击落马下的不是男人，而是女流。头戴白色羽饰的女战士不是别人，正是所向无敌的布拉达曼特。

安杰莉卡是否得救真的取决于突然的干预：这么多佯装保护她的圣骑士中间，谁会突然前来，帮她脱离险境？另一个女人。混乱的人群中，谁才是唯一计划周密、理智行事的那个？一匹马。

突然，一声巨响撼动森林：一身豪华装备的“人物”出场；奔跑时，地动山摇。安杰莉卡心中升起一丝安慰：终于出现了熟悉的东西。“朋友，我认识它！”她大喊，“这是巴亚尔多。”它曾是里纳尔多最强悍的坐骑，后来逃离主人，拖着松开的缰绳跑进树林。萨克利潘特抓住马勒，试图叫它停下来，但巴亚尔多扬起蹄子，射出无数金属碎片。

走了不到两里路，
他们四周的树丛，
回响起阵阵喧嚣，
森林从四面摇动。
一匹高头骏马出现眼中①，
黄金装备，华丽装饰。
一路喧闹着跳过
所有拦路的小溪和灌木丛。

“若不是缠结的树枝和迷雾
（这个女人说）将我的视线模糊，

① 高头骏马：巴亚尔多。

巴亚尔多就是林中的那匹骏马，
带着噪音劈开封闭的道路。
当然是巴亚尔多，我认得它，
哦，它将我的心意领悟，
一匹劣马应声倒下，
它就迅速赶来救助。”

索卡西亚国王靠近骏马，
本想伸手拉住马缰。
马却倏地扬蹄踢他，
他闪电般转到一旁。
没有踢到想踢的地方，
如果踢到后果不堪设想。
骏马这么一踢，
足以击碎一座金属山岗。

安杰莉卡走近，战马像小狗一样热烈欢迎她。安杰莉卡和里纳尔多的坐骑亲近起来还是老话。这要回溯到安杰莉卡爱上里纳尔多，而里纳尔多却要从她身边逃离的那段时间。现在他爱上了她，而她却从他身边逃走了；两个人的位置颠倒过来是因为饮用了被施了魔法的泉水。相反，安杰莉卡和这匹马的关系则不同，巴亚尔多在她的轻抚下，允许萨克利潘特骑到它的背上。

巴亚尔多顺从着少女，
外表谦逊，举止温柔。

就像两三天没见到主人，
要在主人面前撒欢的小狗。
巴亚尔多还记得她
在阿尔布拉卡喂它食物。
那时她正深爱着他，
里纳尔多却那么无情残酷[1]。

她左手牵着缰绳，
右手轻抚它的脖颈和胸膛。
那匹骏马，如此聪慧惊人，
任她抚摸，像一只羔羊。
萨克利潘特见此机会，
飞身而上，策马，拉缰。
少女放开自己的马，
舒服地坐在国王先前的位子上。

然而，追赶巴亚尔多的里纳尔多步行前来，勒令萨克利潘特从不属于他的马上下来。用一句有教养的话来讲：蒙塔尔巴诺爵爷和索卡西亚国王就像在小酒馆中争吵的两个人，互相指责对方是贼。

里纳尔多骄傲地对撒拉逊人喊：
"下来，小偷，放开我的马！

---

① 这里简述了《热恋的奥兰多》中发生的一些事情。当时安杰莉卡被她的追求者，鞑靼国王阿格里卡内包围在阿尔布拉卡堡垒，安杰莉卡喝下爱情泉水，爱上了里纳尔多，里纳尔多则喝下憎恨泉水，开始厌恶她。在位于契丹的阿尔布拉卡堡垒，安杰莉卡曾亲自照料巴亚尔多。接下来，因为喝下不同的泉水，两个人的爱恨情感互换。

无法忍受他人抢走我的马，
有这个企图的人要付出高昂的代价。
我还要你放开这位姑娘，
否则你将犯下弥天大罪。
这么完美的骏马和姑娘，
你这样的盗贼根本不配。”

“你居然诬陷我是贼，
（撒拉逊人的傲慢不在他之下）
要我说，你才是那个货真价实的贼①。
事实会证明，谁才是那个贼，
谁和这匹马和这位姑娘相配。
尽管，至于她嘛，
你我都同意，在这个世界上，
没什么比这更珍贵。”

如两条猛犬相互瞪视，
或出于仇恨或出于妒忌，
索卡西亚国王和克莱孟
靠近对方，咬牙切齿。
眼睛斜视，目光如炬，
互相撕咬，怒火中烧，
刺耳狂吠，毛发直立，

① 贼：在古老的武功歌，以及后来浦尔契和博亚尔多的诗歌中，里纳尔多是以反叛者和劫掠者的形象出现的，至少他有这样的名声。

刀剑相向，辱骂狂嘶。

这场决斗看起来并不公平，然而巴亚尔多拒绝与它的主人为敌，它不断地尥蹶子，迫使萨克利潘特下马，与里纳尔多近身肉搏。

如此忠诚于里纳尔多的巴亚尔多为什么还要逃走呢？我们很快就会明白，这次逃跑（仔细看来，《疯狂的奥兰多》中的所有周折都从此引发）是对忠诚和智慧的非凡考验。为了帮助坠入爱河的主人，巴亚尔多主动追寻安杰莉卡的踪迹，跟在它身后的里纳尔多就此可以找到他的美人。如果让主人骑在自己身上，就要由主人告诉它去哪里，这样就和其他马没什么分别了；如果逃跑就变成了巴亚尔多指挥里纳尔多。这个巴亚尔多虽然拥有庞大的马的身躯，却试图超越马的本性，这么做正是因为它想成为一匹理想的马。这与我们随后在诗中读到的另一个著名的动物——马类特征不明显的骏鹰的情形正相反，尽管它会飞翔，最终却温顺地作为马而效劳。

布拉达曼特与骏鹰

在比利牛斯山附近的一家小旅店里，晚餐摆上了桌。突然间，一声巨响：店主和他的伙计们，有的跑到窗前，有的跑到街上，张开嘴，望着天上。女人们则离开炉灶，躲到酒窖里。

“到底发生了什么？月食？彗星？”两位客人看起来不慌不忙：一名骑士，身披精美铠甲，满脸喜悦，一头金色长发；另一个则是穿着长统袜的丑八怪，矮矮的，黑黑的。

店主急忙道歉：“没什么，没什么，都过去了。每晚都从天上飞过，不必奇怪。是一匹马，长了翅膀的马，马上坐着一位巫师。看到漂亮的女人就从天而降，将她掠走。女人们都逃开：漂亮的，和自以为漂亮的，因此是所有女人。比利牛斯山上有一座魔法城堡，巫师把她们带到并关在那里。他在决斗中战胜的骑士们也被关在那里，到目前为止，所有试图挑衅的人都落在他手里。”

店主和他所有的伙计
有的跑到窗前，有的冲上街去，

抬眼望着天空。
如同彗星或月食,
姑娘又见一个奇观,
令人心生怀疑:
空中掠过一匹飞马,
马背上端坐一名武士。

宽大的翅膀颜色诡异,
坐在上边的一名骑士
手持明净发光的武器。
他的道路通向西方,
降落在无尽的大山里。
店主所言不虚,
巫师常常经过这里,
有时更远,有时更近。

有时他会飞到星星上,
而后几乎擦着地面滑行。
带着所有美丽的姑娘,
从街区中找到是她们的不幸。
有些美丽,有些自以为美丽
(好像巫师不加选择)。
他绝不顶着阳光出门,
每天只等夜晚降临。

比利牛斯山上有一座城堡，
一座充满魔法的城堡，
美丽发光，全部由精铁打造，
世上没有非凡可以比较。
很多骑士试图一比低高，
一去不还，无处夸耀，
所以先生，我恐怕
他们已被处死，或在坐牢。

两位客人眼都没眨。这就是二人此行的目的。

“好。”长发骑士说，“如果你给我找个向导，我想挑战一下这位巫师。”

“我可以给你带路。”小黑人说，“我，你是可以信任的。”

布拉达曼特正等着这句话，因为这位骑士不是别人，正是查理曼阵营中最骁勇的女战士，蒙塔尔巴诺的里纳尔多的妹妹：布拉达曼特；那个小黑人是布鲁奈罗，是在撒拉逊军中服役的小偷；此外，他还因为偷走了安杰莉卡从契丹带来的一枚魔戒而名扬天下。布拉达曼特和布鲁奈罗此次前来是为了设法解救被囚禁于亚特兰大巫师城堡里的一位骑士鲁杰罗。布拉达曼特听说过布鲁奈罗，况且来这家旅店就是为了从小偷那里取回那枚被他偷走的戒指，这是对抗巫术的唯一办法。相反，布鲁奈罗没有认出她，她通过掩饰身分来保全自身。

偷小偷合法吗？伪装成伪装者正当吗？骏鹰出现的时候，布拉达曼特正要解决这个有关良心的问题。

布鲁奈罗追踪鲁杰罗的动机很重要：应该让他回到阿格拉曼特

身边，重新恢复他在撒拉逊军中的位置。布拉达曼特来此的动机更重要：这个女战士爱上了鲁杰罗。

敌对阵营的两位勇士，在战场相遇，彼此一见钟情，很快就不知去向。这一切都关乎预言：似乎一切皆由天定，鲁杰罗走出的每一步都被命运左右。命运已经决定，鲁杰罗必须皈依基督教，娶布拉达曼特，但命运同样下达指令，婚后的鲁杰罗将死于马冈札家族的背叛。

亚特兰大巫师对此了如指掌，因为是他抚养了鲁杰罗，他对骑士的关心甚至超过了母亲。因此，为了阻止他追随布拉达曼特，遭遇既定的厄运，巫师把他关在魔法城堡里，终日有美女和勇士为伴。

翌日黎明，布拉达曼特和布鲁奈罗骑马奔向比利牛斯的一个峡谷。精铁打造的城堡就在那里。布拉达曼特猛击向导的颈后。后来，布鲁奈罗被绑在一颗冷杉树上，魔戒戴到了女战士的手上，她吹响了号角。

这是挑战的信号：亚特兰大骑骏鹰出战。左手持一面被罩住的盾牌，罩子一旦掀开，对手立刻睁不开眼；右手拿一本书。只要阅读书中的魔法公式，就可以向与其交战的对手身上投掷无数长矛、短剑和棍棒，亚特兰大无需动一根手指。

这山到那山，这片林到那片林，
登上比利牛斯的山巅。
若没有雾气，空气自然澄鲜，
可以望见法国、西班牙和那两块沙滩，
就像从亚平宁的山顶
鸟瞰斯齐亚沃尼亚和托斯卡纳海岸。

然后沿着陡峭难行的古道
下至深谷里面。

山谷中拔起一座高山，
顶峰围着一圈铜墙铁壁。
此山高耸直插云霄，
周围的山显得如此微细。
没有翅膀绝飞不上去，
只能徒劳地费尽心力。
布鲁奈罗说：“他们被囚在此地，
巫师掠来的女人和骑士。”

四角切去垂直完美齐整，
仿佛木工用的锡诺普的红线绳[①]。
无论哪一面都没有通道和台阶
为登上去提供可能。
城堡就像有翅膀的动物
为自己准备的洞穴巢窝。
女人知道时候已到，
夺回戒指，杀死布鲁奈罗。

对她来说，沾染一个手无寸铁、
微不足道的人的鲜血何等卑鄙。
既可以拥有那枚魔戒，

① 锡诺普：红土，小亚细亚的锡诺普城的产物，木匠和泥瓦工用它画出绝对的直线。

又可以不置其于死地。
布鲁奈罗毫无防备被她制服，
结结实实地绑在一株
高耸入云的冷杉树上，
一把夺下他手上的戒指。

无论流泪、呻吟或叹息
都无法融化她的心。
她缓步走下山去，
径自来到塔下的平地，
将号角吹响，
呼唤巫师出击。
号角声响过，她高声骂阵，
把他召唤到战场，使出浑身气力。

听到号角声和呼喊，
未久巫师走到门前，
跨上骏马一飞冲天，
仿佛勇猛的男子对敌作战。
女人开始感到安慰，
看他不会致她伤残，
他未带长矛、棍棒、刀剑，
无法将胸甲打碎或刺穿。

他左手拿一面盾牌，

一条红丝巾罩在上边；
右手拿着一本书，
只要朗读，奇迹就会出现。
有时他仿佛在挥舞长矛，
一眨眼的功夫突然显现，
有时仿佛使用棍棒或尖刀
无法够到，离得太远。

还要讲讲那匹骏马，
是马和狮身鹰首兽的结晶，
像它父亲一样长着羽翼、
脑袋、喙部和前蹄
还有四肢像它的母亲。
来自离风山，品种珍稀[①]，
通常喂养在冰原，
它的名字叫做骏鹰[②]。

然而对于手戴魔戒的布拉达曼特来说，他的魔法已经失效。亚特兰大乘着骏鹰，在空中飞来飞去，读着魔法公式，与此同时，她装作艰难应战，躲避想像中一连串的击打。巫师喜欢玩猫捉老鼠的游戏，后来，他拉开盾牌上的罩子，晃对手的眼。结果是这样的：布拉达曼特闭上眼睛，佯装昏倒。亚特兰大在空中滑翔，下了坐骑，

① 离风山：古代的极北部地区，如今的乌拉尔。

② 骏鹰：半鸟（狮身鹰首兽）半马。阿里奥斯托的发明。但是在东方、古典、中世纪的作品中也能找到飞马的痕迹。

手里拿着一条锁链靠近她。片刻之后，巫师感到一阵钻心的疼痛，原来强壮的女战士在他的胳膊上咬了一口。近处看，才发现，这是一个手无寸铁、可怜绝望的老人。

除了飞马其余都是幻象，
它的出现能将红变黄。
幻术无法蒙蔽少女的双眼，
因为魔戒戴在她的手上。
没有受伤却佯装受伤，
催马上前向空中挥舞宝剑，
挣扎着，疲于应战，
把学到的本领展示一番①。

她缺少马上作战训练，
于是翻身下马，徒步向前。
诡计多端的女巫师教授的本领②
她要最终圆满地展现。
巫师使出了最后的杀手锏，
完全没有注意防卫的疑点。
揭开盾牌，一切想当然，
她被炫光照昏跌落马前。

可以上来就揭红丝巾，

① 本领是从梅丽莎那里学来的。

② 女巫师给布拉达曼特讲解了亚特兰大的幻术，以及如何战胜他。

让骑士们无从迫近。
但他耽于美妙的时刻，
长矛飞舞，刀剑挥动。
就像看到狡猾的猫，
乐于将老鼠戏闹，
当有趣变成无趣，
再一口将它咬死，

我说巫师像猫，他人像耗子，
恰似眼前发生的争执。
但这种比喻不再合适，
因为少女戴着那枚戒指，
坚定、专注，等待合适的时机。
为了让巫师无法获得任何优势，
见他揭开盾牌上的红丝巾，
她闭上双眼，跌倒装死。

她哪里又是旁人，
闪光的金属也伤不到她。
狡黠的少女想要将他诱骗，
枉费巫术，下马来抓，
她步步为营施行计划
迅速将头靠在地面。
飞马骑士展翅而下，
着陆而后走近她。

巫师将盾牌挂起，
罩上丝巾步行而至。
那情形如同一只恶狼，
藏在灌木丛中等待狍子。
只等他靠近再抓，
霍地翻身而起。
可怜的人连同助战的魔法书
齐齐跌落在地。

他拿着锁链向她跑来，
为了像往常那般将敌人锁住，
就像过去的手下败将，
她同样也逃不脱禁锢。
少女跃起将其扑倒，
若没有防卫自有缘故。
这次的状况大不相同，
强悍的少女对抗衰弱的老夫。

本打算高举胜利的手臂，
迅速斩断对方的首级。
但眼前的情景怎忍下手，
如同卑劣的复仇令人鄙夷。
被她逼得无路可去，
衰弱的老人形容忧郁，

满脸皱纹，花白发须，
风烛残年，七十有几。

“杀了我吧，年轻人，看在上帝的分上。”
老人一脸不屑，怒火满腔。
那女人有一颗倔强的心，
她厌倦杀戮，不肯让他命丧。
巫师究竟何许人也，
女人的心中充满渴望，
为何在荒郊修建城堡，
为何又要将所有人来伤。

“这么做并非出于歹意
(巫师一边说一边哭泣)，
巨岩上的城堡如此美丽。
并非出于贪婪的豪夺强取，
为只为一颗爱心，定要阻止
那名高贵的骑士赴死①。
上天向我预示，不久他将死于背叛②，
死时他是基督的弟子。”

布拉达曼特不是一个同情心泛滥的女人：首先她要强迫他打破那些冒烟的瓶罐，让那个城堡消失于无形。

① 这位骑士就是鲁杰罗。

② 鲁杰罗确实在皈依基督教后，死于马冈札家族的背叛。

少女跟在后，他走在前，
亚特兰大被自己的锁链绑捆。
即便如此，她仍无法相信，
尽管他看上去一脸的恭顺。
在他身后催促，走了没几步，
就在山脚发现一条裂岩，
还有石阶向上攀升盘旋，
一直把他们送到城堡的门前。

亚特兰大在刻满魔法图文的门槛
将一块石头翻转，
门槛下方是一些名为香薰炉的瓶罐，
罐内是暗火，不停外冒浓烟。
巫师打碎瓶罐，忽然间
荒凉的沙漠取代了小山，
高墙、宝塔统统不见，
就连城堡也远离了视线。

巫师从少女身边奋力挣脱，
仿佛逃离蛛网受困的飞蛾。
霎时间不见了城堡和巫师，
与他为伴的囚徒将自由重获。
女人和骑士步出华丽的房间，
走向旷野，

许多女人心存遗憾，
曾经的欢愉被自由剥夺。

这里有萨克利潘特，格拉达索，
这里有贵族骑士，普拉西多[①]，
一对真心的朋友同时从东方出现，
里纳尔多，还有伊洛尔多[②]，
最终美丽的布拉达曼特
找到了日思夜想的鲁杰罗。
当她确定就是要找的那人时，
上前迎接欣喜若狂如饥似渴。

她，胜过他的眼睛，
他的心、他自己的生命。
她受伤，却为他摘下自己的头盔，
鲁杰罗从那天爱上她也是天定。
说来话长，从那时开始[③]，
她就在荆棘丛生的密林里
白天黑夜地寻觅他的踪迹，
若不是这里或许不会再聚。

①② 普拉西多、伊洛尔多：《热恋的奥兰多》中他们就以忠诚朋友的身分出现，他们被里纳尔多救出，皈依基督教，追随他到西方。他们变成亚特兰大的囚徒是阿里奥斯托的独创。

③ 布拉达曼特受伤是在她发现自己突然和鲁杰罗分开的时候，她被撒拉逊人马塔西诺打伤。

在这里再次见到她，
得知是她单枪匹马救出自己，
何其幸运，满心欢喜。
幸福的人他是世间唯一。
信步下山，走入谷底，
女人曾在那里胜利，
骏鹰还在，还有盾牌
盖着丝巾，置于那里。

鲁杰罗和他的囚友重获自由，身处旷野。他们在山谷中四散开来，分头去捉那匹长了翅膀的马。骏鹰张开翅膀，飞来飞去，有时停在这儿，有时停在那儿，有时飞到石尖上，有时下到缝隙里，有时落在草地上。

女人想上前拉住缰绳。
但骏鹰等她靠近之时，
张开翅膀飞向宁静的天空。
不久又飞回，落在山中，
她跟着它，骏鹰总是不远不近
一次次返回再升空。
像一只与小狗戏耍
让它怎么也抓不到的渡鸦。

鲁杰罗、格拉达索、萨克利潘特
和所有一同下山的骑士

有的在坡上，有的在坡底，
四处散开，希望将飞马抓回。
飞马上蹿下跳，
上至山巅，下到潮湿的石底。
他人怎么做都是白费力气，
最终停在鲁杰罗那里。

这是亚特兰大布下的另一个圈套：骏鹰只让鲁杰罗骑它；鲁杰罗坐在它身上；骏鹰飞了起来。刚刚获得自由的骑士再次被劫走。

这是老亚特兰大的计划，
他的怜悯之心从未放下，
不愿见鲁杰罗陷入迫近的危险，
这是他唯一的担忧和牵挂。
为此他派出骏鹰，
骑上它就能把他带出欧罗巴。
鲁杰罗拉住缰绳，让它跟自己走，
但它后退，不愿受制于他。

勇敢的年轻人从弗伦蒂诺上下来
（他的骏马名叫弗伦蒂诺）[①]，
骑上骏鹰，飞到空中，
马刺鼓励他倨傲的心。
跑了没多远，

① 弗伦蒂诺：萨克利潘特的坐骑，被布鲁奈罗偷走，送给鲁杰罗。

就抬起前蹄腾空。
比主人在适当时候撕下眼罩，
朝猎物直奔而去的猎鹰还要轻松。

美丽的女人凝望空中，
鲁杰罗面临重重阻碍。
布拉达曼特惊慌错愕，
久久回不过神来。
盖尼米得已经明白[1]，
从父亲的帝国被劫持到天庭[2]。
同样年轻英俊的鲁杰罗，
会不会遇到类似的事情。

跟随他的是她的双眼，
直到他离开视线消失不见。
视力无法跑得那样遥远，
只剩下灵魂伸展蔓延。
便是叹息、呻吟和泪水
也无法求得安宁和休战。
鲁杰罗从视线消失后，
她回到弗伦蒂诺身边。

她决定不能让它成为

① 盖尼米得：特洛伊国王特洛的幼子，被化身为鹰的宙斯劫到天上，为众神司酒。
② 父亲的帝国：特洛伊。

先到之人的猎物，
牵引着它直到交给主人。
她相信有那么一幕，
骏鹰高飞鲁杰罗也停不下它的脚步。
身下可以看见的
山峦和平地仿佛
无法分辨哪里是平地，哪里是高处。

骏鹰飞到一定高度，
从地上看缩小成一点，
朝着太阳落山的地方飞去，
围绕着巨蟹座盘旋①。
如同海中的顺风，
推动涂抹沥青的快船。
任他走吧，走上一条好路，
我们回到圣骑士里纳尔多那边。

① 骏鹰沿北回归线的纬度飞行，也就是朝着西班牙的方向，一度被认为非常接近直布罗陀，根据哥伦布的路线，从埃尔科莱的圆柱（直布罗陀海峡）飞往亚洲，直到东印度。

阿琪娜岛

命运的艰难正在于有命运的存在。这个命中注定的男人前行的每一步都会把他带到那里，那个星星为他确定的终点，或一系列终点，吉利的、不吉利的，就像星星已经为鲁杰罗安排的那样，一场因爱而成的婚礼、光荣的后代，唉，甚至早夭的生命。然而，他现在所处的这一点和命运的实现之间还会发生许多从未发生的事情，还会出现设置其中的许多障碍，需要很强的意志力才能与星星对抗：这个命中注定的人所走的路不是一条直线，而是无止境的迷宫。我们很清楚所有的障碍都将变得无用，所有局外人的意志都将被击垮，但我们仍心存疑问：难道那个遥远的终点，那个被星星锁定的最终目标才是真正有价值的吗？抑或，有价值的是构成存在的无止境的迷宫、阻碍、过失和不幸？

梅林法师的预言不会引起鲁杰罗的怀疑：他会娶布拉达曼特为妻，因为是他们的结合缔造了伊斯特王朝以及费拉拉的公爵们。还因为，更重要的结果是，伊斯特家族里有一位默默无闻的官员——卢多维科·阿里奥斯托，依托主人的荣耀和自身的爱好写就了《疯狂的奥兰多》。这个前景是确定的、不容置疑的、显而易见的；鲁杰罗，无论做出怎样的决定，或者不做决定，无论被怎样的意外阻滞或激励，结果都会放弃伊斯兰信仰，接受洗礼，依偎在女战士布拉达曼特深情结实的怀抱里。

鲁杰罗代表了一种不容置辩、不可动摇的命运。两股力量，或两股力量的集合，相互角斗：一方是恋爱中的布拉达曼特，固执、不知疲倦，有预言费拉拉未来荣光的女法师梅丽莎的协助；另一方是鲁杰罗的国王阿格拉曼特，不想失去撒拉逊军中最勇敢的战士；以及他的保护人亚特兰大，意图否认命运，徒劳地劝告他的被监护人远离军队，把这个孩子藏在毛里塔尼亚山上，布拉达曼特最终获胜：但目前对鲁杰罗来说，撒拉逊的军纪、亚特兰大的关怀和从美丽敌人身上散发的爱情魔力同样至高无上。

布拉达曼特刚刚将爱人从亚特兰大的城堡里解救出来，鲁杰罗就跨上骏鹰，和它一起飞走了。他的命运是每次都被解放，还是每次都被劫持？这时的鲁杰罗处境不妙，不该质疑这个问题：他已经飞过海洋，越过直布罗陀海峡。骏鹰着陆的岛屿一定被施了魔法：植物和动物优雅地移动，就像走入一幅刺绣的挂毯。

尽管鲁杰罗灵魂强悍，
面对此景也未改变容颜。
我不愿相信他在打颤，
内心如树叶般忐忑不安。
整个欧洲已然抛于身后，
急速飞行旅程尚未过半。
却已远离航海家预先划定，

埃尔科莱圆柱的边沿。

骏鹰，硕大奇异的猛禽，
扇动翅膀高速飞行。
哪怕上天司掌闪电的老鹰，
也被它抛到很远的距离。
谁能似它般轻盈，
谁能与它来比拼？
天地间罕有的迅捷，
纵令箭矢雷霆。

大鸟飞跃广阔的空间，
沿着直线从未歇脚。
已然厌倦了天空，
宽大的轮子降落海岛。
恰似亚蕾图莎的居所，
苦了她备受爱情的煎熬。
为了躲避情人的折磨，
藏身海底盲目奇怪徒劳[①]。

① 也就是西西里岛，仙女亚蕾图莎为河神阿尔菲奥的爱情所困，请求戴安娜把她变成泉水。河神将他和她的水汇合在一起。然而戴安娜在地上穿洞，将亚蕾图莎泉水导向西西里的奥迪加。古人认为亚蕾图莎之泉在埃莱德地下与河神阿尔菲奥相通。据佛罗伦的说法，阿琪娜岛就是马可波罗所说的齐潘戈，也就是日本。金加雷利则认为它位于哥伦布发现的大西洋地区。毫无疑问，这是阿里奥斯托依据古代和现代的文学原型，臆想出来的地方，它被描述成一个幸福的家园，没有罪恶，是维纳斯的国度，充满了幻术。

羽毛飞过的整个区域，
没有比这儿更美更欢乐的地方。
纵使踏遍全世界，
也寻不到比这儿更宜人的模样。
大鸟在空中兜兜转转，
带着鲁杰罗一同下降。
落在繁茂的平原、和缓的丘陵，
清澈的溪流、多荫的河岸和柔软的草场。

树林中生长甜美的棕榈月桂，
飘散着桃金娘那怡人的香味，
雪松橙子开满鲜花果实累累，
各色各样交织一处都很美。
夏日里它们用厚厚的大伞，
遮挡灼热，营造凉爽的心醉。
夜莺在郁郁葱葱的枝叶间
安详地浅吟低唱飞去飞回。

红玫瑰和白百合丛中，
柔和的微风轻轻吹拂。
定会见到野兔和家兔，
还有额头高扬的傲慢小鹿。
不怕被猎人杀死或捉住，
静静地吃草反刍。

纤细敏捷的母鹿狍子，
成双成对在乡间跳跃漫步。

骏鹰在海岛上空盘旋，
身体如此接近地面。
鲁杰罗急忙跳下马鞍，
即使跳下也不危险。
双脚着地紧握缰绳，
不愿骏马再次飞天。
把它拴在海边的桃金娘上，
在月桂和松树之间。

附近涌出一汪清泉，
四周是结满果实的棕榈和雪松。
他把盾牌和头盔卸下，
将两只手腾空。
一会儿看海滩一会儿看山峰，
面向凉爽蓬勃的微风。
山巅的山毛榉和杉树，
欢快地低语轻轻摇动。

时而将干燥的嘴唇
浸入凉爽清澈的水波，
时而用手拍打水流
赶走静脉内流淌灼烧胸甲外壳的热火。

不奇怪这些负担令他烦忧，
这不是在广场上闲坐。
他飞行了三千里，
从未卸下身上的负荷。

与此同时骏马留在原处，
享受浓密的树枝搭建的阴凉。
不知为何惊吓中转身想逃，
林中会躲藏何等的异样。
它拼命摇动树干，
摇晃着那棵束缚它的桃金娘。
它挣扎着无法脱身，
震落的树叶堆满脚旁。

如果鲁杰罗遇到的第一个会说话的生物，不具人形，而是一株植物，也不必讶异。鲁杰罗用缰绳把骏鹰拴在一棵桃金娘上，桃金娘低语、尖叫，最后用忧伤哀怨的声音祈求来者把马拴到更远一点的地方。作为一株植物，它的谈吐谦恭有礼、非比寻常。鲁杰罗既迷惑又惊愕，但桃金娘赶忙用自我介绍来驱散他的窘迫，告诉他自己为何来到此地：他是阿斯图尔夫，英国国王之子。

有时，如同一根树桩，
空心中藏有罕见的木髓。
把树桩置于火上，
热度消耗内在的湿气发出声响。

冒着滚烫的气泡将愤怒宣泄，
那就是被冒犯的桃金娘。
它嘟囔、尖叫、恼怒，
最终冲开树皮向外张望。

裂口处冒出融化的闪亮火花，
一个脆弱悲伤的声音哀求：
“如果你像你英俊的外表
所呈现的那样知礼和慈悲，
请把这只动物从我身边带走。
我自身的不幸已经足够[1]，
无需更多的苦难和忧愁，
再次将我跟随烦忧。”

听到人声鲁杰罗将头扭回。
不看则已，一看立刻跳起，
他意识到声音从树里发出。
从未如此吃惊讶异，
赶忙跑去解开马的缰绳。
两腮发红，满心羞愧，
“请你原谅，无论是谁，
林中之神抑或人类的魂灵[2]。

① 自身的不幸：被变成植物的厄运。

① 林中之神：古代神话中栖居于植物体内的林间仙女：德里亚蒂和阿玛德里亚蒂。

不晓得粗糙的树皮下，
藏住着人类的魂灵。
使我毁坏了美丽的枝叶，
侮辱了活着的桃金娘，
请不要拒绝，告诉我
生活在粗硬多刺的身体里你的姓名，
是否上天总是保佑你免受冰雹的入侵，
怎会有人类的声音和灵魂的理性。

如果现在或何时，
我可以弥补对你的不敬。
我会尽量补偿，
用那个占据我大部分生命的美丽女人的名义，
向你保证言出必行。
你有正当的理由接受我的赞赏。”
鲁杰罗说完这番话，
那株桃金娘从头到脚摇晃。

他看见树皮上冒出汗雾，
如同烈火熏烤下新剪的嫩树。
徒劳地躲闪不让碰触，
那个声音说道：
“你的礼貌令我不得不透露，
曾经的我的出处。
以及是谁通过法术，

将我变成美丽海滩上的桃金娘。

我是法国的勇士名唤阿斯图尔夫[1]，
骁勇善战，令敌人胆寒却步，
奥兰多和里纳尔多是我的堂兄，
他们大名远播没有限度。
父王奥登之后我有权继任，
并统治整个英国国度。
我英俊潇洒不止一位姑娘心生爱慕，
结果却落到如此地步。

鲁杰罗一直承受着来自魔幻世界的外力，并在其中不自在地游逛；然而，这个世界却很合阿斯图尔夫的胃口，于是立即合二为一，一会儿用法术和宝物操控它，一会儿成为它的囚徒；就像在这里，他被阿琪娜仙女化成一株桃金娘。变形的悲惨命运在快速清晰的讲述中呈现。

印度洋岛屿中充满了仙女和魔法。历经诸多险境和磨难，阿斯图尔夫来到这里。他和另一些骑士在前往海滩的途中落入阿琪娜仙女设置的无形之网，她的妹妹，著名的莫嘉娜，也是一位拥有无尽法力的仙女。既没有鱼网，也没有鱼饵，阿琪娜却能引鱼儿出水，甚至那些岛屿或船只般大小的鲸鱼。站在一条岛屿或船只般大小的鲸鱼背上，阿斯图尔夫轻而易举地被仙女劫走。

---

① 阿斯图尔夫：英国国王奥登的儿子，奥兰多和里纳尔多的堂兄弟。（奥登是克莱孟的贝纳多的儿子）。武功歌和博亚尔多的诗歌中已经出现的人物。

“当时我正从那些岛屿回返[①],
最东端的印度洋巨浪滔天。
里纳尔多和我身边的骑士
被囚禁在阴暗凹陷的房间,
多亏了力大无穷的布拉瓦骑士[②]
出手相救才得平安。
我朝着西方走，沿着沙滩[③],
北方的暴雨惊雷犹在耳边。

命运如道路般充满艰难凶险,
清晨在一片美丽的海滩下船。
海上耸立着一座城堡,
强大的阿琪娜[④]是城堡的主人。
我们见她从城堡中走出,
独自一人静立在海边。
没有渔网也没有鱼钩,
想要的鱼儿却纷纷上岸。

① 从安杰莉卡的阿尔布拉卡堡垒出来后，阿斯图尔夫找到里纳尔多，二人结伴而行并双双落入戴莫吉尔国王莫诺丹特的手中。他们发现普拉西多、伊洛尔多、杜多内和其他骑士也被囚禁在那里。莫嘉娜仙女爱上了莫诺丹特年轻的儿子，并将其绑架，如果不拿曾经侮辱过她的奥兰多交换，她就不会归还他的儿子。莫诺丹特终于抓到奥兰多，交给莫嘉娜，奥兰多救下那个年轻人，和他一同回到他父亲那里。满心欢喜的国王释放了所有骑士，这些人后来来到阿琪娜花园。

② 布拉瓦骑士：说的是奥兰多，奥兰多来自布拉瓦，也就是现在的吉伦特河上的布拉伊。

③ 沙滩：很可能指的是北半球的沙漠。

④ 阿琪娜：仙女莫嘉娜的姐妹，博亚尔多的创造。

大个的金枪鱼张着嘴巴游动，
海豚飞快地游向那边。
海豹和年老的海鱼们，
被搅扰了慵懒的睡眠。
绯鲤、鲑鱼、叉牙鲷、双帆鲈
成群结队，全速向前，
齿距鳐还有虎鲸，
巨大的脊背露出海面。

一条身形庞大的鲸鱼，
任何海域都无法找到。
目测超过十一步长[①]，
宽大的肩膀现出波涛。
我们犯下同样的错误，
它一动不动地在那里漂，
一端到另一端相距遥遥，
我们以为那是座小岛。

阿琪娜用简单的语言和纯粹的巫术
让那些鱼儿从水中露头，
阿琪娜和莫嘉娜同时出生，
一次分娩分不清谁先谁后。
阿琪娜立刻喜欢上了我的外表，

① 十一步：大约十六米，古罗马时一步相当于一米半。

她的脸上已然显露，
想出诡计和骗术令我离开同伴，
借以实现她的计谋。

她款步走向我们，
笑容可掬亲切宽厚：
“骑士们，今天请各位
赏光留宿在寒舍里头。
我会请大家观赏我捉到的
所有种类的鱼虾。
有鳞的、柔软的、长毛的，
多如满天的星斗。

你们若想听美人鱼歌唱，
看她如何平静海浪，
就请从这里走向另一片海滩。
她常在这个时候徜徉。
她指着那条巨大的鲸鱼，
如我所说，宛若小岛，
我的个性向来太过好奇鲁莽（我很遗憾），
于是爬到了鲸鱼的脊背上。

里纳尔多还有杜多内示意别去。
而我还是去了，没有在意，
阿琪娜面带笑容抛下那二人，

跟在身后也跳上了鱼的背脊。
唯命是从的鲸鱼，
游向咸咸的海里。
我后悔自己的愚蠢，
但我们已经远离。

里纳尔多跳入海中想要帮我，
却险些在水中溺毙。
因为南部的狂风吹起，
暗淡了天空将深海遮蔽。
他身后是否还有别人没有在意，
阿琪娜试图将我安慰，
我在那条怪兽的身上，
一整天一整夜在海里。

在这里需要了解一下岛上的情形：事实上，仙女姐妹共三人：两个沉湎于罪恶——莫嘉娜和阿琪娜，一个致力于美德，洛姬斯蒂拉，她的一半财产被另两个姐妹抢夺。听人说起这些罪恶和美德，鲁杰罗已经明白这个故事是朝哪个方向发展的了：他本是充满冒险和奇遇的骑士诗中的人物，现在却要冒着进入讽喻诗的风险，诗中每次出现幻影都有道德和教育意义。必须尽早脱身：鲁杰罗急忙向人打听如何才能找到品德高尚的洛姬斯蒂拉。他不想看到阿斯图尔夫那样的结局：享受完阿琪娜的娇美，马上就要遭受这位仙女所有前任情人的厄运：退化成植物或矿物。

鲁杰罗开始横穿讽喻的海岛。他遇到一群怪物：显然是七宗罪；他急忙迎战，击溃了他们。接下来，出现了一个长着獠牙的女巨人；应该是吝啬；鲁杰罗也将其打败；这时，他看见阿琪娜壮丽的城墙升起。这应该意味着享乐。鲁杰罗想，尚武精神正在为一种更加善意的倾向腾出空地。

阿琪娜和她的随从们在城门口等候他。鲁杰罗只消把他的黑眼珠定在魔女的身上，用目光在她奶白色的肌肤上一扫，就想起了阿斯图尔夫说过的话“那简直是个童话。”奢华宴席间，阿琪娜许诺，晚上会去他的房间。

鲁杰罗忘记了自己正身处寓言人物间：夜晚的时光就这样过去，他竖起耳朵，在想像中倾听着巫女的脚步，等待那扇门轻轻开启，这样足以让他相信：他生活其间的诗歌并非冰冷的说教，而是充满了生命中最根本的渴望。

佳酿珍馐撤去，
围坐一圈玩快活的游戏，
一人将嘴附在另一人耳边，
任凭他问所有的秘密。
这为恋人们提供了机会，
表达爱意毫无禁忌。
和那人共度良宵，
才是游戏的终极目的。

刚一结束游戏，
里面的居民习惯迅速撤离。
仆人们进来点燃火炬，

用许多光明驱走阴暗。
夹在美丽的同伴之间，
鲁杰罗回到那个住地，
躺在他的羽毛床上，
这是全城堡最新颖华丽的设计。

而后重又遵照常理，
为客人端出点心和美酒。
等其他恭敬谦卑的人退去，
回自己的房间休息，
鲁杰罗钻入冒着香气的亚麻床单之间，
仿佛阿拉卡内亲手织就[①]。
尽管如此仍侧耳倾听，
将美丽的姑娘守候。

听到一点动静就心怀希冀，
抬起头，仿佛听到什么，
却常常毫无声息，
意识到自己错了连声叹息。
时而从床上坐起，
打开门，观望外边的消息。
就这样停留了很久，
一个小时甚至重复上千次。

---

① 阿拉卡内：杰出的织女，向密涅瓦挑战，并赢得比赛。可是后来遭到惩罚，变成一只蜘蛛。

他常自言自语："她现在出发了。"
他开始移动脚步，
从他的房间到阿琪娜的房间，
他等在那里，阿琪娜必然经过眼前。
在他看到这个美丽女人之前，
许多念头徒劳地在脑海里转圈。
他常害怕会有什么障碍
阻隔在果实和手掌之间[①]。

过了很久，喷完香水，
香气迷人的阿琪娜终于出现。
时间到了，她不再拖延，
如今整幢房子悄无声息。
她终于走出自己的房间，
一声不响通过密道私会鲁杰罗。
他心中充满希望和忐忑，
内心冲突相互纠缠。

那个重新开动讽喻的机器，并令其最终清扫战场的人将是布拉达曼特。这个意志坚强、为爱痴狂的女战士只有派巫女梅丽莎解救鲁杰罗，并把魔戒交到他手上才后会放心。戴上魔戒后，鲁杰罗眼中的阿琪娜不再是仙女，而是一个秃头的老太婆，他决定逃走。在其他象征性的无名小卒的追赶下，逃到洛姬斯蒂拉的领地，在这里，

① 鲁杰罗害怕阿琪娜和他之间会被设置什么阻碍。

他反而找到了体现所有美德的人。幸运的是，他又碰到了重归自由、回现人身的阿斯图尔夫。他们一同研究如何才能返回刀剑叮当、骏马萧萧的战场。

奥兰多、奥林匹亚、火绳枪

查理曼的军队被紧紧围困在巴黎城内。夜间，哨兵们在碉堡前的斜坡上观望撒拉逊军营内的火把。但守夜的不只是哨兵，行军床上的奥兰多同样辗转难眠：他的脑海中萦绕着一种想法，既平静又波动，仿佛漂浮在海浪上的月影。他想的是围困、战争以及身处险境的法兰克军队的命运吗？不，他离那些只有和他一样的圣骑士才应存有的念头，比如职责和禁欲，很远。他的眼皮只要稍稍阖上片刻，面前就会浮现那个形象：安杰莉卡。他不能想别的，除了焦躁不安，什么也做不了，因为他失去了她，不知她身在何处。

梦中的安杰莉卡在开满鲜花的河岸起舞；忽然，暴风雨来临，一阵旋风吹散了树叶和花冠：旋风经过处，安杰莉卡消失了。醒来后的奥兰多两眼泪水。也许这场梦是在向他发出警报，也许安杰莉卡遭遇了不测……圣骑士跳下床，备上马鞍，披上铠甲，拿起武器，他没有穿法兰克军队红白相间的外套，而是穿了一件从战死的撒拉逊军官身上扒下来的黑衣服：这样他就可以穿过敌营，而不引起注意。奥兰多跨上他的战马布里亚多罗，悄无声息地从他舅舅查理曼的帐篷前经过，出了巴黎城，去找安杰莉卡。

战争、查理曼、基督教军队以及被围困的巴黎都要有点耐心，直到他们最勇敢的圣骑士完成他的爱情任务。等待的时间从秋天推迟至夏天，然而找遍所有被摩尔人占领的法国省份，都不见安杰莉卡的踪影；奥兰多甚至抵达英国海岸；他在寻找渡船时，看到一条小船上坐着一位少女，想要对他说些什么。

心被残忍背叛的爱情征服，
他有什么不能做出？
奥兰多能否将他对主人的忠诚
从胸膛内驱逐？
曾经明智，用无限的崇敬
维护光荣的圣教天主，
如今，为了一场徒劳的爱情，
不在乎自己、上帝和舅父。

我还是原谅他，很高兴知道
我和他有着同样的缺欠。
面对我的好多么虚弱无力，
继续我的坏却那么强劲康健。
他从此出发穿上黑衣，
抛下朋友也不介意。
经过非洲和西班牙军人身边，
在野外的宿营地。

相反，他们没有扎营，
缩在树边、檐下，因为下雨，
三个一群，五个一伙，
分散在或近或远的距离。
人人都因辛劳疲倦睡去，
有些枕着手，有些躺在平地
他本可以大开杀戒，
拔出迪朗达尔并非他本意[1]。

奥兰多的心灵如此高贵，
对杀死梦中人感到不齿。
有时这里，有时那里，
四处寻找那个女人的踪迹。
如果他发现某人醒着，
就叹息着画出她的样子，
请求那个人发发善心，
指给他那个女人的位置。

后来天光放亮太阳升起，
他找遍了整个非洲营区。
他如此来去自如，
是因为穿了阿拉伯人的军衣。

① 迪朗达尔：奥兰多从埃尔蒙特手中夺来的名剑。年轻人在阿斯普罗蒙特杀死了埃尔蒙特，并缴获了他的宝剑、骏马和徽章。这把剑曾经属于赫克托耳。

同样对他有帮助的，
是他除了法语还懂其他语言。
他的非洲语讲得如此流利，
就像生长于的黎波里。

就这样找遍了整个营区，
仅仅为此就停留了三日。
后来深入城镇和郊区，
不止窥察法国岛和法兰西[①]，
还找了奥弗涅和加斯科尼。
在最后一个乡镇寻觅，
从普罗旺斯找到布列塔尼，
从西班牙边界到皮卡迪。

从十月底到十一月初，
从秋季繁茂的树叶
在寒风中颤抖飘落，
露出光秃的树枝，
到鸟儿们紧挨在一起成群迁徙，
奥兰多追寻他的爱情。
经过漫长的冬季，
即使春天来到也不放弃。

他像往常一样走遍各个乡镇，

① 从塞纳河到马恩省，从奥瓦兹河到埃纳河之间的疆土。

直至有一天见到一条河渠[①]。
这条河隔开诺曼底和布列塔尼，
静静地朝附近的海里流去。
高山的融雪和雨水
冒着白泡，令河水满溢。
湍急的河水涌出岸堤，
冲断了桥梁将道路阻止。

圣骑士站在河边，
左瞧瞧，右看看
（他既不是鱼也不是鸟），
寻找双脚踏上彼岸的手段，
这时一条小船向他划来，
一位少女端坐船舷，
想到他身边和他打招呼，
却无法让船只靠岸。

英国女信使请求奥兰多慷慨相助：他被召唤前往爱尔兰外海的埃布达岛，在那里，每天都有一位少女被铁链锁在岩石上，成为海怪的佳肴。如果安杰莉卡也流落到那里呢？这个令人毛骨悚然的猜想促使奥兰多登上去往圣马洛的船。然而，西北风阻止船只靠近英国的白色礁石，甚至把它推向佛兰芒海岸。

奥兰多在安特卫普下船。“终于来了一位游侠！”一个站在防波堤上好像等他的老者惊呼道，“恳求你，跟我来，荷兰女伯爵奥

① 库埃农河将诺曼底和布列塔尼分开，在圣马洛和圣米歇尔山附近的诺曼底湾入海。

林匹亚正在等待你的援手。”

事实上，奥兰多本打算立刻前去寻找安杰莉卡，当然，他绝不会知难而退。他跑去用武器保护奥林匹亚，后者向他讲述了一个可怕的故事。弗利西亚国王齐莫斯科因为奥林匹亚拒绝了他儿子阿班特的求婚，入侵荷兰，烧杀抢掠，这个蛮横傲慢的君主用一种致命的武器将自己武装起来，这种未来的武器——火绳枪，注定将战争转化为屠杀，并终结优雅的骑士精神。显然，奥兰多从未听说过类似的怪玩意儿：奥林匹亚只得向他讲解火器的基本技术原理。可惜的是，她是在失去父亲和两个哥哥后，才如此了解火绳枪的。

“他除了强壮还有权势，
我们这个时代几乎无人可比。
他诡计多端狡黠作恶，
他的强权、无耻和诓骗对他人无益。
他携带一种奇怪的武器[①]，
从未见过，只出现在他的手里：
一根穿孔的铁管长约两只手臂，
火药铁球从里面射出去。

将点燃的导火线置于封闭的长管尾端，
接触一个很难看见的缝隙。
就像医生在系住静脉前，
要对静脉进行压挤。

① 武器：火绳枪第一次投入使用是在十四世纪，也就是查理曼死后五个世纪。《疯狂的奥兰多》中出现的此类年代错误无关紧要。

轰然一声，铁球射出，
如同闪电未过先遭雷击。
所到之处，将所有的东西
燃烧、掀翻、轰开、粉碎。

他两度击败我方军队，
这种武器杀死了我的兄长：
一次击碎一个哥哥的锁甲，
穿入他的胸膛；
一次另一个哥哥和他人一道逃跑，
魂不附体胆颤心慌，
子弹远远射入肩膀，
随即穿透胸膛。

后来的一天，
父亲镇守最后的城堡，
其他人分散在周遭，
也同样性命难逃。
父王来回走动，
巡视军营的情况，
叛徒从远处瞄准，
子弹射中眉梢。

落入杀亲仇人之手，又遭国民背叛，但奥林匹亚的心中仍存最后的希望：她爱的男人，塞兰迪亚公爵比雷诺，会赶来营救她。但可怕的火绳枪手打败了比雷诺，他也同样被投入监牢。与其嫁给入侵者的儿子，奥林匹亚宁肯去死，但首先她要复仇。她假装同意了婚事。现在她的身边只剩下两个忠诚勇敢的臣民——她两个年轻的弟弟。奥林匹亚让其中一人埋伏在水道上的一条船上，另一人手持斧头藏在洞房的帘子后面。对于新郎阿班特来说，那不是洞房，而是刑场。当奥林匹亚顺着绳梯，下到船上，生命得救之时，他的头颅将会落地。

失子之痛和新娘出逃令齐莫斯科怒火中烧。比雷诺在他手里：他可以杀了他，但他要报复的人是奥林匹亚，他宣布，如果可以交换奥林匹亚，就立即释放比雷诺。奥林匹亚已经准备好了为心爱的男人牺牲自己；她可以马上向齐莫斯科投降，但是她清楚这个暴君没有信义可言。谁能保证，一旦落在齐莫斯科的手里，比雷诺不会一样被杀？命运和风把奥兰多带到奥林匹亚身边，让她请求他做这件事：她把自己交给敌人时，奥兰多陪她前往，确定齐莫斯科是否遵守诺言，并设法救出比雷诺。

圣骑士用长矛和刀剑挑战齐莫斯科。齐莫斯科设下伏兵，突袭奥兰多；他用火绳枪射击，但没瞄准。这是光荣的过去与阴暗的现在交战：诗人可以把语调定得更加严肃；然而他更喜欢依照身边的日常生活展现冲突，并从中获取隐喻。

总之，大意是：齐莫斯科想突袭奥兰多，就像波河三角洲的渔民用网子围住鳗鱼；他们想捉活的，就像捕鸟人使用诱鸟；奥兰多用长矛刺穿敌人，就像厨师用大叉子叉起小馄饨，又像费拉拉的渔夫用签子串起尽可能多的青蛙；齐莫斯科就像等待野猪的亚平宁山区的猎人，埋伏起来，手里的火绳枪口对外，一枪射死了马，却把奥兰多掀翻于马下，就像那次布雷西亚火药库发生爆炸。

奥兰多抵达多德雷赫特[①]，
全副武装的军人把守门侧。
因为暴政特别是新的暴政形成，
更会引起猜疑揣测。
他们到达前就接到消息，
囚禁在此的比雷诺的表哥
已经从塞兰迪亚出发，
率领一支舰队前来援救。

奥兰多请其中一人
前去给国王传话，
说有一位游侠
愿与他长矛短剑一决高下。
他想在比武前立一个协定，
如果国王将挑战者击落马下，
那个杀死阿班特的女人，
骑士可以随时转交给他。

见面时他希望国王承诺：
如果打败了国王，
立即释放比雷诺，
解除他全部的束缚。
仆人赶忙给国王送信。
但那人从不知美德和礼节为何物，

① 多德雷赫特：位于荷兰南部。

欺诈、诓骗和背叛，
方是他全部的意图。

他认为只要抓住这名骑士，
就能找到那个伤害他的姑娘[①]，
如果那个姑娘真的在骑士手上。
如果那个仆人真正理解他的思想，
除了门口镇守的三十人，
还有三十人在远处设防。
他们隐藏起来长时间周旋，
而后突然出现在奥兰多身旁。

其间叛徒用言辞搪塞支吾，
直到看见步兵和马匹，
聚集在他希望的去处。
从大门冲出同样数量的兵卒，
就像有经验的猎手，
将树林和野兽团团围堵。
就像沃拉诺附近的渔夫[②]，
用长长的渔网将鱼儿和河水缠住。

就这样国王堵住所有的去路，
勇士纵使生出双翼也难飞出。

---

① 那个女人指的是奥林匹亚。

② 沃拉诺：费拉拉下属的一个城镇，此地的渔民用一种叫“特拉塔”的渔网在波河上捕鱼。

只想活捉，不求他法，
他相信轻松如探囊取物。
他用火绳枪杀死了许多人，
现在却派不上用途。
他认为不需用在此处，
计划只活捉，不杀戮。

谨慎的捕鸟人意在捕捉更大的鸟，
于是并不杀死最先擒住的猎物。
为了引诱更多的鸟上钩，
把它关在笼中歌唱，捆绑着起舞。
这就是齐莫斯科国王的计谋。
但是让他没想到的是，
奥兰多岂能轻易被捉住，
他很快突出重围找到去路。

安格兰特骑士见刀枪林立，
于是放低长矛向人群冲去。
一个又一个，好似面团相聚，
刺死六人，枪枪中的。
所有人都被穿在一起，
直到第七个人被抛下。
因为锐矛的长度不够，
受伤的第七人被那么一扔随即倒毙。

小心翼翼的弓箭手，
埋伏在更远的水渠或坑边。
将青蛙背靠背、肩并肩，
一个个紧挨着穿在长箭上面。
直至全部穿满，
从箭尾移到箭尖。
奥兰多丢掉沉重的长矛，
近身肉搏手握圣剑。

长矛折断，手持宝剑，
宝剑从未让他失望汗颜。
每次出手，或刺，或砍，
剑光闪过，蓝绿白黑黄被血浸染。
敌人无论徒步或是骑马，
均纷纷倒地命丧人间。
齐莫斯科懊恼没带火绳枪，
现在有它才会心安。

他高喊命人将它拿来，
但似乎没人听到，
那些撤到安全地带的人
根本无心鲁莽出城。
国王见他人四散奔逃，
也觉得保命重要。
跑到城门前想拉起吊桥，

但奥兰多迅速赶到。

国王扭头丢下城门和吊桥，
飞奔到所有人前面。
他的战马更长于奔跑，
对那些平民奥兰多无心观看。
擒贼先擒王不要让重犯跑掉。
但他的马不听话踟蹰不前。
国王的马却像是插了翅膀，
一溜烟就消失不见。

经过街道，一条又一条，
很快从圣骑士的视线逃离。
未久手持火绳枪返回，
派人为他取来新武器。
像一个潜伏的猎人，
躲藏在一个角落里。
准备武装好的猎犬和梭镖[①]，
等待凶暴且下山破坏的野猪的消息。

折断树枝，滚落砂石。
高傲的额头出现在哪里，
都会将群山唤醒，
喧嚣震撼林地。

① 给猎狗的脖子上套上铁圈，以免被更凶猛的动物咬住喉咙。

齐莫斯科潜伏着，
等待报复胆大的骑士。
他一出现就用火点燃小孔，
铁球随即发射出去。

后面如闪电般发光，
前面爆炸向空中震响。
颤动脚下的大地和城墙，
天空响彻可怕的声浪。
燃烧的子弹突然愤怒地射出，
不放过路上任何一件事物。
尖叫嘶嘶，嗖嗖飞过，
却没成全那个可恶的暴徒。

或许是太过匆忙，
或许太想杀死骑士，
铁球失去了准头。
或许他的心如树叶般战栗，
抖动的还有他的手臂；
或许上天不愿最忠诚的勇士死去，
子弹转向，击中了马腹，
马儿倒地，无法将头抬起。

马儿和骑士一同跌倒在地。
没等国王发射第二颗铁球，

骑士已然轻盈地一跃而起。
仿佛从大地获得力量和喘息之机，
利比亚人安泰俄斯从沙土上站起[①]，
会变得更加善战有力。
当奥兰多接触地面再次起身，
翻一番的是他的能量和精力。

是否有人看见宙斯
投射的闪电从天而降，
插入火药库带着可怕的声响，
那里存放着煤炭、硝石和硫磺。
甫一到达，刚一接触，
天空和大地便亮起火光，
折断大理石，撞碎城墙，
将石头崩到星星之上。

我们不难想像，
当骑士一跃而起，
看到他那副凶神恶煞的模样，
天上的战神玛尔斯都难免慌张。
国王催动战马失措惊慌，
掉头想跑，伸手拉缰。
但跟在他身后的奥兰多，

① 安泰俄斯：神话中的利比亚巨人，每次接触大地女神，力量都会增长。他被赫拉克勒斯打败，后者将安泰俄斯举到空中，将其扼死。

快得如同一支离弦的箭。

骑马未做到的徒步做到，
他的速度如此飞快。
若不是亲眼所见，
简直无法想像出来。
没走多远就追上了国王，
一剑劈向敌人的脑袋，
从头一直劈到脖子，
国王抽搐了最后一下。

当齐莫斯科重重倒地，头颅一分为二之时，塞兰迪亚的援兵也已赶到，并一举歼灭了弗利西亚人。荷兰解放了，奥林匹亚和比雷诺甜蜜相拥。奥兰多完成任务，可以告别了。然而在重新上路寻找安杰莉卡之前，他需要确认一件事：就是让那个可恨的怪玩意儿在地球表面消失，不再和主宰战争的冷兵器混在一起。他乘船去了深海，把火绳枪、火药和子弹抛入海底。

潮汐声渐隐，小船来到最深的海洋，
远处的标志再也看不见。
也看不到这边和那边的岸，
他手持火绳枪开讲：
“再也不会有骑士因你灼伤，
再也不会有卑鄙的人
利用你炫耀自己的勇敢和特长。

沉下去吧，下面才是你葬身的地方，

哦，可恶的，该死的，
地狱制造的武器。
定是撒旦的心意，
他的险恶用心，
毁掉了这个世界，
地狱里出来后我会还给你。”
与此同时，风鼓起帆，
推着他离开这座残酷的岛屿[①]。

如果魔鬼没有利用巫术将其浮出海面，那个可恨的装置将在海底躺上几个世纪。骑士们各自散去，烟雾和大火涌入战场，长炮、臼炮、大炮震响意大利和欧洲。

可恨的装置
沉睡了多年，
在一百多步深的海里。
德国人最先用巫术把它钓出水面，
他们一个接着一个做实验。
毁灭我们的魔鬼，
将他们的智力磨练，
最终学会了手段。

① 奥兰多来到埃布达岛，本希望找到安杰莉卡。

意大利、法国，各方的手上
都握着这个残忍的武器。
有的融化铜，注入中间的空洞，
在熔炉中锻制；
有的是铁做的，形状不一。
有的是普通的大炮，有的叫重炮，
有的是迫击炮、有的叫火枪，
或大或小，重量相仿。

野外炮、轻型炮、长炮，
喜欢什么名字就把什么名字叫。
折断铁，毁坏墙，开裂口，
子弹所经之处，开出一条条道。
可怜的士兵把你身上所有的武器，
就连宝剑都投入熔炉重造，
如果肩上不扛着火绳枪或大炮，
我知道，否则你无法把钱碰到①。

你看，多么邪恶丑陋的发明，
你是否找到他在人类心中的对应？
因为你，毁了军队的光荣；
因为你，战争艺术一文不名；
因为你，丧了英勇和美德。
邪恶看起来常常好过善良，

① 指的是雇佣军。

因为你，在野外的直接冲突中
不再有勇敢和强壮。

因为你，战争还未结束，
许多贵族和骑士已经不能活。
这个世界，特别是意大利，
已经开始眼泪滂沱[1]。
我这么告诉你就不会错，
怪只怪残忍的家伙将性命剥夺。
更糟的是那个最初设计装置的人，
残忍和邪恶都逃不过。

① 弗朗西斯科一世和卡洛五世为争夺欧洲霸权发起的战争，鲜血染红了意大利这个主要战场。

弃妇奥林匹亚

《疯狂的奥兰多》是在世界地图上下的一盘棋，一盘无边无际的棋，这一大盘棋同时还分成许多小盘。世界地图比一张棋盘更为千变万化，然而棋盘上的每个人物都如一枚棋子，每走一步，都要遵照既定的规则。

如果在这场游戏中，奥林匹亚的角色是一个遭受邪恶灾难迫害的漂亮女人，那么她的角色依旧是一个遭受邪恶灾难迫害的漂亮女人。如今奥兰多救了她，残忍的敌人死了，她和那个可以为之牺牲生命的男人重聚，应该开始幸福生活了吧：不，正相反，又一连串的不幸即将上演，因为她美丽的身体无法和绝望分离。

塞兰迪亚公爵比雷诺根本不配接受如此忠贞的爱情，刚一获得自由，他就盯上了一位少女——被杀死的敌人的女儿，他虚伪地装出一副同情的样子，把她带上船，借口把她托付给自己的兄弟为妻。事实上，这个负心汉迫不及待地想把奥林匹亚遗弃在荒岛上。如何阐明这个故事的寓意呢，诗人进退两难：应该告诉女人，不要相信男人，不要让对方清楚自己已经坠入爱河了吗？这样也许会搬起石头砸自己的脚。结果他说，提防那些总是朝三暮四的毛头小伙子，还是选择成熟的男人吧，这样他总算摆脱了窘境。

山盟海誓随风而起，
飘散空中化为云烟。
恋人曾经饥渴的贪婪，
心间的烈火随灭随燃。
他们的祈祷和眼泪，
不可轻信切莫魂牵。
我亲爱的姑娘们，
他人的教训就在眼前。

谨防乳臭未干的毛头小伙，
他们的情欲如稻草点燃。
三分钟的热度，灭掉也不新鲜，
如同猎人追赶野兔，
无论酷暑严寒，无论山上海边，
一旦捉住便没有价值可言。
只有面对逃跑的人，
他们才会大步向前。

这些年轻人就是这样：
只要你在他们面前骄傲严肃，
他们就像仆人对待主人那样，
恭敬付出，无限爱慕。

他们的爱情是如此易变无常。
一旦他们开始吹嘘胜利，
就后悔做女主人的奴仆，
将注意力转移到别处。

我并非指责你们的错误，
你们不必为此放弃付出。
没有了恋人，你们就像果园中，
无枝可攀、无处可依的孤独的葡萄树。
我只是劝你拒绝初生的细软胡须，
逃离反复无常动荡不定的爱慕，
享受那些果子吧，不那么酸涩坚硬，
也不过于陈旧成熟。

他就是这么一说：诗人一定知道就在那一刻，他的地图棋盘上需要有一个女性形象，眼看着帆船在雾气中渐行渐远，也只能撕扯自己的头发。

他们在荒凉的小岛靠岸。
有不忠的比雷诺的陪伴，
奥林匹亚也走上了沙滩。
满心欢喜，没有丝毫的怀疑，
和他一起走向宜人的地点，
在一顶帐篷中上床就寝。
其他同伴回去上船，

枕着木头过夜安眠。

暴风雨中的大海和恐惧，
几天来折磨着女人让她无法休憩。
现在她重回安全的海岸，
远离树林和喧闹的声息。
知道她的恋人就在身边，
不再烦忧，不再思虑。
奥林匹亚很快沉入梦乡，
狗熊和睡鼠也没她睡得静谧。

伪善的恋人谋划着背叛，
见她睡熟，悄悄下床。
衣服没穿好，只胡乱一捆，
离开帐篷，就像长出了翅膀。
重又飞向他的同伴，
让他们全部起床。
一声不吭地解缆，
进入公海，离开这个地方。

陆地被抛在身后，
还有憔悴的奥林匹亚。
沉睡着，还在梦中，
直到曙光女神用她镀金的车轮，
在地上撒下冰冷的霜花。

听到海上的翠鸟哀叹古老的不幸[①]，
伸手拥抱比雷诺，半梦半醒，
但是徒劳无益人去床空。

没找到人，她把手收回，
再试一次，仍然白费。
伸出胳膊，这边那边摸索，
再伸出腿，这里那里转动，
仍旧是徒劳无用。
恐惧驱走睡意，她睁开眼睛，
没有任何人，无法独守空床，
于是跳下床，急速冲出大帐。

奔到海边抓破脸庞，
解开辫子拍打胸前，
不祥的预感如今悲惨地实现。
只见发光的月亮一弯，
除了海岸，什么也看不见。
她呼喊着比雷诺的名字，
只有山洞发生回音，
将她的悲伤哀怜。

一块巨岩在远处的岸边竖立，

① 翠鸟：阿里奥斯托是在暗指神话中的阿耳刻悠妮，特洛伊国王克宇克斯的妻子，看到丈夫海难后的尸体，自己也从悬崖跳入海中。阿耳刻悠妮和克宇克斯双双被天神变成鸟。

浪涛频繁拍打挖出一个缝隙，
下面形成一个拱洞，
悬垂在汹涌的波涛里。
奥林匹亚大步登上岩顶
（绝望的心情赋予她强壮的体力），
远远望去，那无情的负心汉，
正扬起风帆，消失天际。

远远看见，或似曾看见，
天色依旧熹微朦胧。
浑身发抖，跌坐在地，
比雪更白更冷的是她的面容。
当她有力气再次爬起，
朝着船儿离去的方向怒吼，
用尽全身的力气，
一次次呼唤丈夫回头。

当虚弱的声音呼喊无力，
只能苦恼地拍手，泪流心底：
“狠心的，这么匆忙，
你要逃到哪儿去？
你该为我负责，带我上船，
带上我的灵魂，带上我的肉体。”
她手中挥舞着衣衫，
示意帆船回到陆地。

然而狂风鼓起船帆，
带着不忠的年轻人的船
驶进深深的海里，
将伤心的奥林匹亚的祈祷和悲叹吹去。
她如此残酷地对待自己，
三次试图跳入海里溺死。
但最终从水中起身，
回到她过夜的营地。

她脸朝下，趴在床上，
自言自语，泪湿脸庞：
“昨夜我们一同找到栖息之所，
哎，为何不能同时起床？
言而无信的比雷诺。
诅咒我出生的那一天，
我该怎么办？我一个人在这里该怎么办？
谁能帮助我？哎呀，谁来安慰我？

这里没有居民杳无人烟，
也不见任何船只靠岸。
为我的悲痛找个避风港，
上船才有希望脱离危险。
否则我会困窘而死，
没人将我埋葬，没人为我合眼。

或许林中会有徘徊的饿狼，
将它的肚皮作我的坟场。

我惊慌无助万分恐惧，
唯恐狗熊巨狮出没林里，
老虎或什么凶狠的猛兽，
用牙齿爪子，它们天然的武器。
野兽怎能将我伤害，
它们怎比得上你的残忍暴戾。
它们只能杀死我一次，
而你却上千次将我置于死地。

即便有好心的船长路过此地，
出于同情将我带离，
避免被恶狼狮子狗熊撕咬致死，
或其他可怕的死亡方式。
他会把我带回荷兰，
但守卫那里的堡垒和城门都是以你的名义[①]；
或者把我带到出生之地，
你是否已用欺骗的手法将其捣毁。

你，已经假托联姻和友谊
将我的国家霸占，
你已经怂恿你的手下

① 奥林匹亚已经把荷兰的政权交给比雷诺。

确保了统治权。
回佛兰德吗？
我已经卖掉了剩下的家产，
尽管不多，却为你购买支援物品，助你出狱，
可怜的我该去哪儿，无处可去。

我能去弗利西亚吗？
本可以做王后，却为了你放弃，
父王和两个兄长都被杀死在那里，
其他人也和我断了关系。
我并不是需要你感恩，
或当面责备错误在你，
然而，事情你比我清晰，
我为你做的一切却换来如此的奖励。

哎，我会不会被海盗船劫走，
然后卖身为奴！
在这之前，狮子、恶狼、狗熊、
老虎或其他猛兽进进出出，
用爪子撕扯我，用嘴巴咬烂我，
把我血淋淋的尸体拖入洞窟。”
说到这儿，她把手插入金发，
扯下一缕一缕的头发。

她重又奔向沙滩的尽头，

绝望地摇头，将乱发向空中抛，
她像是发了疯，身上不止有一个魔鬼，
而是数十个魔鬼纠缠撕咬。
就像海丘巴看见波利多尔的尸体①，
疯狂发作，最终变成狂犬一条。
直立在石头上，眼睛凝望大海，
看起来一动不动，仿佛一尊石雕。

奥林匹亚在海滩上的帐篷中再次醒来，伸手去摸新郎，却发现身边空无一人。她跑到礁石间，呼唤着比雷诺的名字，却只有岩石可怜她、回应她；处于绝望疯狂中的奥林匹亚召集恶狼、狗熊、老虎和巨狮，在幻想中毁灭自己，任凭野兽啃噬她、撕扯她：诗人在他的乐器上奏响最撕心裂肺的音符，然后一个快速的琶音，从悲剧的折磨过渡到冒险的狂奔。

《疯狂的奥兰多》的每一章都是同时期整个世界地图的呈现。同样的目光拥抱着苏格兰的礁石。这边的奥林匹亚痛苦得失去了知觉，而那边的印度洋岛屿上，鲁杰罗正从享乐的天国逃向圣明的乐土，从阿琪娜逃向洛姬斯蒂拉。

在洛姬斯蒂拉的领地，鲁杰罗再次拥有了骏鹰，它终于变得驯服听话。在我们的棋盘上，骏鹰是一枚有特权的棋子：骑上它，就可以一飞冲天，跨越整个大陆。鲁杰罗鸟瞰亚洲和欧洲，直至他决定降落在英格兰，为了解救被围困的查理曼，已经有一支军队整装待发。

① 海丘巴：特洛伊的王后，看见儿子波利多尔的尸体后发疯，变成一只狂犬。

鲁杰罗出发，但他不愿原路返回，
骏鹰曾经驮着他在海上飞，
很少能看见陆地。
他已经学会了如何驾驭
拍打骏鹰的翅膀，
命它飞到这儿，飞到那儿，随心所欲。
返回时，他走了另一条路，
就像从前的博士避开国王希律[①]。

美好的鲁杰罗经过西班牙，
直线飞行到印度的土地。
这里被东方的海水拍打，
两个仙女争来抢去[②]。
现在他决定看看其他地方，
风神伊俄勒斯统治的区域。
这样他已经结束了一圈，
就像太阳一样围绕着大地[③]。

这里的契丹，那里的曼加纳[④]，

① 鲁杰罗没有选择来时的路线，也就是说，他没有从海上飞，而是途径亚洲回家。就像博士因为在梦中被主指示，不要回去见希律，就从别的路回本地去了。

② 阿琪娜和洛姬斯蒂拉争抢的地方。

③ 到此为止，鲁杰罗了已经绕世界转了半圈，从直布罗陀海峡到印度，现在要从亚洲的印度回到西方，就像太阳的公转自转。

④ 经过行在（中国中东部地区，杭州）上空，看见北边的契丹，和另一边，也就是契丹南部，亚洲中部的曼加纳地区。

亲眼见识行在的伟大，
从喜马拉雅山上掉头[1]，
留在右边的是塞利卡那[2]。
从极北的塞西亚降落到赫卡尼亚[3]，
到达萨尔马提亚[4]。
当他身处亚欧分割线时，
看见俄罗斯、普鲁士和波米兰尼亚。

尽管鲁杰罗满心渴望
及早回到布拉达曼特身旁，
然而他乐于游历世界，
不会停止游荡。
直到他见过匈牙利、波兰，
当然不会忘掉日耳曼，
还有住在北部荒芜地区的剩余居民，
直到最后一站——英格兰[5]。

先生，您可能不信，

---

① 喜马拉雅：不止是喜马拉雅山脉，还有那个向北延伸到阿尔泰山，直到极北的塞西亚，将塞西亚和喜马拉雅分隔开的山脉。

② 塞利卡那：格拉达索统治的亚洲地区。

③ 塞西亚：西伯利亚或极北的塞西亚地区，北部被冰雪覆盖的土地。赫卡尼亚海：里海。赫卡尼亚位于里海地区。

④ 亚洲的萨尔马提亚：位于里海东部。古人认为亚欧的分界线是塔纳伊，它的西边是欧洲的萨尔马提亚.。

⑤ 鲁杰罗至此结束了环球旅行。他的旅程分为两段，一段非情愿，一段则是他自己设计好的。

尽管他一直坐在翅膀上飞行，
却避免住得不好，
每晚在客栈度过。
就这样过去了日日月月，
希望看到大陆和海洋的轮廓。
一天早上到达伦敦，
飞马在泰晤士河上降落。

在城市附近的草坪，
聚集着全副武装的步兵。
战鼓号角声响起，
他们列成漂亮的队形。
由里纳尔多率领，
他是圣骑士的荣幸。
如果您记得，我曾说过，
他奉查理曼之命来此地搬救兵。

海峡那边的国度更富异域风情。仅是那些人名和郡名的发音就足以吸引鲁杰罗和阿里奥斯托。如果不是诗人和自己打赌，描述英格兰、苏格兰、爱尔兰军队的列队行进本可以缩减成一个干巴巴的目录：尽量把更多英国名字意大利语化。意大利诗中怎容得下兰卡斯特、沃里克和格洛斯特？他把它们转换成，兰卡斯特罗、瓦维西亚、格洛切斯特拉。那克拉伦斯呢？诺福克呢？肯特呢？只需叫做克拉伦察、诺特福其亚、坎察。这是一种只要愿意就可以继续下去的游戏：潘布洛克变成潘布洛其亚，萨福克变成萨福其亚，埃塞克斯变成埃塞尼亚。那诺森伯兰呢？事情开始复杂起来。伯克利？里士满？道彻斯特？汉普顿呢？阿里奥斯托的发音计划转化成新一轮出人意料的冒险。

鲁杰罗到来的时候，
城外的士兵列队待发。
他向一位骑士打听情况，
但首先他跳下飞马。
那人和蔼地告诉他：
苏格兰、爱尔兰、英格兰，
还有周围的岛屿都列队在此，
这就是为何高举如此多的旗帜。

列队整装完毕，
军队开向海边，
等待他们的船只
停靠在港湾。
鼓舞被围困的法兰克人的士气，
希望可以将他们解救于危难。
为了给您解释清楚，
我会将这些军队分开叙述。

你看那面漂亮的大旗，
绣着猎豹和百合花[1]，

① 法国的百合花和英国的猎豹：这些家族徽章和贵族称号是阿里奥斯托自创的。

迎风而立的是我们的首领，
其他人都聚在他的旗下。
他在这些地区可谓大名鼎鼎，
莱昂内特，英勇之花
国王的侄子，兰卡斯特公爵[1]，
战争大师，智勇俱佳。

皇家旗帜旁的那一面，
迎着风朝着山的方向，
绿地上三只白色的翅膀，
擎在沃里克伯爵里卡多手上。
格罗斯特公爵的徽章是第三个，
有着两只鹿角和半个前额。
克拉伦斯公爵的是一只火把，
那棵树归属约克公爵名下。

你看那个断成三截的长矛，
属于诺福克公爵；
那片星光属于肯特伯爵；
鹫头飞狮属于彭布罗克伯爵；
天平属于沙福克公爵；
你看那边两条蛇连起的轭
属于艾塞克斯伯爵；

① 兰卡斯特公爵：英格兰国王奥多内的侄子。兰卡斯特是英国西北部兰开夏郡的首府。

天蓝背景下的花环是诺森伯兰。

阿伦德尔伯爵的那面旗帜，
海里有一条沉船，
伯克利侯爵的旗帜在马奇伯爵和里士满伯爵的旁边，
第一面白旗上有一座裂开的山口，
第二面上是一个手掌，
第三面是松树立于海浪。
多塞特和南安普敦伯爵的旗帜上，
各自绣着马车和王冠。

在巢前展翅的雄鹰，
属于德文郡伯爵拉伊蒙多。
德比是狗，牛津是熊，
黄黑相间的是温彻斯特。
那个水晶的十字
属于富有的巴斯主教，
黑暗中那把破椅子
属于萨默塞特的公爵阿里曼。

鲁杰罗重又跨上骏鹰，飞越大洋和爱尔兰海岸。看见献给海怪的佳肴安杰莉卡被锁在礁石上：发生在安杰莉卡和即将吞掉她的海怪之间的故事之间的故事开启了一段新的寓言组曲。先是奇妙的地形，后是奇妙的神话，但并未使其显得苍白。如果我们闭上眼睛，不去看海怪和飞马，我们仍能看到长胡子的英国骑士在长矛森林中行进。

哭泣岛的囚女

爱尔兰外海有一座埃布达依岛，每天早上都有一个怪物从海里冒出来吃掉一名少女。为了保全自家的女儿，岛民们出海为盗，劫走附近海岸的女孩。为了满足海怪，求他赐一天的安生，每天早上他们都会把一名少女绑在礁石上。美丽的安杰莉卡碰巧落入他们手中，如今她正全身赤裸地锁在那里。她的命运好像就此交代了，但这时，她看见空中有一位骑士骑着一匹长着翅膀的马。他就是骏鹰上的鲁杰罗。

有了骏鹰，原本属于亚特兰大巫师的盾牌也拿在鲁杰罗手上，只需揭开罩子，就可以晃花对手的眼。拥有这件宝物后，他的优势地位无可争议：我们越是关注反抗海怪的战争，就越是被阿里奥斯托使用的技巧吸引，也就越关注他对海怪和飞马骑士之间争斗的描述。阿里奥斯托的诗歌，即便在谈到魔法的时候，也没有求助于魔力的意思：它的秘密在于，从庞大和奇妙当中重新找到一片打谷场、一条小径或亚平宁急流中一个水洼的和谐。海怪看上去像一头野猪或一头野蛮的家猪。骏鹰靠近它，避开它的进攻，就像老鹰想啄一条蛇，或苍蝇之于猛犬：昏厥的海怪令人回想起用石灰搅浑水后落网的鳟鱼。

鲁杰罗没有放低长枪，
而是将它高举过肩膀。
不知有什么与这头海怪相像，
缠绕扭曲未定型的块状。
除了头没有动物的模样，
眼睛和牙齿外凸与野猪相仿。
鲁杰罗击中它的双眼之间，
就像碰到铁器或石头一样。

第一次出手没有效果，
骑士返回来第二次进攻。
海怪看到骏鹰的翅膀下面，
有阴影在海浪上来回移动。
他把到手的佳肴留在岸边[1]，
徒劳地追逐骏鹰的影踪。
跟随它移动并转身，
鲁杰罗从天而降反复前冲。

就像向下飞行的老鹰
在高处看到毒蛇在草丛中游移，
或者在光秃的石头上晒太阳，

① 佳肴指的是安杰莉卡。

变得美丽光溜蜕掉金色的表皮，
不在毒蛇希望的角度出击，
任它嘶嘶作响继续向前爬去，
拍击翅膀，从背后侵袭，
它就无法转身，张嘴反击。

鲁杰罗的长矛宝剑
不劈在长有獠牙的口鼻，
而是落在它的耳朵上，
尾巴上和背脊。
如果它转身改变位置，
就根据情况上升或下移，
但总是碰到硬石头上，
无法切开粗糙坚硬的鳞皮。

类似的战争发生在尘土飞扬的八月，
在勇敢的苍蝇和猛犬之间。
或者将这个月推后或提前，
一个长有触角，一个满嘴口涎。
这个刺向眼睛，那个随时开战，
苍蝇飞来飞去一点点靠前，
猛犬总是咬空，
一旦击中目标就满足心愿。

海怪猛烈地拍打尾巴，

海水升腾，白浪滔天。
他不知骏鹰能否游泳，
像它的翅膀在天空伸展。
他常不情愿地身处岸边，
如果长时间地沾水。
他担心会浸湿了骏鹰，
落入水中就别妄想木筏或轻舟的支援。

采取新的策略也许更好，
用别的武器将可怕的妖怪除掉。
强光刺得他眼花缭乱，
只需揭开覆在盾牌上的纱罩，
飞到海边绑缚裸女的那块礁石。
为了没有差池[①]，
将解除巫术的魔戒，
戴在她的小指。

布拉达曼特为了救下鲁杰罗，
从布鲁奈罗那里夺回这枚戒指。
而梅丽莎（像先前我跟您说的那样）
又派阿琪娜去印度抢走了戒指。
经过多番辗转，
使用诸多手段，
戒指又回到鲁杰罗手里，

① 为了不妨碍计划的执行，以防安杰莉卡的眼睛也被盾牌的光刺得睁不开。

从那以后就一直戴在他的手指。

他把戒指戴在安杰莉卡的手上,
唯恐盾牌发出的光芒
将鲁杰罗爱上的那双眼睛损伤。
魔戒可以保护安杰莉卡安然无恙。
现在海怪来到海边,
它的身体占据了半个海洋,
鲁杰罗谨慎地揭开丝罩,
如同向天上发射另一个太阳。

魔法的光辉射入海怪的双眼,
就像山民曾经做过的那样,
或是鳟鱼或是鲴鱼的东西,
沉入山民用石灰搅浑的水底[①]。
就这样在大海的泡沫里,
看到海怪被恐怖地掀翻。
鲁杰罗反复击打,
却找不到弄伤它的办法。

美丽的姑娘哀声请求,
鱼鳞坚硬,乱打也是无益。
“看在上帝的分上,回来吧,先给我松绑

① 亚平宁的艾米利亚山民通过将石灰投入河水中,让鱼儿浮出水面,然后将它们捉住。

（流着泪说），在海怪醒来之前
带我走吧，宁可溺死在海里，
也不愿葬身丑陋的鱼腹。”
鲁杰罗，被她合理的悲叹感动，
解开姑娘，把她从海边抬起。

现在，我们将鲁杰罗打败海怪时使用的技巧和同样情形下奥兰多的举动做一下对比。礁石还是那块礁石，海怪也是那个海怪，虽然被锁住的女孩不同，但权当作同一个人。（我们会明白，那个女孩是荷兰女伯爵奥林匹亚。）鲁杰罗使用老式宝物，而奥兰多既没有可以炫耀的飞马，也没有神奇盾牌。他只需要一条小船和系在缆绳上的锚。他乘船进入海怪的咽部，把锚钉在它的喉咙上，然后跑到礁石上，拉动缆绳。怪兽被拉到岸边时，已经死了，死于力量和计谋的结合。没有改变的是阿里奥斯托的技巧：这次，他的隐喻涉及到科马考河谷中螃蟹的移动，矿工支撑隧道拱顶的方法以及被绳套捉住并驯服的公牛。

伯爵将双桨摇到胸前，
背朝着他想去的地点。
如同向后走的螃蟹，
从大海或潟湖爬向沙滩。
那时曙光女神的金发，
在初升的太阳下飘散[①]，
一半隐藏一半显现，

① 曙光女神欧若拉向太阳神福玻斯展示自己的头发，故意让老丈夫提托诺斯吃醋。

激起提托诺斯的妒焰。

靠近光秃秃的礁石，
也就是壮汉扔一块石头的距离，
隐隐约约听到哭声，
如此的虚弱乏力。
左转将目光投向礁石下面，
只见一个女人裸身如赤子
身体绑在树干上，
双脚浸泡在海水里。

离得还远，她将头低垂，
无法认出她的模样。
他急忙加速，划靠过去，
迫切想知道是哪个姑娘。
然而大海咆哮，
震得丛林山洞嗡嗡作响。
巨浪涌起，怪物出场，
胸膛几乎隐藏了整个海洋。

蕴含雨水和风暴的云彩，
从潮湿的山谷升起。
好像要将一天熄灭，
整个天地比夜晚还要黑。
海怪游动占据一大片海面，

或是整个海面都被它占据。
海浪怒号，奥兰多做好自卫，
高傲地看它，决不后退。

等他拿定主意做什么，
于是开始迅速出击。
在防止少女受伤的同时，
还要将怪兽偷袭。
他将救生船划到海怪和姑娘之间，
将隐藏的宝剑插入鞘里，
手里拿着铁锚和缆绳，
而后等待海怪，毫不畏惧。

海怪靠近后发现，
船上的奥兰多近在咫尺。
为了吞掉他，张开血盆大口，
大得可以装下马匹和骑手。
奥兰多手握铁锚向前走，
跳进怪物的咽喉。
如果没弄错，那条船也被吞下，
一边钩挂海怪的上颚，另一边钩住舌头。

海怪再也无法合拢上颚，
或是抬起可怕的下颌。
使用铁制鹤嘴锄的矿工

无论到那里开路，头顶都有支撑，
除非他工作时不谨慎，
突然发生坍塌或矿崩。
两个钩子间的距离很远①，
想要够着必须跳起来才成。

奥兰多安放好支撑物，
确保怪物的嘴巴不再合拢。
握紧剑，朝着那个黑洞，
这里砍一下，那里刺一下。
如同敌人杀入堡垒的内城，
骑士需要起身自卫。
海怪则尽力顽强地抗争，
圣骑士已经进入喉咙。

痛苦不堪的怪兽漂浮海面，
露出侧腹和长满鱼鳞的后脊。
如今沉入深深的海洋，
在海底翻滚，将沙粒卷起。
骑士感到法国的海水猛涨，
而后向岸边游去。
手里抓着与铁锚相连的缆绳，
把铁锚仍旧固定在那里。

① 一个钩子和另一个钩子之间存在的距离，也就是从颚骨到舌头之间的距离，海怪被迫大张着嘴，这里面的空间比奥兰多的身材还要高大，如果他想够到这个非同寻常的长廊的拱顶，必须跳起来才行。

奥兰多手握缆绳
向礁石迅速游去，
一站住脚，就猛拉铁锚，
两只锚爪将丑陋海怪的嘴巴刺痛。
海怪被超越一切的力量拉着走，
全然由不得自己，
那股力量只需用一下，
就能超越十次绞盘的转动。

如一头犄角受伤的野牛，
突然感到绳索套在上身，
四处乱跳，转来转去，
躺倒爬起却无从脱身。
强壮的臂膀力大无穷，
将它拉出栖息地，无法生存。
千番扭动，奇异翻转，
跟着绳索，无法脱困。

鲜血从口中流出，
几乎染红了海洋。
它拍打波浪直至将海底打通①，
海水飞溅到天上，
暗淡了澄澈的日光。

① 就像红海为犹太人让开一条路。

最后它被拖到岸上，
隆隆声响彻远处的海岸，
和四周的丛林山岗。

听到如此大的动静，
海洋老人普罗透斯露出水面[①]。
只见奥兰多在怪兽嘴里进进出出，
把那条巨大的海鱼拽向岸边。
来到海的上游遗忘了四散的物群，
喧嚣升级，惊骇万端。
他让海豚驾车快跑，
当天就逃往埃塞俄比亚那边[②]。

伊诺流着泪怀抱墨利刻耳忒斯[③]，
海中仙女涅瑞伊得斯头发凌乱[④]，
葛劳科、特里同们还有他们的伙伴[⑤]，
不知去向何方，反正四处逃散。
奥兰多终于把海怪拖上岸边，

① 普罗透斯：神话中的海洋生物保护神，奥克安诺斯与特提斯之子，有变化外形的本事。

② 在荷马的想像中，众神常常前往“天真的埃塞俄比亚人”那里赴宴。

③ 伊诺：阿塔玛斯的妻子，为了摆脱疯狂愤怒的丈夫，怀抱幼子墨利刻耳忒斯跳入海里。众神将他们母子变成海里的神：琉科泰娅和帕勒蒙。

④ 涅瑞伊得斯：海中仙女。纳鲁斯和多丽斯生下的五十个女儿，她们组成了海王尼普顿的宫廷。

⑤ 葛劳科们：也就是葛劳科的追随者，被众神变成海神的渔夫。特里同们：也就是特里同和安菲特里忒的儿子们，他们有着半人半鱼的模样。

不必再费力纠缠。
因为历经折磨苦难，
海怪在上岸前已经丧命。

奥兰多确信自己救的是安杰莉卡。可是松开绑，眼前的人又是谁呢？再次被他解救的奥林匹亚，她先是被薄情的夫君比雷诺抛弃，后又被埃布达依岛的海盗抓住，锁在礁石上。奥兰多注定要完成无私的任务，却让他的美人逃走。

但安杰莉卡去了哪里呢？被鲁杰罗救下后，和他一起乘骏鹰飞走了。怀抱里有了安杰莉卡，他立刻忘掉了布拉达曼特。安杰莉卡这个可望不可及的女人，这次终于落在决心不放她走的人手里。鲁杰罗让骏鹰降落在不列颠的一个树林里，他急忙摘下胸甲，回头一看：安杰莉卡不见了。

现在想起来为时已晚，和海怪搏斗时，他把魔戒戴在她的手上，这样她就不会被盾牌的光亮晃到眼睛。现在，只要她把戒指放在嘴里，就可以隐身逃跑。

至于奥兰多，杀死海怪后，还必须对付埃布达依的岛民，他把他们从海怪的魔爪中解救出来，没想到这些人非但不感恩，还惧怕海神的报复，想要杀死他，并祈求海神大发慈悲。奥兰多用不死的利刃迪朗达尔砍倒了三十来人，没过多久，伊贝尼亚（爱尔兰古名）国王奥博托率领的爱尔兰援军赶到，杀死了其余的人。

岛民们，或拿着投石器，或持弓，
或拎着棍棒、刀枪，下到海滩中，
或前或后从各个角度，

或远或近向他这边围拢。
圣骑士禁不住吃了一惊，
这些人毫不感恩，却发起残忍的进攻。
铲除怪兽本可以带来荣耀，
怎知自取其辱危难重重。

受到健壮的俄罗斯或立陶宛人威胁的狗熊
习惯了一路前行，
它们对眼前的场景不屑一顾，
对纠缠不休的犬吠无动于衷。
圣骑士也不把村野乡民看在眼中，
丝毫没有惊恐。
只要他吹一口气，
就能天摇地动。

他们很快闪出一条道路，
奥兰多手握宝剑准备进发。
愚蠢的疯子误以为他抵抗不了几下，
因为看他身上没穿铠甲，
手中没有盾牌或是其他。
他们哪里知情，
奥兰多从头到脚的皮肤，
如钻石一般坚硬[①]。

---

① 奥兰多除了脚掌，全身都是刀枪不入的。

他人不能拿奥兰多怎样，
却不能将他的行为阻挡。
只用了十下，就杀死了三十人，
如果多砍几下也不会耗时太长。
很快周围的海滩一阵喧嚣，
他已经转身为女人松绑。
这时，从海滩的另一侧，
传来新的骚动和吵嚷。

圣骑士已将这些野蛮人，
压制在这边的海岸。
毫无疑问，来的是爱尔兰军队，
从海岛的各个据点上岸离船。
军人的手下毫不留情，
大肆屠杀了所有岛民。
也许出于公正，也许只是残忍，
他们见人就杀，不论男女，不分年龄。

岛民们毫无准备猝不及防：
一是事情来得太过突然，
一是很少有人居住在岛上，
很少的这些人又无机智可讲。
财物揣进口袋，大火烧毁住房，
尸横遍野，难以抵抗。
高耸的城墙夷为平地，

整个海岛无一人逃亡。

奥博托长途跋涉就是为了结束这种残害少女的野蛮行径。他一眼就爱上了被解救的奥林匹亚。这个习惯了逃出龙潭，又入虎穴的可怜女人，退出了舞台，奥兰多希望不会有第三次。

曼迪卡尔多劫走多洛丽丝

在《疯狂的奥兰多》中，英勇无畏和崇高灵魂在基督徒和穆斯林身上有公平的体现：人性弱点也同样如此。至于说到虚张声势、残忍野蛮、自吹自擂的人，以及身型巨大的兵匪，天平无疑会完全倒向撒拉逊这一方。阿格拉曼特国王手下的几位勇士的名字：格拉达索、罗多蒙特、萨克利潘特能够成为我们常用的形容词也不是毫无理由的；摩尔战士的完整花名册构成了一个令人振聋发聩的绰号名单。因此，当阿格拉曼特担心自己的兵将伤亡过重，决定重新阅兵，以便统计可部署的军事力量时，阿里奥斯托的诗节里鼓声回荡。

就像法国国王需要勇士
补充他在战争中失去的将领，
马西里奥和阿格拉曼特国王
也向自己的军队发布新的号令。
从他们的冬季宿营地出发，
在草地上排列阵型，

看到哪里有需要，
就将军队朝那里支配引领。

先是马西里奥，
后是阿格拉曼特，
一队接一队地阅兵，
加泰隆尼亚人在队伍的最前方。
多利非波将大旗高擎，
接下来是纳瓦拉人。
福维兰特国王被里纳尔多杀死，
西班牙国王委任伊索列为他们的统领。

接下来是莱昂的子民巴鲁甘特[①]，
格兰多尼奥统治着阿尔加维[②]，
管理小卡斯蒂利亚的是[③]
马里西奥的兄弟法西罗内。
再接下来是马达拉索的旗帜，
他们来自塞维利亚和马拉加。
瓜达尔基维尔流经绿色的陡峭河岸，
从加迪斯海湾到富饶的科尔多瓦。

斯托蒂拉诺、特西拉和巴里孔，

① 莱昂：莱昂国在六世纪并入卡斯蒂利亚。

② 阿尔加维：葡萄牙南部地区。

③ 小卡斯蒂利亚：指的是旧卡斯蒂利亚，比新卡斯蒂利亚面积小。

一个接着一个显示他们的军威。
首先是格拉纳达，接着是里斯本，
马约卡顺从地排在第三位[①]。
特西拉曾是里斯本的国王，
被他的亲戚拉宾篡夺了王位。
接下来加利西亚围绕塞潘迪诺，
而不是马里科多的周围。

点名时缺了两位将领：阿尔及多和马尼拉多，他们在冲突中，被一位黑甲骑士杀死。而奥兰多，一直在追赶难以捉摸的安杰莉卡，他从爱尔兰回到法国，因为长期不在基督教军营内效力，只能靠歼灭一路上遇到的每个撒拉逊军人找回自己的良心。

然而现在的伊斯兰阵营里多了一位勇士：鞑靼国王曼迪卡尔多，他在作战中只使用长矛，因为他认为没有一把剑配得上他，除非曾经属于特洛伊王子赫克托耳、如今握在奥兰多手上的那把著名的迪朗达尔。刚刚听人谈起奥兰多的杀戮，就出发去找他，想要赢得迪朗达尔。

所有的军队都已抵达，
除却阿尔及多和马尼拉多。
阅兵礼上没见他们的踪影，
也没任何音讯相托。
毫不知情的阿格拉曼特
认为他们的军纪松散怠惰，

① 马约卡：马约卡岛，是巴雷亚斯群岛中最大的岛。

特雷米森的侍从被带到国王面前，
最终将发生的一切言说。

他告诉阿格拉曼特，
阿尔及多、马尼拉多和许多兵将已战死沙场。
“先生，如果您比我动作迟缓，
那名杀死我们人的骁勇骑士
也会让您的整个部队消灭。
我也是好不容易才免得一死。
这人杀了骑兵，杀步兵，
如同恶狼吃了山羊，吃绵羊。”

不久前的一天，
一位贵族来非洲国王的阵营投效。
无论西方，还是整个东方，
比他更勇敢强壮的人实难寻找。
阿格拉曼特对他礼遇周到，
他是英勇的鞑靼国王阿格里卡内的儿子[1]，
未来的王位继承人。
他就是曼迪卡尔多，残忍凶暴。

他立下了赫赫战功，
大名传遍天涯海角。
夺得一副闪闪发光的锁甲，

① 阿格里卡内：被奥兰多杀死的鞑靼国王。

在叙利亚仙女的城堡。
千年前曾属特洛伊的赫克托耳[①]，
这件事最令他引以自豪。
说说都觉得可怕，
历经千难万险，遭遇种种蹊跷。

侍从讲述的时候他也在场，
于是高傲地将下巴扬起。
打定主意即刻出发，
找寻那名骑士的踪迹。
不过他把想法藏在心里，
也许他不相信他人。
也许他害怕，万一表明心迹，
会有人站出来将功劳抢去。

他向侍从询问黑甲骑士的样子，
侍从回答；“他全身乌黑，
黑色盾牌，没戴头盔。”
先生，他说的是真话，
奥兰多之所以这样装扮，
是拒绝泄露他的过去。
因为内心的痛苦，
所以穿了一袭黑衣。

① 在《热恋的奥兰多》中，曼迪卡尔多在寻找奥兰多时，没带武器，他想通过自己的勇猛获得武器。到达叙利亚仙女的城堡，历尽艰苦，占有了赫克托耳的盔甲。就差一把剑，那把剑落在埃尔蒙特手中，后来又转给了奥兰多。

马西里奥赠给曼迪卡尔多
一匹栗色的骏马，
腿部和鬃毛是黑色的，
母亲是荷兰马，
父亲来自西班牙。
骑上宝马佩戴全部盔甲，
曼迪卡尔多与众人作别扬长而去，
发誓找不到黑甲勇士绝不回家。

追寻奥兰多的足迹很容易：凡是有碎尸、骨头、散落的兵器、开膛破肚的马匹的地方，圣骑士一定曾经从那里经过。与之相反，曼迪卡尔多则有着完全不同的遭遇：河岸边，树荫下的草坪上，有一块营地，营地中间支着一顶用花边和流苏装饰的帐篷，一队全副武装的战士守护着它。曼迪卡尔多明白，他们是在陪伴格拉纳达国王的女儿多洛丽丝，这个女孩要嫁给萨西亚和阿尔及尔国王罗多蒙特为妻。

“你们在阴影下等什么？”

“等太阳再落下去一点，先生。”格拉纳达的卫兵们回答道，“天再凉快一点的时候，我们再上路。”

“你们想把这个小王后藏起来？”

“等唱歌的知了睡去后，她才会醒来。”

“你们可不可以掀开帐篷的一角，让我稍稍看上那么一眼？”曼迪卡尔多问道。

许多人在路上四散逃亡，

有幸没落入奥兰多的手掌。
有人的儿子，有人的兄长，
在他们眼前痛苦命丧。
心里的胆怯和悲伤，
依旧刻在惊慌失措的脸上。
因为所遭受的惊吓，
依旧苍白、无语、慌张。

曼迪卡尔多走了没多远，
看见一幕惨绝人寰的景象。
非洲国王眼前呈现的一切，
就是黑甲骑士拼杀的战场。
看看这些死人再看看那些死人，
移动尸体，将伤口用手测量。
他对杀死这么多人的骑士，
满怀嫉妒，心生异样。

如同恶狼或猛犬最后赶到，
地上躺着被野蛮人杀死的牛的尸体。
只找到牛角、骨头和指甲，
其余都被鸟和狗拿去充饥。
他徒劳地看了看头骨，
肉少得都不够给嘴上抹油。
野蛮的鞑靼国王暗自辱骂，心怀妒忌，
他来迟了，没赶上这次诱人的宴席。

那天和后来的半天，
他犹豫不定地跟随，
到处打听黑甲骑士的行迹。
这时他看到一块草地被树荫遮蔽，
一条深河流过，
转弯处留下一小块空地，
与台伯河环绕的流波[①]
在奥特里科利形成的小岛相似。

一队全副武装的骑士
出现在溪岬之地，
异教徒问，是谁拥有这支人马，
又是为何聚集在此。
见他威武堂堂，
穿着金佩着玉。
一定是个了不起的骑士，
队长于是回答道：

“奉我主格拉纳达王之命
护送公主前往萨西亚。
她已许配给罗多蒙特，
但消息尚未公布。
等夜晚来临，知了安静我们再出发。

① 台伯河在特尔尼附近的奥特里科利形成一座优美的小岛，如今已消失。

把她带到父王宿营的西班牙，
现在只听到知了的聒噪，
与此同时，公主还在睡觉。”

曼迪卡尔多向来目空一切，
他立即决定查验清楚。
这些人作为卫兵，
到底能否保护好自己的公主。
“据我所知，她可是个美人儿，
现在我想亲自验证一下，
我去找她，或者让她来见我，
我还要继续赶路。”

站在他面前的格拉纳达卫兵们放声大笑起来。“哦，您一定是被太阳烤疯了，先生！”

曼迪卡尔多可不是那种听凭他人说三道四的人：他长矛一沉，刺穿一个人，又一个人，长矛只剩下杆儿了，他也不歇手，杆儿使起来倒是比整个长矛更得心应手，他又杀死了更多人。现在，花边帐篷周围只剩下尸体。多洛丽丝醒来，看见帐篷门敞开着，面前站着一名身形高大的摩尔武士，从头到脚是血。她尖叫了一声。

但她留给曼迪卡尔多的印象更深刻，他在看到这位娇弱的美人的同时，就坠入了爱河。

“走开，走开。”他对贵妇、侍女和随行的仆人们说，“你们回格拉纳达吧，公主有我一个人就够了，我给她做侍从，做管家，做奶妈：全由我一个人来！”

“肯定是疯了，胡言乱语。”
队长说，还没等他说别的，
鞑靼人提起长矛向他的前胸刺去。
胸甲禁不住这么猛烈的一击，
他当即死掉，摔倒在地。
阿格里卡内的儿子抽回长矛。
因为他除了长矛，
没有旁的武器。

他既没带棒也没带剑，
在夺得曾属于赫克托耳的武器时，
发现唯独缺了那把剑。
他不得不发誓（徒劳地发誓），
他唯一使用的就是
那把被埃尔蒙特高度重视，
现在为奥兰多所有，
原属于赫克托耳的迪朗达尔。

鞑靼人果真胆识超凡，
形势不利仍坚持奋战。
大喊道：“谁想挡我的路？”
端起长矛，杀向敌人，
有的操棍，有的拔剑，
将其团团围在中间。

在长矛断成两截之前，
他已经杀死了一片。

长矛折断，杆部仍旧整齐，
只见他双手举着断成两截的长矛。
仍旧将很多人杀死，
从未见过如此惨烈的战争。
就像希伯来人参孙和腓力斯人的战役，
随手拾起一块颚骨，
就能砸碎盾牌，压扁头盔，
常常将战马和骑兵同时杀死。

这些可怜人争先恐后地赴死，
并没有因为身边的人
一个个倒下而停止。
对于这支军队来说，
比死本身更苦涩的是死亡方式。
竟然忍受宝贵的生命
被断掉的长矛截止，
死得像一条蛇或青蛙一只。

他们付出了代价吃尽了苦头，
才意识到无论如何死总归不好。
等死亡人数接近三分之二，
幸存的人开始四散奔逃。

他感觉这支队伍归自己所有，
可以肆意地对它施暴。
残忍的撒拉逊人无法忍受
惊慌失措的人中有任何一个跑掉。

风中尖叫的芦苇经不住沼泽的干涸[①]，
庄稼茬也受不住北风吹。
为了对抗北风和火苗，
当游移的火苗盘踞，
沿着垄沟流动、爆炸、尖叫，
精明的耕田者用手将它们配对。
面对曼迪卡尔多燃烧的愤怒，
他们很少防卫。

后来他看到帐篷的入口
无人看管，防范不严。
便在哀哭的引导下，
来见格拉纳达女人，
沿着草上新近标出的路线。
她是否真如人们传说的那样美？
于是他穿过死尸，
来到弯弯转转的河边。

① 风中躁动不安的芦苇发出尖叫。

多洛丽丝是公主的名字①。
只见她在绿草的中央，
瑟缩在森林中的古白蜡树下，
抱怨着她的哀伤。
泪水如无尽的泉水汩汩涌出，
滴落在美丽的乳房之上。
他人的伤痛和自己的惧怕，
交织在那张可爱的面庞。

她看到曼迪卡尔多走近，
面目阴郁狰狞浑身血红。
她的恐惧顿时升级，
尖叫声划破长空。
为了自己也为了手下的安危，
除了骑士，还有照顾公主的侍从。
全都来自格拉纳达王国，
美丽的少女、贵妇和年迈的老翁。

出现在鞑靼人面前的是
整个西班牙最娇美的脸庞，
泪光中（难道还笑得出来吗）

① 多洛丽丝：阿里奥斯托从《热恋的奥兰多》中只选取了这个人物的名字，以及罗多蒙特对她表示的爱意。有的评论家提出一种假设，在多洛丽丝这个段落（许配给罗多蒙特，却落入曼迪卡尔多的圈套），阿里奥斯托藏着一个事实，也就是乌尔比诺公爵夫人的侍女被劫持，她注定要成为那不勒斯人詹巴蒂斯塔·卡拉乔洛的妻子，并被爱上她的凯撒·博尔吉亚绑架。

织出一张交错纠结的爱情之网。
他不知自己身在何处，人间抑或天堂，
他甚至意识不到，
这场胜利换来的竟然是
成为俘虏的俘虏。

然而她并没有多么欢喜，
辛苦后将自由的果实奉献。
尽管这个女人痛苦哀伤，
梨花带雨，泪流满面，
他仍希望将她的泪水化作欢颜。
他不顾一切地要带她走，
扶她上了一匹白色的小马，
回到原来的路边。

贵妇、侍女、老翁，
和她一起从格拉纳达来的侍从，
全被他仁慈地打发掉。
他说道：“公主有我陪伴已经足够，
我教导她、守护他、服侍她，
满足一切需求。
再会了，朋友。”
无可奈何的仆人们哭泣着，叹息着离去

他让多洛丽丝骑上一匹他们称作Hobby的苏格兰小马（意大

利语叫 Ubino)，然后出发。

骑马并行时，他对她说："这个世界上有什么东西对你来说很重要？爱情？那么，我爱你！贵族身分？我是鞑靼人的国王！财富？我是全世界最富有的君主！勇敢？等着看我的表现，你就知道了。"

这些论据无懈可击。多洛丽丝公主不再哭泣。此外，她的未婚夫罗多蒙特也不能说是个心思细腻的人：这个曼迪卡尔多，虽然很专横，却也果敢豪爽。

多洛丽丝微笑着看他，好像在说："如果是这样的话。"

巴黎之役的罗多蒙特

非洲国王阿格拉曼特长期包围巴黎——法国军队最后的落脚点。查理曼最骁勇的战士为了爱情和冒险散布于世界各地，他急切地盼望里纳尔多和英格兰援兵的到来。英格兰军队穿越海峡的消息首先传到了阿格拉曼特那里，惊恐不安的他决定立刻对巴黎发起攻击，否则就来不及了。基督徒在碉堡前的斜坡上，看见摩尔人在墙角准备梯子、檩子和装满箭矢的藤筐：摩尔人明早一定发动攻势。

查理曼国王对天祈祷：与其说是祈祷，更确切地说，这个麻木不仁的政客试图引发有关威望的辩论：如果巴黎陷落，异教徒们会对神力作何感想？上帝，怀着无限的耐心，对这个在敬神方面有待商榷的国王献上的祷词睁一只眼闭一只眼，他委派大天使米迦勒寻找“宁静”，并令其与法兰克军队结盟。米迦勒为了寻找“宁静”，来到修道院，却在那里找到了“不和”。如果让她混入阿格拉曼特的军营，也许会起作用。

巴黎城外还有一道墙，墙上的守卫者们等待着，准备好了大石头、成桶的滚烫沥青和灰浆。号角声响起：密密麻麻的撒拉逊人沿着木梯向上爬；站在高处瞭望塔上的基督徒用滚沸的热油浇他们，用巨石砸他们，用烧红的圆圈烫他们，套在他们头上的圆圈，恍若王冠或项链。

巴黎坐落在广袤的平原，
法国的肚脐或者心脏。
一条大河流入城内①，
再向另一边流淌。
先是形成一座小岛，
保证这是最好的地方。
其他两个部分（巴黎分为三部分），
在护城河外，塞纳河上。

巴黎城周长大约数英里，
敌人可从数个据点攻击。
但他只想从一点进攻，
不愿分散火力。
阿格拉曼特将军队撤到塞纳河以西，
打算从那里发起攻势。
这样可以保证安全的后方，
身后的乡镇一直到西班牙的土地。

无论在城墙的哪一面，

① 塞纳河穿过城墙流入城内，再流出城。在穿过城市的途中，分成两条支流，形成一座小岛。这座小岛构成了整个城市最安全也是最漂亮的区域。巴黎的另外两个部分位于塞纳河的左岸和右岸，位于护城河和河岸之间。

查理曼都筑好了防御工事。
加固每处河堤，
内有排水沟、暗炮台和沟渠。
拉上最粗的锁链，
在护城河进出城之地。
不过首先不能考虑其他，
要在最容易引起恐慌的地方采取措施。

丕平的儿子（查理曼）
长了一双阿耳戈斯的眼睛[①]，
能预见阿格拉曼特从哪里出击。
撒拉逊人毫无预防，没有设计，
派出以所列、格兰多尼奥、法希罗内、
塞潘迪诺、巴鲁甘特和费拉乌，
以及从西班牙带来的其他人。
马西里奥全副武装留守营地。

索布里诺在塞纳河的左岸[②]，
手下有达迪内和普里安[③]，
奥兰国的巨人国王[④]，

---

① 阿耳戈斯：神话人物，号称百眼巨人。朱诺派他去看护伊奥，后被墨丘利杀死。

② 索布里诺：北非加尔博地区年老智慧的国王。

③ 普里安：诺桑摩尼国王。居住在悉内和班加西之间的部落，在锡尔特湾发生海难的船只上掠夺财物。达迪内：埃尔蒙特之子，阿格拉曼特的表兄弟。

④ 奥兰国王：玛巴鲁斯特，阿尔及利亚奥兰的国王。

从脚到前额足有六肘尺。
但是为什么让我动笔
比这些人动刀还要艰难?
萨西亚国王的内心被蔑视填满[①],
高喊咒骂怒气冲天。

就像酷夏里厚颜无耻的苍蝇
成群结队拍打翅膀尖叫嗡嗡,
扑向牧羊人的酒杯,
或宴席上的残羹。
又像紫翅掠鸟飞向葡萄园中,
结满成熟葡萄的发红的葡萄藤。
天空中充满呐喊和喧闹,
摩尔人一起猛冲向前。

城上的基督教士兵
用长矛、利刃、斧子、石头和火堆
面无惧色地保卫城池,
不在乎野蛮人的自吹自擂。
死一个人另一人把他抬走,
没人惧怕顶上死人的位置。
撒拉逊人因多次受伤和击打,
纷纷跌入城下的护城河里。

① 萨西亚国王:罗多蒙特,阿尔及利亚萨格尔国王乌列诺的儿子。博亚尔多创造的人物。罗多蒙特原意为流浪者。

他们不止使用铁器，
还有厚重的城垛坚硬的磐石。
高塔之上，巨大的棱堡，
辛苦建成的牢固的城池。
沸腾的热水当头泼下，
带给摩尔人无法忍受的热气。
不可抵御的热雨钻进头盔，
烫瞎了他们的眼睛。

这几乎比铁器更有杀伤力。
有时碾碎的石灰飘散如雾，
有时一桶桶滚烫的热油、硫磺、
沥青、松节油又将带来怎样的痛苦。
防御工事内没有闲置的烧红的铁圈，
四周满是燃烧的发辫，
铁圈被投掷到敌人中间，
为撒拉逊人戴上残酷的花环。

下方进攻者的营地里有一个庞然大物在移动。只见一个巨人武士助跑，手里提着一大桶水和泥浆，跃过墙脚下的壕沟，仿佛要用头撞裂城墙，不：他跑得如此飞快，以至于身体和墙面垂直，一口气跑到了顶部的城垛间。他挥刀砍向围住他、试图抵抗的法国人，每砍一下，基督徒的头颅一颗颗滚落在地，断手断脚随即飞了出去，耳朵和身体的其他部分也在空中飞速旋转。

他就是罗多蒙特，萨西亚和阿尔及尔的国王。他身上穿的铠甲是用一只巨龙的鳞片打制而成的，原属于一个和他同样野蛮凶恶、亵渎神灵的先人——那个巴别塔的南布罗特。他手中挥舞着一面旗帜，旗上绣着一位少女，少女用皮带牵着一头狮子：狮子应该代表他自己，罗多蒙特；那个少女是他的未婚妻——正在赶往这里和他团聚的格拉纳达的多洛丽丝。罗多蒙特急于攻克巴黎，是因为美丽的多洛丽丝随时都可能来到。如果不是出于这个考虑，他自可以表现得心平气和：他不知道多洛丽丝已经被鞑靼国王曼迪卡尔多劫持了，更糟糕的是，她还为此感到幸福。

与此同时，萨西亚国王
将第二纵队赶到城下，
布拉多率领加拉曼特，
马蒙达人陪伴奥米达[①]，
克拉利多和索里单身处两旁，
塞塔国王也不躲藏，
摩洛哥和科斯卡国王紧跟其后，
每个人都将英勇宣扬。

罗多蒙特的军旗一片赤红，
旗帜上绘着一只
张着血盆大口的雄狮，
缰绳被一个女人手持。
雄狮与罗多蒙特酷似；

① 加拉曼特和马蒙达：指的是布拉多和奥米达率领的民族。

那个驾驭雄狮的女子
代表美丽的多洛丽丝，
格拉纳达国王斯托迪兰的女儿。

我先前已经讲过，
她被曼迪卡尔多劫持。
罗多蒙特爱她胜过自己的眸子，
胜过自己的城池。
他向她显示勇敢和殷勤，
不料她已落入他人手里。
早知如此，那么，那么，
他会把那天该干的事情推迟。

他们在墙上架起千把长梯，
每个梯级上至少有两个人。
第二个人推着第一个人向上爬，
第三个人不情愿地向上攀爬。
有人惊恐万状，有人勇气可嘉，
每个人都不得不卖力往上爬。
胆敢逗留迟疑，阿尔及尔国王
罗多蒙特就一律斩杀。

因而，每个人都冒着火，
在城墙的瓦砾间奋力向上。
有些人会在一旁观看，

能否发现一条路没有严防。
罗多蒙特不屑走这样的路，
他只走最不安全的地方。
如此险恶绝望的情况，
其他人发誓许愿，他却诅咒上苍。

他的胸甲用巨龙的鳞甲打制，
非常的坚硬牢固。
建造巴别塔的祖先的后背和前心，
曾被这套胸甲护住。
他打算将上帝从天庭驱逐①，
让他放弃管理星宿。
为此南布罗特打造了
完美的头盔、盾牌和宝剑。

罗多蒙特不输与南布罗特，
他同样傲慢愤怒难以掌握。
如若登天，绝等不到夜晚，
当他在这个世上找到一条路。
绝不看城墙究竟裂缝或完整，
也不管壕沟可否涉水而过。
哪怕泥塘中的水深及咽喉，
他也要一跃而起飞身跳过。

---

① 为了把上帝赶出天庭，剥夺他对星星的管理权，巨人南布罗特建造了巴别塔。为了这个目的，南布罗特打制了完美的头盔、盾牌和宝剑。

浑身沾满污水和泥浆，
冒着大火、石块、强弩和弓箭，
似野猪穿过波河左岸马雷亚沼泽地的芦苇荡[①]。
无论转向哪里，
都用它的胸部、口鼻和獠牙
挑开一条宽大的裂口。
胸有成竹的撒拉逊人高举盾牌，
上天都不在他的眼里，何况是道墙。

罗多蒙特的双脚刚一落地，
基督教士兵就听到了消息。
他们在城内的望楼上搭建宽桥[②]，
足以装下法兰克的军队。
不止一个前额被劈裂，
大小岂是教士头顶的发圈可比。
只见胳膊和头颅飞起，
死人从城墙落入壕沟染红河水。

异教徒将盾牌丢在一边，
双手挥舞残酷的宝剑。
一剑劈中阿诺夫公爵，

① 波河左岸费拉拉地区的沃拉诺，离海边不远的一块沼泽低地，有野猪出没。

② 古城堡上的望楼：城墙和高塔上，城垛与城垛间的一种水闸。有时升起有时落下，为的是暴露或掩藏攻守双方的士兵。不过这里我们要理解，不止是这种水闸，与望楼一样高的架子上也可以站人。

他家乡的莱茵河注入咸水湾。
那个可怜人来不及自卫，
还不如对抗硫磺的火焰，
摔倒在地，最后一次抽搐，
从头到脖子下的地方全部开绽。

反手一剑将安塞莫、奥德拉多[1]、
斯匹内罗和普兰多杀死[2]。
地方狭窄，人群密集，
宝剑所到之处，一片惨状。
首先除掉的是佛兰芒人，
接下来削弱诺曼底的兵力，
马冈札家族的奥盖托，
被他劈开前额、胸膛和腹部。

把安德罗波诺和莫斯奇诺从城垛抛到壕沟[3]，
第一位是神父，
第二位只喜欢葡萄酒，
一口气喝干几大桶。
如同蝰蛇的鲜血和毒液，

① 反手一剑：剑由高向低，然后斜着劈向胯部。

② 这些人物是第一次，当然也是最后一次出场。如果安塞莫和奥德拉多在别处出现，一定是与他人有关：同名同姓，在阿里奥斯托的诗歌里并不少见。

③ 安德罗波诺：一位教士。还有一个叫安德罗波诺的士兵将被克罗利达诺杀死。莫斯奇诺：安东尼奥·马尼亚尼诺的绰号，伊斯特宫廷著名的酒鬼，学生们的朋友。

尽可能地逃开水。
现在他死在这里，令他烦恼的是
他竟死在了水里。

他把普罗旺斯人路易吉一劈两半[①]，
托罗萨诺人阿纳尔多被他当胸砍倒。
托斯奥贝托、克劳迪奥、雨果和迪奥尼基
鲜血喷洒，灵魂出窍。
这些人身边是四个巴黎人，
瓜尔特罗、萨塔隆、奥多和安巴尔多
还有其他很多人，
所有人的姓名和祖国无从知晓。

跟随罗多蒙特一起攻城的撒拉逊人就像在夏天摆好的宴席旁飞来飞去的苍蝇，或秋天葡萄园里的小鸟。但城墙并不是最外一道防线，也不是最坚固的一道防线：墙内的护城河围成第二道屏障。摩尔人跳入内河的同时也落入了陷阱：后撤的基督徒点着硝石硫磺做成的导火索，引燃了浸满沥青的柴垛。护城河顿时变成一道火墙。罗多蒙特呢？他从城墙顶部一跃而下，虽然身披笨重的兵器和铠甲，仍一下子跳出三十多英尺远，也就是城墙和第二道屏障之间的距离，他轻巧地着地，就像落在健身房的地毯上，将火焰和爆炸声抛于身后。他突破了所有防线，却失去了他的士卒。现在他孤身一人，投入攻克巴黎的战斗。

① 这些人物也是第一次和最后一次出场。

罗多蒙特身后的士卒迅速爬上长梯，
双足登上不止一地。
这里的巴黎人不再负隅顽抗，
第一道防线已经没有多少意义。
他们明白敌人将很快进入城里，
他们可不是在玩笑打趣。
因为外墙和第二道防线之间[①]，
一道极深可怕的护城河挡在那里。

我方在低处防备高处跳下的人[②]
表现出顽强英勇的精神。
新的基督教军队投入战场，
出现在内部的陡坡之上。
他们把长矛和箭矢掷向
第二道防线之外的人群。
我相信，如果不是为了罗多蒙特，
他们中会有很多人后退逡巡。

他安抚这些人，斥责那些人，
他们不情愿地被他赶着向前走。
如果有人胆敢扭身逃跑，
他就刺穿前胸，砍断他们的头。

---

① 第二道防线，离城墙有点远，是土堤建成的，它前面有一道壕沟，沟里没有水，而是充满了各种燃料。

② 掩护撤退的基督徒士兵处在城墙和第二道防线之间，他们准备抵抗已经从高处跃过第一道防线的敌人的进攻。

很多人拥挤着、碰撞着，
他拖着手臂，扯着头发，提着脖子，
或者干脆抓起脑袋一投，
可怜的兵卒填满了不大的沟。

正当野蛮人跌入，更准确地说，
被抛入危险的深沟里面。
仍有很多人攀着梯子，
企图登上第二道防线。
萨西亚国王尽管身披铠甲
（四肢却像长出翅膀一般），
提起浑身的重量一跃而起，
干净利落地跳到了深沟那边。

约莫三十英尺的距离，
他如猎狗般灵巧地跃起，
双脚像落在毛毡上悄无声息。
这一下，那一下，剪碎盔甲，
仿佛它们不是铁制的，而是柔软的白镴，
他们的兵器如同脆弱的树皮。
他手中的宝剑削铁如泥，
他的神力无与伦比。

我们的军队在深沟里设好陷阱，
沟底被成捆的树枝和木柴填满。

四周还有充足的沥青。
尽管士兵们慢慢地堆，
仍从这边一直到那边，
从阴暗的沟底一直到边沿，
埋藏得很好，看起来不明显，
数不清的大锅隐藏其间。

锅里装满硝石、热油、硫磺，
还有各类的可燃物，
为的是好好教训一下
敢冒险疯狂进攻的伊斯兰教徒。
沟里的他们以为可以
从不同的梯子登上最后一个瞭望地，
只听指挥官一声令下，
火苗从四处燃起。

星星点点的火苗开始蔓延，
合成一大团熊熊的火焰。
整个护城河被火海淹没，
从河的这岸到那端。
高高的火苗似要烤干月亮带露的衣衫，
棕褐色的阴云在天空盘旋。
荫蔽了太阳，打破了安宁，
爆炸声如惊雷连绵不断。

被罗多蒙特扔下的可怜人，
身处深沟的危险。
高声地怨诉、呼救与狂喊，
谱出恐怖的和声和刺耳的谐调。
与杀人的残忍火焰声交互相传，
够了，不要再说了，
先生，我用嘶哑的嗓音结束这个章节，
我要稍稍歇一歇。

当时巴黎的房子都是木制的，如今已陷入火海：罗多蒙特四处纵火，每到一处，无一幸免。跟随他爬上城墙的一万一千零二十八个撒拉逊人，全部死在城墙和第二道屏障之间的护城河里，如果不是火焰立即将他们烧成灰，都没地方盛放这么多尸体。

巴黎人获知一个残暴的异教徒
身披龙鳞铠甲，手持奇怪兵器。
老弱病残们竖起耳朵，
打听各方传来的消息。
哭泣哀嚎声响彻天地，
人们绝望地将双手向星空举起。
能逃走的绝不停留，
绝不把自己关在教堂或家里。

然而撒拉逊人手里那把剑可不允许，
强壮的罗多蒙特大开杀戒一个也不放弃。

这人断腿断脚，
那人身首异处。
只要看见，就一剑下去，
从头斜劈到胯部。
一路追杀，死人无数，
见他就扭身，看不到脸上的任何痕迹。

如同在希尔卡尼亚或恒河附近的田地[①]，
老虎面对胆怯的牲畜；
或者那座小山，堤丰在那里粉身碎骨[②]，
恶狼面对山羊和绵羊，
残忍的异教徒面对的
不是一支训练有素的队伍，
而是一群百姓，惊慌涣散的乌合之众，
他们在出生之前就该死去。

他又砍又刺割开他们的血管，
没有一个人敢于正视他的脸。
他一路杀到挤满百姓的圣米歇尔桥畔[③]，
凶狠可怕的罗多蒙特冲上前。
挥舞宝剑，将大桥血染，

① 希尔卡尼亚；在波斯。恒河：在印度，那里老虎很多。

② 堤丰：埃波梅奥山，在伊斯基亚岛，巨人堤丰在山脚下摔碎压扁。

③ 圣米歇尔大桥：如今依然存在，但不是那座古老的、阿里奥斯托时期的桥。加洛林王朝时期的桥更是不知去向。

不管你是仆人还是主子，
不管你是圣人还是罪犯，
一律斩杀，绝无二言。

信仰对神甫毫无益处，
纯洁也挽救不了少年，
明亮的双眸朱红的面颊，
姑娘无法靠美丽成全。
年长者被追赶鞭打，
撒拉逊人不再将英勇展现，
他有的只是非人的残暴，
无论性别地位年龄，逢人就举剑。

他手上不止沾染了人类的鲜血，
这个渎神者的主人和首领，
还四处毁坏建筑，
他放火烧掉美丽的住宅、神圣的教堂。
据说，当时人居住的几乎都是木屋，
显然仍要相信，
巴黎如今的房子，
十之有六依然如故。

尽管大火烧毁了一切，
仍无法熄灭他心中的仇恨和愤怒。

他双手抓住某处，仔细观察，
每摇晃一下就坍塌一座房屋。
先生，请相信，您所见过的帕多瓦臼炮[①]
也没这次来得凶猛。
那么多倒塌的墙壁，
都比不上阿尔及尔国王一次摇晃的效果。

与此同时，大天使米迦勒和“宁静”带领里纳尔多和英格兰的盟军朝巴黎的方向行进。他们分成三队：英格兰人、苏格兰人和爱尔兰人从乡下发动袭击，打乱伊斯兰人的阵脚。

先生，不要以为爱尔兰人在乡野的战争
比河边发生的规模小，
英国人由兰卡斯特公爵领导，
剩下的人数也不少[②]。
他攻打西班牙的旗帜，
不相上下，煞是煎熬，
步兵、骑兵和将领，
从这边动手，那边开刀。

奥德拉多和菲拉蒙特来到队前[③]，

① 阿里奥斯托暗指马西米利亚诺皇帝一五零九年对帕多瓦的围困（康布雷联盟之战），此次战役中使用了巨型臼炮，伊斯特的依波利多红衣主教参与了那围困。

② 英国军队由兰卡斯特公爵莱昂耐特率领。

③ 奥德拉多、菲拉蒙特、理查德和亨利：这些贵族对应的地点是格洛斯特、约克、华威和克拉伦斯。

一个是格洛斯特，一个是约克公爵。
并肩而立的是华威伯爵理查德，
以及亨利，勇敢的克拉伦斯公爵。
玛塔李斯特和弗里孔当先锋，
巴里孔和其他人跟随。
先是阿尔梅里亚，接着格拉纳达，
之后是巴里孔，来自马约卡。

基督徒和摩尔人势均力敌，
一时分不出上下高低。
只见一个个去了又回，
从来不朝着同一个方位。
仿佛五月微风中的青草或海面上的微波，
时而进，时而退。
命运女神开了一会儿玩笑，
最终泼了摩尔人一身祸水。

忙着防守城门、对抗阿格拉曼特的查理曼还没有获知这个好消息，一个信使却给他带来了坏消息。罗多蒙特单枪匹马摧毁了整座城市，并杀死了或全副武装或手无寸铁的居民。

这时城外的战争同样惨烈，
仇恨、愤怒、狂暴轮番上场。
罗多蒙特在巴黎城内屠戮百姓，
烧毁奢华的房屋和神圣的教堂。

在别处经受磨难的查理曼，
既没听闻，也没看见。
来到城东的奥德拉多和阿里曼，
将英格兰军队接到城里边。

一个面色惨白的侍仆，
气喘吁吁地跑来大声喊叫：
“哎呀，先生，哎呀，”
他一遍遍哎呀，然后开讲：
“今天罗马帝国，今天就被埋葬。
今天，她的基督子民就这样灭亡，
天上的恶魔如雨珠落下，
因为这座城市将不再有房屋。

撒旦（事实上，也不可能是别人）
折磨毁灭了这座不幸的城市，
转身看吧，掠夺者犯下的罪行，
赤热的火焰和滚滚的烟气。
你听吧，那些得知消息的奴仆，
悲伤震天的呼喊哭泣。
这片美丽的土地被火焰夷为废墟，
谁遇到这种情况都会逃离。”

是谁听见连绵不绝的喧闹，
教堂的钟声频繁响起。

看见猛烈的大火烧得人无处藏匿，
除了他还有谁，越是危险越要靠近。
这就是查理曼大帝，
听说新一轮的进攻，亲眼见证新的灾难。
最精锐的部队随着他的呼喊
朝撒拉逊人肆虐的地方飞奔上前。

查理曼赶去援助。罗多蒙特正在攻打皇宫，可怜的巴黎人在厚实的城墙间寻找避难所，他们把房顶上的瓦片、房梁、石头和城垛纷纷扔下，朝罗多蒙特的身上砸去。

与此同时，八个圣骑士和他们随从的拳脚甚至连罗多蒙特多鳞的皮肤都擦不破。然而查理曼的到来还是鼓舞了这一群逃跑者的士气，他们重又把萨西亚国王层层包围起来。人越聚越密，虽然他砍起人来，就像削萝卜和卷心菜，但人们还是继续从各个方向朝他进逼，同时还有很多东西从房顶和窗户上落下，砸在他身上。到目前为止，罗多蒙特还是毫发未伤；也许最好在受伤前脱身了事；将一队英格兰人击溃后，来到塞纳河畔，全副武装的他跳进河里，游泳脱身。上了河对岸，回头望向火光冲天的巴黎城，像是后悔自己的离去，满心满意地想要杀个回马枪。

八名勇士的八杆长枪
同时奋力朝罗多蒙特身上刺去。
然而这个残暴的摩尔人
身披龙鳞铠甲，毫不畏惧。
如同船夫听见西北风渐渐生起，

于是落下船帆，将船只竖立。
罗多蒙特很快站起身，
尽管一座山都能被击倒在地。

圭多、莱纳、理查德、萨拉蒙，
忠臣杜比诺、叛徒盖内隆，
安卓列、安杰利诺、乌盖托、伊凡、
马克、马太奥来自圣米歇尔平原[①]。
之前提到的八位勇士，
将残暴的撒拉逊人团团围住。
英格兰的阿里曼和奥德拉多，
不久前来到这片土地进驻。

当猛烈的北风和亚得里亚海的西南风
将山上的白蜡和杉树连根拔起，
耸立山尖地基坚实的高大城堡
却未在风中瑟瑟战栗。
撒拉逊人骄傲地狂吼，
愤怒和嗜血的渴望燃烧不止。
电闪雷鸣总是结伴而来，
他的心中充满残暴、复仇和怒气。

宝剑朝离他最近的可怜的

① 杜比诺：圣丹尼斯的修士，查理曼时期兰斯的主教，一个由拉丁文写成的查理曼编年史的假定作者，这本书很可能是多位作者合著而成的。其他人（莱纳、乌盖托、伊凡、马克、马太奥）是古代骑士诗歌和小说中的骑士。

多多那的乌盖托的头上猛砍，
将他们一剑砍翻，
将他们的牙齿砍断。
好像他的头盔性情温良，
同时有许多刀枪向全身刺来。
却也分毫无伤，
就像针尖扎在坚硬的龙鳞甲上。

所有的掩蔽处被抛弃，
所有周围的城市渺无人迹，
聚集在广场上的人最需要帮助，
查理曼的部队朝那里汇集。
士兵从所有的道路奔向那里，
逃跑也于事无济。
国王的部下大呼小叫，
有的重拾勇气，有的拿起武器。

就像一只久经沙场的老母狮
被囚禁在紧闭的笼子里，
为了取悦老百姓，
一只未驯化的公牛也被关在一起。
看到它，幼兽们怒火中烧，
绕着笼子大声嚎叫。
他却瑟缩在一边，迷惑恐惧，
想不起来用巨大的牛角。

如果凶猛的母亲扑向它，
将残忍的牙齿插入它的耳鼓。
幼崽们也想染红自己的脸，
也会大着胆跑过来援助。
有的咬牛的后背，有的咬牛的腹部，
那些人就是这么对付异教徒，
暴雨般落下的武器砸在罗多蒙特身上，
从房顶或是窗户。

步兵和骑兵挤作一团，
地方太小，几乎装不进去。
各条路上源源不断迅速赶来的部队
就像蜜蜂群集一处。
因此他们被缴械或裸体时，
砍起来比蔬菜的残根或萝卜还要容易。
但就是二十天时间，罗多蒙特也不可能
把满山遍野的人全部杀死。

异教徒不知如何找到出路，
已经后悔卷入这场游戏。
多杀几千人，用他们的鲜血将地面染污，
也不会减少巴黎的人数。
他开始上气不接下气，
终于明白以后再想脱身就来不及，

不如现在趁着精力充沛，
身体完好无损的时候撤出。

他用可怕的眼珠环顾四周，
敌人已经堵住了所有的去路。
以无数生命为代价，
他很快杀出一条血路。
残暴的家伙怒气上冲，
挥舞着锋利的宝剑，
杀向刚刚进驻的英格兰军队，
率领他们的是爱德华和哈里曼。

看见广场的四周
人头攒动，吵嚷喧闹，
被唆使、刺激、击打的
愤怒的公牛终于顶破木牢。
惊慌的人们望风而逃，
它用角顶了这个顶那个。
残暴的罗多蒙特移动的时候，
情形就和这个类似，或者更糟。

一剑下去十五或二十人命丧，
同样多的人头颅滚地。
或是直劈或是斜劈，
就像修剪葡萄藤或柳树枝。

残忍的异教徒满身血迹，
所经之处必定留下劈开的首级、
断掉的手臂、解体的肩膀、大腿和其他肢体。
最终他逃了出去。

他用这种方式慢慢远离广场，
没人察觉他脸上的恐慌。
同时他的脑子里前思后想，
哪里才是最安全的地方。
终于想到塞纳河在小岛下流过，
再流出城去。
然而兵卒和壮汉朝他步步紧逼，
让他一刻不得安逸。

在非洲的努米底亚和马西利亚丛林
被猎人追捕的暴躁的野兽，
即使逃跑也有一颗高贵的心，
面对威胁仍脚步迟缓地寻找洞穴。
让我们回到罗多蒙特身边，
他穿行于棍棒、刀剑和飞镖的奇异丛林，
丝毫也不胆怯卑劣，
挪着缓慢的步伐跳入河心。

在愤怒的驱使下，他至少三次
离开人群又回到他们中间，

一百多人死于他的刀刃，
鲜血沾满他的宝剑。
最终理智战胜了愤怒，
不能让尸体的恶臭升到伊甸，
激起上帝的责谴。
他改变主意跳入水中脱离危险。

水中的他身着笨重的盔甲，
却像身边有许多浮漂。
非洲，虽然你以巨人安泰和汉尼拔为傲，
却不会将这样一位贵族夸耀。
当他抵达河的对岸，
心中却有一丝怅惘寂寥，
回望那座屹立不倒的城市，
为什么没被他摧毁烧焦。

傲慢和愤怒将他折磨，
他多想重新回到那里。
他的心底不住呻吟叹息，
无论如何要将它烧为平地。
但他看到有人沿着河岸向他走来，
抑制了的仇恨，平息了怒气，
那人是谁，我会很快告诉你，
但首先我要讲一件别的事。

阿斯图尔夫对抗卡里格兰特和奥利罗

被囚禁在印度洋阿琪娜岛上的阿斯图尔夫被洛姬斯蒂拉解救后返回西方。他的坐骑拉比卡诺如此轻盈，简直是踏雪无痕，所到之处，既不在沙子上留下足印，也不会折断一根小草：这是一匹没有重量的马，是风与火的爱情结晶。它无形的蹄子下伸展出一张由人物和历史故事装饰而成的奢华地图，将马可波罗的旅途奇遇、有关十六世纪重大发现的预言、古典作家传给下一代的新作品以及科特斯远征军的回声汇集在此处。

在阿斯图尔夫的眼中，世界试图在同一张地图中拓展人类所有的想像空间：每个地名都能使人回想起壮丽的自然景观、名胜古迹、民族服饰、古代神话中的众神以及童话中的妖魔和仙女。埃及属于希罗多德和《圣经》，以及那些见过孟菲斯金字塔的朝圣者的编年史，在开罗苏丹的宫殿里住着一万五千名马穆鲁克雇佣兵；在那里还可以找到伏尔甘打制的，用来捉住维纳斯和玛尔斯的钢网，这张保存在卡诺波的阿努比神庙里的钢网，如今落入一个巨人手中，他用它俘获长途跋涉者，并将他们生吞活吃。

旅行队信任沙漠，不知沙子中藏着钢网，突然间，男人、少女、马匹和骆驼被举到空中的网眼里，四周回响着巨人的狂笑声。卡里格兰特（妖怪的名字）的城堡位于尼罗河边，那里到处飘扬着人骨做成的旗帜；剥下的人皮平铺着，装饰着城垛和窗台；干燥的骷髅头作为战利品挂在门前，残肢断腿刺痛人眼。卡里格兰特将装满倒霉蛋的钢网拖回家，倒霉蛋们就像小鸟一样一个个被剔掉骨头，他把骨头吐到沙漠里，最后吸掉他们的脑髓，一边吸嘴唇还一边发出轻微的响声。

这时一名骑士靠近：卡里格兰特隐蔽在芦苇丛中；过一会儿马蹄就会踩到埋在沙子里的钢网，触动机关。然而这名骑士是阿斯图尔夫：拉比卡诺的脚步如此轻盈，如蜻蜓点水一般。卡里格兰特从芦苇丛里跳出来，追赶他；就在那时，阿斯图尔夫想起洛姬斯蒂拉送给他的礼物：一把魔号，它的声音如此可怕，听过的人都会被吓疯。现在可以尝试一下了：巨人吓得四处逃窜，慌乱间居然落入了自己设置的陷阱。他挣扎了好一会儿：钢网将他锁在里面，裹成了一团。阿斯图尔夫将用皮带牵着他走，让他给自己做粗活；就这样他继续沿着尼罗河行进。

阿斯图尔夫骑着世间仅有的神驹，
沿着图拉真运河行进[①]。
它如此轻盈地奔跑跳跃，

① 图拉真运河：埃及国王修建的运河，为了将尼罗河和红海的水会合，图拉真皇帝对其进行重建。

沙子上留不下足印。
草地雪原亦是如此，
海水沾不湿它的蹄尖。
它迈开蹄子，加快速度，
有如疾风，恰似飞箭闪电。

神驹曾是阿加利亚的坐骑，
这宝物是风与火的结晶。
它不吃干草和草料，
只汲取纯净空气中的养分，
名字唤做拉比卡诺。
神驹跟着公爵同行，
来到尼罗河与图拉真运河的交汇口，
远远看见一条船向他们快速划来。

船尾坐着一位隐士，
一把银髯胸前飘洒。
船上的他朝圣骑士招手：
“我的孩子，（他远远地呼唤他）
如果你不憎恨自己的生命，
如果你不想命丧眼前，
请随我一同到对岸，
这条路只会把你带向阴间。

前方大约六英里处，

有一个血淋淋的房屋，
里面住着可怕的巨人，
身高八尺，形容如柱，
无论骑马或徒步，
别指望活着逃出。
有的被割喉，有的被剥皮，
很多被大卸八块，活活吞入肚腹。

他的意图残忍可怕，
带来欢乐的是那张做工精致的钢网，
钢网挂在离房顶不远的地方，
在微小的沙粒下隐藏。
不知情的人根本无法明白，
如此细致微妙的手段，
加之巨人的喊叫声，
朝圣者常因惊吓落网。

他狂笑着将网中缠绕的人，
拖入自己的屋檐之下，
骑士少女也无法幸免，
全不在乎你的功绩身价。
吃掉他们的肉，
吸干他们的鲜血和脑髓。
将骨头丢在沙漠里，
用人皮装点他恐怖的家。

走另一条路吧，听我的话，
孩子，它可以把你带到安全的海边。”
“神父，谢谢您的意见，”
无畏的骑士回答，
“如果关乎荣耀我不会畏惧危险，
我在乎它胜过自己的生命。
让我过去吧，无需多言，
我会径直杀向巨人的巢穴。

逃走可以免我一死，
却使我蒙上不光彩的阴影。
全身而退比死亡更可恶，
无非是赔上一条性命，
但如果上帝庇佑，
他死了，我还活着。
就可以为一千人扫平障碍，
让他们安心上路，这也是危险的最好回应。

我冒着单个人的生命危险，
却保证了无数人的安全。”
“祝你平安，孩子，
愿上帝派大天使米迦勒下界
助你一臂之力，将你的希望成全。”
谦逊的隐士祝福道。

阿斯图尔夫沿着尼罗河向前，
将希望寄托在魔号，而不是宝剑上。

尼罗河和沼泽间的沙堤上，
一座孤零零的房子挡住了去路。
没有人类的痕迹，
也没有商人的惠顾。
四周固定着经过这里的
不幸人们裸露的肢体和头颅，
没有城垛，更没有窗户，
看不见可以悬挂尸体的地方。

就像高山上的别墅或城堡，
猎人为了提防危险，
将粗厚的毛皮、可怕的爪子，
和狗熊巨大的头颅钉在门前。
同样，残忍的巨人为了显示自己的英勇，
将最值得夸耀的战利品展览。
无数失踪的人，只剩下骨头，
每个骨头缝里都流着鲜红的人血。

卡里格兰特就站在门前，
他就是那个无情冷酷的怪物。
他用死人装饰住所，
地上铺着金色或绛红的布。

看见公爵出现，
他禁不住喜笑颜开。
已经整整两个月，马上就三个月，
这条路上没有一个骑士到来。

他急忙来到阴暗的沼泽地，
那里长满绿色的芦苇，
试图跑上一大圈，
突然出现在圣骑士后边。
他将钢网埋在沙子下面，
企图把他赶入网眼，
就像捉其他朝圣者那样，
将骑士拖入邪恶的运命里面。

他看见圣骑士骑马过来，
丝毫没有怀疑地拉住缰绳。
为了免于落入设好的圈套，
就像那个好心的老人预言的那样。
他开始求助号角，
吹响它就达到往日的奇效。
听到这个可怕的声音，
惊慌的巨人吓得转身就逃。

阿斯图尔夫一边吹号，一边留神观望，
是否触动机关，弹出钢网。

恶棍逃走，从心里和眼里一并消失，
转眼不知了去向。
惊恐过度，慌不择路，
巨人竟然中了自己的埋伏。
掉进网中，钢网弹出，
只见他躺倒在地，浑身困住。

阿斯图尔夫确认大家伙已经落网，
于是策马飞奔上前，
跳下马来，手提宝剑，
要为死去的上千魂灵报仇。
但想到杀死一个毫无招架之功的人，
非英雄所为，会被人说成卑鄙无耻。
于是为了让他丝毫不能动弹，
捆住了他的手脚和脖子。

火神伏尔甘用极细的钢丝，
精心织成了这张网。
即使企图挣脱最弱的网眼，
也是徒劳和妄想。
就是这张网曾经捆住
爱神维纳斯和战神玛尔斯的肩膀。
他完全是出于嫉妒，
目的只在将二人捉奸在床。

墨丘利从铁匠伏尔甘手中
偷走了那张钢网，
想要抓住美丽的克洛里斯[①]。
克洛里斯跟在曙光女神身后飞翔，
太阳升起的时候，
用衣角拾起散落的百合、紫罗兰和玫瑰。
墨丘利等待林中仙女很久，
终于有一天，将她捕入网内。

就在埃塞俄比亚的大河入海处[②]，
仙女在飞行中被捉到。
此后的几个世纪，
钢网供在卡诺波的阿努比神庙[③]。
三千年后，卡里格兰特将神物移走。
邪恶的大盗带走了钢网，
烧毁了城池，
洗劫了神庙。

他把钢网固定在沙地下方，
为的是捕捉路过的旅人。
只要稍稍一碰机关，

① 克洛里斯：鲜花女神，最先为西风神泽费罗斯所爱，后来墨丘利神爱上她，并趁着她跟在曙光身后飞行时，捕入网中。

② 尼罗河的源头据说在埃塞俄比亚。

③ 阿努比神庙：在位于亚历山大的阿布基尔的阿努比神庙中，长着豺狼头的埃及神守护墓地。

头脚和脖子就被捆死。
阿斯图尔夫抽出一根细丝，
将恶棍的双手反绑。
胳膊和前胸也同样捆住，
无法解脱，命他站起。

后来，解开他身上的绳结，
他变得比小姑娘还要温顺。
阿斯图尔夫带他走过城市、乡镇和农村，
锉刀和锤子怎能制造出
如此美丽精妙的作品。
钢网和锁链负累加身，
他像一只驮兽跟得紧紧。
胜利凯旋将成群的观众吸引。

头盔和盾牌也背在他身上，
就像扈从跟随主人出行。
无论走到哪里，朝圣者都雀跃欢腾，
他们终于可以安心地前行。
阿斯图尔夫走了很久，
看到孟菲斯的陵墓就在不远。
孟菲斯有著名的金字塔①，
人口众多的开罗城就在对面②。

---

① 孟菲斯：埃及古老城市，坐落于尼罗河左岸。

② 开罗：人口众多的埃及城市，坐落于尼罗河右岸，与孟菲斯相对。

所有人都跑来观看，
他们奔走相告。
这个人这么小，
怎么可能降服那个巨人？
阿斯图尔夫几乎无法向前，
人们从四面拥挤过来，
连连称奇，啧啧赞叹，
都对这个勇士表示钦羡。

当时的开罗城
并没有现在所说的那么大，
一万八千个大街区，
也承载不住人口的重压。
房子即使有三层，
仍有无数的人睡在街边。
而苏丹居住的大城堡，
绝顶美丽，极尽奢华。

全部一万五千名仆从
都是从基督教叛逃的马穆鲁克雇佣兵[①]。
他们拖家带口，持枪牵马，
会聚在同一屋檐下。

---

① 马穆鲁克雇佣兵：他们是基督徒或者出生在基督教家庭，后来皈依伊斯兰教，成为苏丹的奴隶，从事贴身保镖的工作。

阿斯图尔夫想看尼罗河如何倾泻，
壮观地在咸咸的达米埃塔入海，
他听说，无论谁从那里过，
不是被杀死，就是被捉拿。

尼罗河三角洲上有一座高塔，鳄鱼在塔的四周游来游去，塔里住着强盗奥利罗。奥利罗的特别之处在于他的所向无敌：如果你砍掉他一只胳膊，他会狂笑着，捡起来，接回去；如果砍掉他一只脚，他也会重新安上，就像丢了一只鞋；如果一只耳朵飞了出去，他会跳起来接住，就像捉到一只蝴蝶，然后把它放回原处；如果砍下他的头，丢进尼罗河里，他会纵身跃入水中，从河底将其捞起。

一对孪生兄弟，格里夫内和阿奎兰特，共同对抗奥利罗，时间过去了很久。他们不知将其肢解切碎了多少次，而每次奥利罗的肢体都会像炼金术士木桶里的水银珠那样重新接合在一起。

两兄弟是查理曼大帝麾下十二勇士之一的奥利维罗的儿子，他们在幼年时被两位仙女劫走，其中一位仙女一袭白衣，另一位一袭黑衣。为了阻拦他们上战场，仙女派他们去和强盗奥利罗决斗，她们相信这样可以再拖延他们一段时间。

除了那把魔号，阿斯图尔夫还有一本魔法书，书的目录是按字母顺序排列的，查找起来很方便。他翻开书：M……N……O……海怪……麦粒肿……奥利罗，找到了！“拔掉他头上的一根毛发，必死。”就这么一句话！奥利罗的头发非常浓密，从眉毛一直连到后颈。阿斯图尔夫与他决斗，首先，他试图把他的脑袋与上半身分离。对奥利罗来说，这也是个玩笑，但是没眼睛看不见，只能在尘土中摸索寻找，想要拾起头就要多花费一点时间。阿斯图尔夫比他身手敏捷：捡起那颗血淋淋的头，抓着头发，飞奔而去。

奥利罗盲目地拍打着土地，意识到自己被耍弄，于是重新上马，开始追赶阿斯图尔夫。他大声喊道："等等！不算数！"然而呐喊声留在胸腔内，因为没有嘴，声音无法释放。

阿斯图尔夫跑到尼罗河边一个僻静之处，坐下来，把砍掉的头放在膝盖上，开始一根一根拔头发，就像一片片剥落雏菊的花瓣。这么一把长长的、浓密的、满是油脂和皮屑的头发。还应该做点别的。于是，阿斯图尔夫拔出锋利的宝剑，捏住奥利罗的鼻子，固定他的脑袋，拿宝剑当剃刀，剃光了他的头发，更确切地说是剥下了他的头皮。那根致命的头发一定和其他头发一起在刀刃下断掉了：事实上，他的头就像破布一样变白，眼睛歪斜，颌骨张开，头颅干瘪。无头的奥利罗，正在骑马追赶，突然一阵强震，浑身颤抖，伸开双臂，滚落马下。

尼罗河入海口的岸边有一座塔，
塔里住着一个强壮的大盗。
从此地一直到开罗，
每个路人都被他抢劫打扰，
无论本地人还是外地人。
想要夺去他的性命都是徒劳，
他的身上有千千万万道伤痕，
但想要他的命没人做得到。

只要砍断他的生命线，
这样他就不能活。

阿斯图尔夫启程前往达米埃塔，
想要会会奥利罗[1]。
途经尼罗河的入海口，
岸边耸立一座高塔。
塔里住着一个魔鬼的灵魂，
精灵和仙女是他的爸妈。

这里正在进行一场恶斗，
奥利罗对抗两名血气方刚的骑士。
奥利罗单枪匹马，
那两人努力坚持。
他们的武器威名远驰，
他们是奥利维罗的两个儿子：
黑骑士叫做阿奎兰特，
格里夫内是那个白骑士。

他看到巫师奥利罗
在战斗中形势非常有利。

---

① 奥利罗：博亚尔多在他的诗中已经讲述了这段故事，阿里奥斯托仍在继续。在《热恋的奥兰多》中，两名仙女是奥利维罗的儿子格里夫内和阿奎兰特的保护人。她们想留住两个年轻人，因为如果他们去法国战场，就注定战死在那里，于是鼓动他们与住在尼罗河入海口一座高塔中的大盗奥利罗决斗。他会带一条可怕的鳄鱼一同前来。他不会被杀死，因为被砍掉的四肢会重新回到原处。格里夫内和阿奎兰特杀死了鳄鱼，和奥利罗打得不可开交之时，来了一位身披铠甲的骑士，他们徒劳无益地缠斗。阿里奥斯托概述了博亚尔多所写的内容，这个骑士被想像为阿斯图尔夫。格里夫内和阿奎兰特：维也纳（曾经隶属勃艮第的城市）的奥利维罗·德·杰拉尔多的儿子，奥兰多的未婚妻阿尔达的兄弟。他们之所以被称为黑白骑士，是因为他们的保护人分别是身穿黑衣和白衣的仙女。

他随身带着一条鳄鱼，
找到这种东西只能在这里。
鳄鱼生活在岸边或水里，
它的食物是人类的尸体。
那些可怜粗心的徒步旅客，
或不幸的海员死无葬身之地。

那只被两兄弟杀死的鳄鱼[①]
躺在港口旁的沙地。
因此不能怪罪奥利罗，
他知道早晚有一人将发起凶猛攻击。
多次被肢解，仍然没有死去，
即使肢解，也无法将他杀死。
因为他的手或脚仿佛蜡质，
砍断了也能接回去。

格里夫内和阿奎兰特轮番上阵，
这个砍断他的脑袋，那个剖开他的前胸。
他一直嘲笑他们没有得逞，
两个被嘲笑的勇士怒气冲冲。
有谁见过水银从天而降，
炼金术士的水银散成破碎的颗粒，
再重新聚为一体。

① 二打一不够正大光明，所以奥利罗带来了鳄鱼。

听到我的故事，就会想起当时的情景。

如果头被砍断，奥利罗会下马不停摸索，
捏住鼻子或头发将头提起，
不知用什么钉子固定在脖窝。
格里夫内有时伸长手臂，
将他的头丢进河里。
这样总该没办法了吧，
然而奥利罗鱼游潜底
而后安然无恙浮出水面。

两个美丽的女人穿着得体，
一个素黑，另一个洁白。
她们是这场争斗的起因，
在一旁静观争斗的成败。
她们是仁慈的仙女，
将奥利维罗的儿子抚育。
之前从两只巨鸟的利爪下[①]
夺回两个年纪尚幼的兄弟。

从此他们离开吉斯蒙达，
远离了自己的国家。
不用我在此啰嗦，

① 两只巨鸟：指的是狮身鹰头的兀鹰和苍鹰，格里夫内和阿奎兰特的名字也由此得来。它们从母亲吉斯蒙达手中抢走了两兄弟。

这个故事已经传遍天下。
尽管作者混淆了父亲[①]，
（我不知为何）张冠李戴。
现在两个年轻人投入战斗，
两个仙女为双方暗自祈祷。

尽管幸运群岛上艳阳高照[②]，
这里的白天已消失不见。
取而代之的是夜晚，
阴影遮住了所有视线。
在月亮游移难辨的光影下，
奥利罗返回他的城堡里面。
黑白仙女乐于推迟棘手的战斗，
直到新一轮太阳搅动地平线。

阿斯图尔夫看到他们的旗帜，
以及强勇有力的一面，
早就认出了他们二位，
于是立即谦恭地上前。
他们也认出拉着巨人的是豹男爵，
（公爵在宫廷内曾被这样称呼）[③]。

① 故事的作者搞错了两个孩子父亲的名字。阿里奥斯托暗指十五世纪诗歌《丹麦人霍吉尔》。那首诗里可以找到有关这个情节的诸多细节，格里夫内和阿奎兰特的父亲是里卡戴托，而不是博亚尔多和阿里奥斯托（遵照博亚尔多的写法）所说的奥利维罗。

② 幸运群岛：也就是加那利群岛，在比埃及更西的地方。

③ 豹男爵：阿斯图尔夫的英格兰旗帜上绣着豹子。

于是热情地与他寒暄，
丝毫没有情感的疏远。

为了让勇士们休息，
女人们把他们带到不远处的宫殿。
手持火把的侍从和少女
在半路将他们迎接。
跳下马背，放下武器，有专人照料，
在美丽的花园里
已经准备好了晚宴，
在清澈宜人的喷泉前。

他们用一根更粗的铁链
将巨人绑在绿草坪上的一颗橡树前。
这颗老树年代久远，
怎么摇也摇不断。
有十个仆人看管他，
以防他晚上松绑把人伤。
如果粗心大意自以为安全，
不设看守就是这个下场。

丰富奢侈的食物
只是很小的乐趣，
大部分时间专注于谈论奥利罗
和那些令人惊愕的奇迹。

想起来就像是一场梦。
他们把他的头和胳膊砍去，
他却拾起来重新接回，
然后投入更激烈的搏击。

阿斯图尔夫在他的书中读过
（书中教授了破除魔法的秘方）：
除非找到那根致命的头发[①]，
不能把他的灵魂拽出胸膛。
如果将那根头发拔掉或砍断，
奥利罗就会随之命丧。
书上是这么讲的，
但这么浓密的毛发上哪儿去找呢？

公爵仿佛赢得了胜利，
手里已经握着棕榈。
他希望用不了几个回合，
就可以取下巫师的灵魂和首级。
因此他向年轻的兄弟提议，
将任务独自完成。
他会杀死奥利罗，
如果两兄弟赞成。

他们当然愿意把任务交给他，

① 致命的头发：在古代人的想像中，任何一个人的死亡都是因为冥后普罗塞尔皮娜砍断了他头上那根致命的头发。

尽管认为他的辛劳都是枉然。
新的曙光已经升上天空，
奥利罗从他的墙上跳到平原[1]。
公爵和奥利罗展开一场激战，
奥利罗手拿狼牙棒，公爵紧握宝剑，
阿斯图尔夫的宝剑如雨落下，
盼望一下子将他的灵魂从肉体移迁。

有时手和狼牙棒一同砍下，
有时左膀或右臂落地。
即使斜劈开胸甲，
即使把他切成碎片，
奥利罗总是可以从地上拾起四肢，
重又安然无恙。
即便已经被大卸八块，
依旧可以在瞬间恢复原样。

阿斯图尔夫终于飞起一剑，
刺中他的肩膀和下颚之间。
脑袋和头盔滚落平原，
奥利罗下马稍显迟缓。
公爵已将血淋淋的人头提在手心，
顷刻间重又飞身上马。
无头的奥利罗奔到尼罗河边，

① 墙：奥利罗住的高塔的墙。

大盗就此无法将他的宝物找还。

那个傻瓜一阵茫然，
还在尘土中寻找自己的脑袋；
骏马已经带着他的头奔向树林。
明白后立即跳上马背，
试图追上阿斯图尔夫。
他本想大喊：
“等一等，回来，回来！”
但他的嘴已经不在。

令奥利罗欣慰的是，
公爵并没有夺走他的脚后跟。
他放开缰绳一路狂奔，
拉比卡诺跑起来风驰电掣。
一大片空间留在后身，
阿斯图尔夫拿着奥利罗的头，
从脖颈到睫毛，急忙翻找
让奥利罗免得一死的那根头发。

如此繁多，无可计数，
所有的头发都一样长一样鬈。
阿斯图尔夫该作何选择
才能让邪恶的大盗无法生还。
最好全部剃掉一根不留，

可既没有剃刀，也没有剪刀。
于是他只能拿起宝剑，
暂且当剃刀使使。

抓住奥利罗的鼻子，
将他的脑袋固定。
从前到后全部刮净，
无意中找到那根致命的头发。
奥利罗的脸色苍白狰狞，
两眼上翻，垂死挣扎，痛苦得不行。
追在后面的无头身体坠下马鞍，
抽搐几下终于丢了性命。

公爵手提奥利罗的头颅，
回到仙女和骑士的住处。
指着躺在远处的尸首，
向他们出示死亡的证据。
尽管两兄弟表面客气，
却不知见到公爵是否愿意。
因为是他阻挡了两个人的胜利，
恐怕他们满心都是妒忌。

克罗利达诺与麦多罗

至此，我们见证了将领们的丰功伟绩、他们的勇敢拼杀、他们的鲁莽行径、他们超人的力量以及他们对宝物的占有。现在，我们深入到巴黎战场，那片茂密的长矛丛林，普通的战士将来到近景，连同他们顽强谦逊的人类智谋、他们的勇气、他们的迟疑以及他们的怜悯。

战争注定要与撒拉逊人为敌。就在那一天，八万人战死沙场。他们最年轻的指挥官，埃尔蒙特的儿子达迪奈罗也牺牲了，死在里纳尔多的手里。阿格拉曼特国王下令撤退。当夜，摩尔人的营地里哀声响成一片。

达迪奈罗的兵团里有两位刚刚成年的新兵，他们为指挥官哭泣，并决定收回他的尸体。他们的夜间行动需要在死尸间往返两次：首先，他们要穿过敌营，沉睡中的基督教战士横七竖八地躺在那里，两个年轻的复仇者带来的死亡也将要把他们固定在那里。而后，他们要在散落各处的死尸间穿行。他们如何在夜色中，在如此多的尸体间辨认出哪一个才是达迪奈罗？麦多罗向月亮女神祈祷；风起云散；月光下，从蒙马特到蒙特雷的巴黎城铺展在眼前。

危难的撒拉逊营区
整夜不绝于耳的是
痛哭、呻吟和低泣。
他们全力保持镇静，
尽量将音量压低。
有些人为了死去的亲友，
有些人为了受伤的自己，
为命运担忧，对未来恐惧。

有两个摩尔人出身微贱，
他们生长在托罗米达。
他们的真诚的爱的故事真挚感人，
值得在此描述一下。
一个叫麦多罗，另一个叫克罗利达诺，
无论命运向他们微笑或皱眉，
他们一直敬爱达迪奈罗，
后来跟随他渡海来到法国。

克罗利达诺，致力打猎，
体魄强壮，身手敏捷；
麦多罗，一头金发，眼珠黑亮，
双颊红润，肌肤似雪，
年纪轻轻，优雅可人。

一行人中，无人赛过他的美貌和喜悦，
宛若最最上品的六翼天使。

这二人和其他人一起，
在防御土墙上守卫着营地。
当夜色降临，月亮升起，
麦多罗睡眼惺忪，凝望天际，
在他的谈话中，哀伤的年轻人
别无选择，总是想到他的主人。
埃尔蒙特的达迪奈罗，
怎能任他暴尸荒野，无有葬身之地。

转向他的同伴，说：“哦，克罗利达诺，
不知该如何告诉你心中的遗憾悲戚。
我的主人一定暴尸荒地，
哎呀，任凭野狼乌鸦啃噬。
它们怎配得上如此高贵的食物。
想到他曾经的仁爱，
我宁可献出生命，为了他的荣誉，
我总该报答他，献出自己的微薄之力。

我想把他的尸体找回，
他不能死无葬身之地。
或许上帝佑我不被发觉，
且等查理曼的营地静谧。

如果上天下令我必须死，
你可以向他们陈述解释。
如果命运阻止我的好事，
至少成全一个好名声，怜我一片好意。”

克罗利达诺倍感诧异，
这个少年居然如此勇敢，
如此忠诚，如此仁义。
他百般劝说他打消念头，
这么做只能徒劳无益。
但麦多罗决心已定，
巨大的伤痛无法更改慰藉，
麦多罗要么掩埋主人，要么身赴死地。

看到他既不听从也不改变主意，
克罗利达诺回答：“我和你同去。
我也渴望死得其所，
我也要在光荣中证明自己。
如果没有你，留在这里无有意义。
我的麦多罗，
我要和你一起拿起武器，
总要好过看见你的尸首后伤心地死去。”

就这样下定决心，
换上下一班岗。

两个年轻人穿过壕沟和木栅，
来到离查理曼营地不远的地方。
防守松懈，人人沉睡，熄灭了火把，
基督徒并不把撒拉逊人惧怕。
他们仰卧在马车和兵器间，
眼睛埋在困倦和葡萄酒里。

停了一会儿，克罗利达诺说道：
“麦多罗，永远不要错失良机，
主人是因为这群人才流血的。
这难道不就是个契机？
你，为什么不去偷袭，
耳听八方，眼观四路。
我保证用宝剑，
在敌军中为你杀出一条路。”

说到这儿，突然停下来，
进入阿菲欧的帐中①。
年前，他作为法师、医生和占星师
来到查理曼的皇宫，
但这次他的把戏
没起多大作用。
或者全是一派谎言，

① 有人认为是比萨的彼得罗，因为他的教义而被召唤到查理曼的宫廷。

他预言自己最终死在妻子的怀中。

现在狡猾的撒拉逊人，
将锐利的剑尖刺入他的喉咙里。
占卜师身旁的四个人，
来不及说一个字就被杀死。
杜比诺的故事里没有提他们的名字，
随着时间流逝，历史也将他们忘记。
在他们之后，被夺去性命的还有
安睡在两匹战马间的帕里东和蒙卡莱利。

随后来到头枕着酒桶入眠
可怜的格里罗身旁。
他以为喝光了桶里的酒，
就可以睡得宁静安详。
勇敢的撒拉逊人砍掉他的脑袋，
鲜血从酒桶的孔眼里流淌。
不止湿透了一只木桶，
死时还梦到将美酒品尝。

希腊人和德国人躺在格里罗身旁，
安德罗波诺和康拉德两下子就命丧。
一会儿碰酒杯，一会儿掷骰子，
他们享受了大半夜的清凉。
早知如此，如果一直欢宴到

太阳涉水穿越印度就不会悲伤[1]。
如果将来每个人都是占卜师，
命运也不可能握在人们的手掌。

如同一只关在笼中的雄狮，
饥饿难忍，瘦骨嶙峋。
一旦虚弱的羊群落入地盘，
就见它撕咬喉咙，大口地咀嚼狂吞。
残忍的撒拉逊人割开睡梦中基督徒的血管，
大肆屠杀，痛快复仇，走到哪边杀到哪边。
麦多罗的宝剑还没有变钝，
但他不忍伤害地位卑微的平民。

来到拉布雷托的公爵身边，
他正和一个妇人相拥而眠。
一个紧抱着另一个，
空气都进不到中间。
麦多罗干净利落地砍掉二人的脑袋，
哦，甜美的命运，哦，幸福的死亡。
我相信，如同他们的身体，
他们的灵魂也将相拥着离去。

他杀死了佛兰德伯爵的儿子
马林多和他的弟弟安达里克。

---

① 太阳从东方升起。印度的恒河被认为是东方的最远边界。

两个人都是新参军的骑士，
查理曼曾授予他们金百合[①]。
一天查理曼看到他们从沙场上返回，
短剑上沾满了深红的颜色，
许诺将来会赐予他们弗里西亚的土地[②]，
怎知后来计划被麦多罗阻隔。

狡诈阴险的刀刃，
靠近查理曼的营房。
周围支着十二勇士的帐篷，
轮流将皇帝的安全保障。
险恶的撒拉逊人宝剑入鞘，
无功而返，垂头沮丧。
他们认为不可能这么多人里，
就发现不了一个醒着。

尽管可以携带许多战利品逃走，
但保全性命的好处就已很多。
克罗利达诺在前，走他认为最安全的路，
后面跟着他的同伴麦多罗。
他们来到战场，在弓箭、刀剑、
盾牌和长矛间的血泊里
躺着压在人身上的马匹、

① 金百合：法国皇室徽章，赠予那些在战争中表现特别勇猛的骑士。
② 弗里西亚：荷兰最北部。

穷人、富人、国王和奴隶。

尸横遍野，一片恐怖，
也许直到第二天一早，
他们忠诚的念头泡汤。
因为人山人海，怎么也找不到，
麦多罗对着月亮女神祈祷。
愿她从乌云背后露出她的镰刀，
麦多罗虔诚地凝视天上的月亮，
这样说道：

“哦，圣洁的女神，
我们的先人曾经说过：
你的美貌无与伦比，
你会呈现天上、人间、地狱三种变异，
丛林中化作猎人追赶野兽和怪物的踪迹。
这么多人躺在这里，
请告诉我，我的国王究竟在哪里，
他生前曾经模仿你神圣的职业（打猎）。”

月神听到他的祷告将云彩散去，
也许是偶然，也许是感动于他的真意。
月神，是如此美丽，
赤裸着依偎在恩底弥翁的怀里[1]。

① 恩底弥翁：牧羊人，后来成为月神的情人。

月光下，巴黎城显露出来，
一个又一个营地，还有小山和草地，
远处矗立两座山丘，
马蒂在右手边，另一边是雷利[1]。

埃尔蒙特儿子的陈尸处，
银色的月光越发明亮。
认出了红白相间的徽章，
麦多罗对着亲爱的主人大哭一场。
整张脸浸在苦涩的泪水里，
每根睫毛下都淌出一条小溪。
如此甜蜜的举止，如此甜蜜的哭泣，
风都要停下脚步，倾听他的哀戚。

他压低声音哭泣，
以免被旁人听见。
不是为自己的性命考量，
摆脱不必要的负担。
如果被听到可能会
无法实现他的心愿，
二人把国王的尸体扛在肩上，
一起将他的重量承担。

黎明时分，克罗利达诺和麦多罗开始拖着达迪奈罗的尸体返回

① 蒙马特到蒙特雷的山丘。

营地，这时，由泽比诺率领的一小队苏格兰人来此巡逻。更聪明些的克罗利达诺丢下身上的负担逃走，他以为自己的同伴也会照做。但性格刚毅的麦多罗不肯抛下指挥官的尸体，任其成为乌鸦们的美餐，继续靠着一个人的力量拖着尸体前行。

扛着敬爱的人的尸体，
他们尽量将脚步加急。
这时太阳的光芒闪耀，
拂去了天上的星星和地上的阴影。
必要的时候，困倦敌不过勇气，
泽比诺整夜寻捕摩尔人。
破晓的一道曙光出现，
他开始返回营地。

和他同来的还有一些骑士，
远远看见那两个人。
每个人都向那个方向赶去，
希望找到收获和战利品。
克罗利达诺说："兄弟，
快些逃命吧，扔掉这具尸体。
为了一个死人丧掉两条人命，
可不是什么明智之举。"

他随手放下了负担，
以为麦多罗也会如此。

但可怜的、主人最爱的男孩，
用一个人的肩膀支撑着整具尸体。
克罗利达诺飞快地逃离，
以为他的朋友就在身边或紧随其后。
如果早知麦多罗会遭受那样的厄运，
别说一具尸体，一千具他也会扛起。

那些下定决心让二人
投降或死去的骑士，
有些这里，有些那里，
堵住去路，四散开去。
离他们不远的首领，
比他人的心情更急。
看到他们吓得浑身颤抖，
确信他们一定来自敌人的阵地。

那里有一片古老的森林，
野兽常常光顾，林中绿树成荫，
大树与幼树缠绕出
一座由小路组成的迷宫。
两个异教徒希望隐藏在大树枝里，
躲开敌人的视线，
如果有谁喜爱我的诗歌，
这个故事我择日再说。

很快他就被敌人包围了：泽比诺正要举剑杀死他，却被他的青春气息和对战死指挥官的忠诚感动。“赦免了他吧。”就在这时，一个野蛮的苏格兰人，不顾命令，迫不及待地将长矛刺向麦多罗的胸膛。在泽比诺追赶并打算惩罚那个不守信用的士兵时，寻找失踪同伴的克罗利达诺赶到，看到麦多罗倒下，他冲到基督徒中间，大开杀戒，直到自己也倒下。同一片血泊中容纳了两个同伴的尸体，还有那个指挥官，他的身体早已冰凉。面对这样的牺牲，人们应该庆祝封建贵族的责任感吗？或者更古老恒久的命题：青年时期的团结一心。

不幸的年轻人
在错综复杂的迷宫里逃命，
但他身上的重担
让他的任何念头化作泡影。
他不认路，选错了路径，
回到荆棘丛中，将自己掩蔽起来。
离他很远的同伴很安全，
因为他的肩膀更轻。

克罗利达诺躲藏起来，
在一个听不见嘈杂叫闹声的地点。
当他发觉麦多罗不在身后，
就像把自己的心也抛在了后面。
“哎，怎么可以这么粗心大意，
麦多罗，我怎么能没有你？

我甚至不知道
何时何地将你丢弃。”

说到这里，他重新钻入
迷宫般混乱交错的林间。
他顺着原路折返，
沿着这条路回到了冥间。
只听马蹄踏地，人声喧哗，
一个敌人威胁地喊话。
最后听到了麦多罗的声音，
只有他徒步，所有人都骑着马。

泽比诺一声令下，百名骑士将他包围，
不幸的年轻人如陀螺般旋转。
使出浑身解数自卫，
到橡树、榆树、山毛榉或白蜡的后面[1]。
那可爱的重量却从未远离肩膀，
最后再也无法坚持，
将负担重新放在草地上，
他在尸体周围踱步徘徊。

如同一头被阿尔卑斯山猎人
围困在岩石洞穴中的母熊，

① 强调树木的种类是为了说明他从一地到另一地奔跑速度之快。

发出愤怒和爱意交织的咆哮，
怜惜地护住自己的幼崽。
显露狂怒和凶猛的本性，
伸出爪子，嘴上沾染鲜血。
但对孩子的爱让她内心柔软起来，
退出争斗，愤怒中，照看自己的孩子。

克罗利达诺不知如何相救，
他情愿与麦多罗一同死亡。
没人会把生死置之度外，
他仍想拉几个基督徒陪葬。
于是他埋伏起来，
弯起弓，搭上箭，
一箭射出苏格兰人的脑浆，
射死的那人应声跌落马旁。

队伍里剩下的所有人，
看向冷箭射出的地方。
同时他把箭射向另一个人，
他就站在死者身旁。
正当他急忙大喊着
问是谁射的箭时，
一支箭正好穿透他的喉管，
话只说了一半就被打断。

首领泽比诺忍无可忍，
怒冲冲来到麦多罗面前。
说罢你应该为此受罚，
伸手抓住麦多罗的金发，
用力把他拽到自己身边。
看到麦多罗俊美的脸，
和他那美丽的双眼，
心生不忍，断了杀戮之念。

年轻人对着他恳求道：
“看在您的上帝的分上，
骑士，不要如此残忍，
也不要将我掩埋主人的意愿否认。
我不求您的同情，不求您的怜悯，
也不要考虑我活下去的私心。
我热爱自己的生命，现在全然不顾，
只要您满足我的愿望，给我的主人一个坟。

如果您宁肯让他成为野兽和飞禽的佳肴，
如果您心中有着和克瑞翁一样的怒气[①]，
请把我的四肢当作它们的食物，
让埃尔蒙特的儿子在地下安息。”
麦多罗优美地陈述，语言感天动地，

① 克瑞翁：忒拜城的暴君，禁止希腊人把尸体掩埋在城墙下面，其中也包括他的外甥波吕涅克斯的尸体。

言辞足以撼动山峦，融化铁石。
泽比诺被他感动了，
心中燃烧着怜悯和爱意。

就在这时，麦多罗话音刚落，
一个粗野无礼的骑士冲上前去。
不尊重主人的意愿，
手持长矛向恳求者柔软的胸膛刺去。
泽比诺不满这种残暴野蛮的行径，
更何况，看到这么一击，
年轻人惊愕不已，脸色苍白地倒地，
一切都表明他已经死去。

伤心愤怒的泽比诺说：
“你应该遭受惩治！”
满腔怒火的他
转向肇事的骑士。
占了便宜的骑士趁机逃离。
克罗利达诺看到
可怜的麦多罗躺倒在地，
从树林里跳出，发起攻击。

扔掉弓箭，跳到敌人中间，
刀剑挥舞，与其说想死，
他更希望通过复仇，

将这腔怒火平息。
刀刃之下，他的鲜血染红了沙地，
他的生命也走到了尽头。
最后精疲力竭的他，
倒在麦多罗身边。

苏格兰人跟着他们的头领，
在深林中披荆斩棘。
满心鄙夷的他们将摩尔人留在原地，
一个完全死了，另一个勉强呼吸。
年轻的麦多罗躺了很久，
鲜血从粗粗的静脉里流出。
如果不是有人前来帮助，
他的生命可能就此结束。

一位少女偶然出现，
一身牧羊女的朴实装扮。
但她神态高傲，得体庄重，
仪容高贵，面庞娇艳。
已经很久没有提到她的消息，
您认出她一定也很难。
如果不认识，她就是傲慢的安杰莉卡，
她的父王就是契丹的可汗。

麦多罗被当作死人留在了那里，然而他的心还在跳动。是谁跪在他受伤的身旁，急忙伸出援手？据说，从衣着上判断，是个牧羊女。但这位骑在马上的少女那副耀武扬威、藐视一切的神气劲儿不禁令我想起一位鼎鼎大名的人物，她平时可不是这副打扮，她就是契丹公主安杰莉卡。这个女人唯一的乐趣在于一直能让最了得的骑士疯狂地爱上她，追着她跑，却永远也抓不住她。自从重新获得那枚魔戒，她就在躲在一个牧羊人家里，她比从前更加心高气傲。如今，看到奄奄一息的麦多罗，那颗冰冷的心里竟有什么东西在动。

一开始只是出于同情怜悯，并趁机炫耀一下从东方学到的医术。后来，草药治愈了伤口，渐渐地，同样留宿在牧人家里的麦多罗恢复了从前的面色和美貌，就这样，第一次在没有魔法介入的前提下，安杰莉卡感觉自己恋爱了。奥兰多、萨克利潘特、费拉乌、里纳尔多，这些敌军中最骁勇的上将，全不被这个尤物看在眼里，结果她却被一个普通的步兵弄得神魂颠倒。或许，令她安心的是，这个金发的摩尔小伙子可靠恬静的外表，与往常那些紧张焦虑、富有侵略性、总想出类拔萃的追求者是如此的不同。

年轻人虚弱无力奄奄一息，
为了让他的国王安息，
竟然毫不抱怨个人的命运得失。
这种感觉如此陌生，
一股非常的同情从心头涌起。
她从未如此敞开心扉，
柔软的心不再坚硬如石，
特别是，当他讲述了忠诚的故事。

想起了她曾经学过的医术[1]，
在印度她学会了外科手术，
（看来这种研究高贵可敬，
而且得到高度的赞誉。
这种医术代代相传，
没有多少相关的图书）
从山中寻得一枚草药，磨成汁，敷在身上，
据说可以将寿命延长。

她记起来那时候
经过一个景色迷人的山坳，
曾经看见一种草[2]，
可能是白藓，或什么万灵药，
我也不清楚，据说有止血的疗效，
消除伤口钻心的疼痛。
她在不远处找到那棵草，
拔下来转身回到麦多罗身边。

返回木屋的途中，
遇到牧人骑马奔向林子，
寻找离群两天的小母牛，

① 医术：所有的骑士小说中都提到国王的女儿或贵妇要学习医术。这属于贵族少女所受常规教育的一部分。

② 一种草药，古人认为它疗效显著。

它无人看管，在外走失。
她带着虚弱无力、
生命已经快要走到尽头的麦多罗。
鲜血从年轻人的胸口外溢，
染红了一大片土地。

安杰莉卡跳下马鞍，
那个牧羊人也徒步。
用石头捣碎药草，
药汁从雪白的指尖流出。
把它涂在伤口上，
涂在他的前胸和腰腹。
这种草药的功效就是
止血，帮助体力恢复。

力量注入他的体内，
他可以骑牧羊人的马。
但麦多罗先要掩埋主人，
然后才上马从这里出发。
克罗利达诺和他的国王合葬在一起后，
麦多罗跟随少女去她所要去的地方。
请求好心的牧羊人收留他们，
借宿在他简陋的住房。

只有等他身体复原，

少女才会让他自己前行。
第一眼见到麦多罗时只是同情，
后来逐渐转化成尊重和爱慕的温情。
然后看到他的美貌和品行，
她感到一把隐藏的锉刀折磨着她的心。
她的心一点点被侵蚀，
爱情的火焰将她灼烧。

牧羊人的住所刚刚建好，
隐藏在树林和山坳。
如此的舒适美好，
身边有妻子和孩子围绕。
因为少女的悉心照料，
麦多罗的伤病很快治好。
但在短暂的时光内，
少女的心伤愈发疼痛难熬。

这个伤口更宽更深更长，
一支无形的箭插在她的心上，
长翅膀的爱神从麦多罗美丽的眼睛、
金色的头发中突然射出一支箭。
她感到内心在燃烧，火越烧越旺，
她不在意自己的痛苦，只在乎他人的悲伤，
她不照顾自己，一心只想着
如何治愈那个给她带来伤害的步兵。

她的伤口越长越硬，
另一个伤口却在愈合变好。
小伙子日渐强壮，她却日渐枯槁，
时而哆嗦，时而冒汗，时而发烧。
逐日显现的是麦多罗的美貌，
痛苦如同向阳之所
飘起反季节的雪花，
一落地，便融化。

若不想白白地送死，
必须毫不迟疑地自救。
看来没时间继续等待，
定要倾诉内心的渴求。
打破所有羞涩的桎梏，
舌尖如目光一般炽热。
向这个也许并不知情的人发出请求，
求他将那把残忍的利剑入鞘。

哦，奥兰多公爵，哦，切尔克斯国王（萨克利潘特），
你们卓越的勇敢，你们说，有何裨益？
你们真心的奉献，你们说，有何嘉奖？
你们崇高的荣誉，你们说，有何意义？
请你们告诉我，她何曾对你们彬彬有礼，
无论现在还是过去。

你们为她蒙受苦楚，
她何曾有任何补偿、酬报或奖励。

哦，如果你可以死而复生，
哦，阿格里卡内国王，这看起来多么艰难[1]。
残忍的拒绝和无情的鄙视，
她已经表示对你的厌烦。
哦，费拉乌，已经成百上千次
为了这个忘恩负义的女人枉费心机。
如果看到她躺在麦多罗怀里，
你将是多么的苦涩悲戚。

其实，在遇到麦多罗之前，安杰莉卡从未设想过一个理想的丈夫究竟是什么样子。现在她找到了这个人，就不会放他走。她立即在牧羊人家里与其成婚，并决定带他返回东方，把他加冕为契丹皇帝。他们取道比利牛斯山脉，在巴塞罗那登船。在加泰隆尼亚的海滩上，新婚夫妇面前突然出现一个赤条条的、满身污泥的疯子。他是谁，这需要在适当时候加以解释。

① 阿格里卡内：鞑靼国王，因为加拉弗洛尼拒绝把女儿安杰莉卡许配给他，而出兵将其打败。

魔幻城堡

我们正在经历的这首诗是一个迷宫，迷宫内还将打开其他迷宫。诗歌的心脏设有一个陷阱——亚特兰大巫师的魔幻宫殿，有一个漩涡会将主要人物逐一吞噬。巫师我们已经见过了，在比利牛斯山间，一个精铁打制的城堡里；后来他自动消失不见。如今，在离马尼卡海岸不远的草地上，一座宫殿耸立在我们眼前，这就是那个无形的漩涡，此中折射出诗歌中所包含的所有形象。

穿过树林时，鲁杰罗听到一声尖叫，看到一个巨人正在和一名骑士搏斗。巨人一棍将骑士打倒在地：松开的头盔里露出一缕金色的鬈发：是布拉达曼特！鲁杰罗追赶那个拖着昏死的骑士逃跑的巨人，后者穿过一座黄金打造的城门后，转眼消失在大理石城堡里。鲁杰罗走了进去，穿过大厅、凉廊、台阶：他迷路了，在宫殿里从上到下查找了很多遍，可是既没有劫持者，也没有被劫持者的踪影。

就像切莱莱寻找被普鲁多尼劫持的普罗塞尔比纳，此类的劫持和艰难的寻找交织在法国的各个城区。同样，奥兰多在寻找安杰莉卡时，也有着与鲁杰罗如出一辙的遭遇：看到美人被劫，跟随劫持者，进入一座神秘的宫殿，在门廊和空无一人的走廊里转来转去。或者说：这座宫殿里没有要找的人，却充斥着寻找者。亚特兰大创造了一个幻觉的王国：如果生活总是多样的、难测的、闪光的，幻觉就是单调的，一次又一次重复敲打着同一颗钉子。

这些在门廊、楼梯间徘徊，在挂毯和华盖下翻找的是最著名的基督徒和摩尔人：所有这些人都因为看见一个心爱的女人、一个无法追上的敌人、一匹失窃的马、一件遗失的物品而被吸引到这座宫殿里。他们无法再与这几面墙分离：如果有人打算远离，他会听到声声呼唤，回过头去，徒劳追寻的幻影又出现了，从窗户里探出头来，请求他解救。

为了将她寻觅，他穿越法兰西，
现在准备动身去德国和意大利，
找遍新卡斯蒂利亚和旧西班牙[1]，
穿过利比亚的直布罗陀海峡。
想到这里，耳边传来一个声音，
好似谁人正在低泣。
他策马飞驰，看见前方，
一匹飞奔的高头大马上坐着一名骑士。

他怀里抱着一个忧伤的姑娘，
姑娘被捆绑在马鞍之上。
她哭泣着，挣扎着，

① 北部的旧卡斯蒂利亚的首府是布尔戈斯。新卡斯蒂利亚位于西班牙中部，下含托雷多和马德里。

一副痛苦的模样。
她大声请求英勇的奥兰多帮忙。
看到这个美丽的少女，
让他想起那个没日没夜，
在法国内外徒劳寻找的姑娘。

我不说她是谁，
但在他的眼里，
她就是秀美的安杰莉卡。
见到他的女人和女神
如此痛苦悲戚，
奥兰多大吼一声，满腔怒气。
发出威胁，再次召唤骑士，
放开缰绳，策马疾驰。

一心念着了不起的收获，
恶棍既不回应也不停步，
飞快地逃往那片树林，
风都赶不上他的速度。
一个在前面跑，一个在后面追，
痛哭声在深林中萦回。
跑着跑着，眼前突现广袤的草原，
草地中央耸立一座壮丽的宫殿。

工匠们用各种大理石

精心建造雄伟的宫殿。
骑士怀里抱着少女，
跑进镀金的城楼里面。
未久，布里亚多罗赶到，
傲慢的奥兰多端坐马鞍。
奥兰多走进宫殿，四处观看，
既看不到少女，也看不到强汉。

他立即下马，闪电般搜索最里面的房间。
一会儿跑到这边，一会儿跑到那边，
不漏掉任何一个凉廊，
任何一个房间。
他徒劳地找遍一楼，
又带着同样的目的上了楼梯，
找遍角落费尽了时间和气力，
就是没有他们的踪迹。

丝绸和黄金铺床，
看不见隔墙，
也看不见墙壁，
落脚的地板被地毯掩盖。
公爵上上下下反复寻觅，
即便如此，仍然无法取悦自己的眼睛。
再也见不到安杰莉卡的行迹，
就连劫走少女的盗贼也没了消息。

徒劳无功，心急如焚，
思虑重重，伤心无助。
迎面遇到布兰迪马特、格拉达索、
萨克利潘特和费拉乌，
他们也楼上楼下地寻找，
他们也走了许多冤枉路。
所有人都一致抱怨
那个不见踪影的邪恶的堡主。

所有人都在无谓寻找，
所有人都归罪于盗贼。
有人丢失了骏马，有人失去了爱人，
还有人谴责其他的行为。
他们就这样找来找去，
不晓得离开那个樊笼。
一待就是几个星期，甚至几个月，
很多人被蒙骗在其中。

在奇怪的宫殿里，
找了不下五六遍。
奥兰多悄悄自言：
“再找下去，也是白费力气和时间。
盗贼可能已经从别的门把她带走，
而且已经走得很远。”

想到这里，他从房子里出来，
走到围绕四周的草地上面。

奥兰多绕着宫殿，
俯身将脸贴向地面。
查看是否有新的足迹，
出现在左手或右手边。
一声呼唤从窗户传至耳边，
抬眼望去，仿佛听到美妙的声音。
仿佛见到美丽的容颜，
而这一切都是魔法的显现。

他仿佛听见安杰莉卡
痛哭着哀叹：
“救救我，救救我。
我把比生命灵魂更重要的贞洁托付与你。
亲爱的奥兰多，
你怎能眼看我被贼人摧残。
我宁愿你亲手杀了我，
也不愿屈服于命运的凄惨。”

奥兰多一次次返回宫殿，
充满激情，痛苦万千。
但他仍然饱含希望，
仔细寻遍每个房间。

每当他停下来想要放弃时，
那个与安杰莉卡相似的声音，
就从另一个地方传到耳边，
哀声求救，却找不到声音的来源。

先回到鲁杰罗那里，上回说到
他走上一条背阴昏暗的小路，
追赶那个巨人和贵妇，
穿过树林，来到草地。
如果没认错地方，
奥兰多也来过此处。
巨人穿过大门，
鲁杰罗契而不舍地追逐。

他的双脚很快迈进门槛，
找遍整个长廊和庭院。
不见巨人和女人的踪影，
二目徒劳地环顾眼前。
上上下下，反反复复，
无论怎样，失望无助。
无法想像，一瞬间，这个恶棍
能把巨人和那个女人藏到何处。

楼上楼下，长廊房间，
犄角旮旯，楼梯下面。

五次三番，来来回回，
一无所获，空手而归。
最后他把希望寄托在附近的丛林，
于是决定离开宫殿。
这时那个曾经呼唤奥兰多的声音，
在宫殿里回响，传至他耳畔。

相同的声音，
相同的模样，
在奥兰多那儿是安杰莉卡，
对鲁杰罗就是他爱的姑娘。
疯狂寻找，将自我流放，
如果换作格拉达索。
或其他迷失在宫殿里的人，
就会变成他们心中的渴望。

同样求救的呼声，同样的情形，鲁杰罗看到了布拉达曼特，奥兰多看到了安杰莉卡，布拉达曼特看到了鲁杰罗。欲望是通向虚无的奔跑，亚特兰大的法术将未满足的所有愿望集中在封闭的迷宫里，即便如此，仍然没有改变这首诗和这个世界的开放空间里支配人类行为的规则。

阿斯图尔夫也碰巧来到那里。在他快速周游世界的那段时间，曾在他的祖国英格兰逗留了片刻，现在，他回到了法国。一个小农夫趁他喝水时，偷走了拉比卡诺: 至少，看上去是这样。事实上，在追赶小偷和神驹的过程中，阿斯图尔夫也落入了魔幻宫殿。

然而任何法术都会在阿斯图尔夫那里失效。洛姬斯蒂拉送给他的那本魔法书对所有这类宫殿都做了详细说明。阿斯图尔夫径直走向藏在门槛下面的大理石石板：只要抬起这块石板，整个宫殿就会化为烟尘。就在那时，一群骑士突然赶到：他们几乎都是他的朋友，然而他们非但没有欢迎他，却挡住了他的去路，并一心想要杀死他。

“哎，我是阿斯图尔夫，你们认不出我了吗？”

“不！”那些人大喊道，“巨人在这里！抓劫匪！抓小偷，抓小偷！”每个人都有不同的理由，所有人都狂怒不已。

究竟发生了什么？亚特兰大见势不妙，于是施展最后一项魔法：他把阿斯图尔夫幻化成敌手的面貌，现身于囚徒间，为了追捕他，所有骑士又回到了宫殿里面。但阿斯图尔夫只需吹响号角，就可以驱散巫师、魔法和所有魔法的受害者。这座宫殿，这个交织着梦想、欲望和嫉妒的蜘蛛网也会随之瓦解：或者说，为了重新隐匿在我们的头脑中，隐匿在思想的迷宫里，它不再是一个由门窗、台阶和墙壁构成的外部空间。

阿斯图尔夫穿过一片树林，
看到山脚下有一口清泉。
当时正值晌午时分，
羊儿们或在空山觅食或关在羊圈。
禁不住天热唇焦，
他将头盔摘掉。
骏马拴在最粗的树上，
而后走到泉边啜饮。

泉水尚未沾唇，
一个年轻的农夫
从附近的灌木丛中跳出，
解开缰绳，上马就跑。
阿斯图尔夫听到响动，
抬头看清眼前的一幕。
离开泉边，口也不渴了，
健步如飞地将农夫追逐。

那个小偷没有使出全速，
否则他会瞬间消失如雾。
有时小跑，有时飞奔，
有时收紧马勒，有时放慢速度。
转来转去，出了树林，
最终二人抵达了那座房屋。
那个困扰许多贵族老爷们，
不是监牢胜似监牢的去处。

骑马飞驰的的农夫
风驰电掣般消失在宫殿尽头，
阿斯图尔夫为盾牌、头盔
和其他兵器所累，
只能远远跟在后头。
等他到达的时候，
所有令他追踪至此的迹象都已不见，

既没有拉比卡诺也没有小偷。

转动眼球，徒劳地加快脚步，
凉廊、房间和台阶，
为了那个可恶的农夫，
四处搜寻，一无所获。
那个比任何动物跑得都快的宝物
究竟藏在哪里，拉比卡诺，
楼上楼下，室内室外，
整整一天，依旧毫无结果。

无谓的寻找令他疲倦盲目，
忽觉这个地方定是被施了法术。
于是拿出那本随身携带的
洛姬斯蒂拉在印度送给他的魔法书。
如果有什么新的魔法，
解药定能从这本书里找出。
按目录查询，很快看到，
写明解救办法的那一处。

书中对此类魔幻宫殿，
有着详细的记录。
注明了如何迷惑巫师，
如何释放那些囚徒。
门槛下有一具石栓，

那就是骗局和错觉的来处。
只要抬起埋在那里的石块，
这座宫殿就会化为烟雾。

圣骑士阿斯图尔夫
要将光荣的行动完成。
于是毫不迟疑地俯下身，
用臂膀将巨石的分量估计，
亚特兰大看到这名骑士
想让他的艺术蒙羞，
疑心会发生什么事情，
于是施展新的诡计。

法术将公爵幻化成多面的灵异，
有时是巨人，有时是农夫，
有时是骑士，一脸邪气。
但是在每个人的眼底，
无论他的形象多么乖戾，
圣骑士都是林中的巫师。
为了找回被巫师夺走的东西，
每个人都向公爵身上猛扑。

鲁杰罗、格拉达索、伊洛尔多、
布拉达曼特、布兰迪马特、普拉西多[①]，

① 布兰迪马特：莫诺丹特的儿子，受奥兰多影响，皈依基督教。与多丽斯通的女儿菲奥迪利吉一起长大，并与她成婚，一起出生入死。

都被新的幻象欺骗，
一腔怒火想要将公爵碎尸万段。
那一刻他记起了魔号，
可以打压他们的骄傲。
如果再不吹响魔号，
圣骑士必定死路一条。

他刚把魔号放在嘴边，
可怕的声音就在四周回响。
骑士们仿佛鸽群听到枪响，
惊恐万状，各自逃亡，
连巫师也不例外。
战战兢兢、面色惨白、一脸仓皇，
从他藏身的密室中走出，
远远地逃到没有魔号的地方。

守护人和囚徒一同逃走，
而后许多马也离开马厩，
拦住它们不止需要一根绳索，
跟随在骑士主人的身后。
宫殿空空荡荡，没了猫，也没了老鼠。
耳边响起魔号的声音，
拉比卡诺和其他马一起冲破束缚，
但还是落入了阿斯图尔夫之手。

阿斯图尔夫把巫师赶走，
将门槛下的大石头抬起。
他在那块石头下面发现
一些意象、图形和文字。
他想打碎并毁坏
所有能找到的东西，
就像魔法书里教的那样，
这座宫殿顿时如云烟散去。

请注意，为了方便阐述，阿斯图尔夫这个解放者在其他圣骑士落入陷阱后，马上就赶到了，而实际上，诗歌跟随了另外一种节奏，他是在经历了一个长达十个诗节的间歇后才姗姗而来的：这十个诗节讲到了巴黎之战，在英雄壮举、火灾和屠杀之后，异教徒和基督徒之间的战争命运已经转变了。我们已经意识到，那段史诗中所有最著名的勇士全部缺席，只有罗多蒙特健壮的身形在混战中屹立。我们终于明白，其他人都被赶到哪儿去了。亚特兰大把他们监禁在他的迷宫里，现在，他允许他们自由地沿着诗歌的路线奔跑。亚特兰大还是阿里奥斯托？魔法师一方想要延迟命运的完成，诗人一方时而在故事中添加人物，时而隐藏，时而将他们聚集在一处，时而将他们遣散，层层叠加，直至成为一体。幻觉的旋转是这座宫殿、是这首诗、是整个世界。

圣剑迪朗达尔之争

伊斯兰教和基督教间的军事行动停滞下来，双方军队心甘情愿地忘却了战争，骑士们凡事漠不关心，查理曼和阿格拉曼特手下的勇士们一个赛一个的谦恭有礼。然而在基督教阵营内部，克莱孟和马冈札家族之间的争执从未间断。事实上，马冈札家族绝不可能与其他家族混淆：这个家族的任何一个成员都是说谎者和叛徒。布拉达曼特很清楚他和比纳贝罗之间有一笔悬而未决的旧账，这笔账直到罪人死去才最终结清。然而倒霉的苏格兰王子泽比诺，碰巧出现在尸体旁，于是他被指控为杀害比纳贝罗的凶手并被判处死刑。

幸运的是，奥兰多从那里经过，同时到来的还有最后被他救下的那个少女，加利西亚公主伊莎贝拉。伊莎贝拉在追赶她恋人——苏格兰的泽比诺的途中，落入匪帮之手。

奥兰多对此一无所知，但他知道一个骑士被送上断头台完全出自马冈札家族的意愿，这一点足以让他确信那个人的无辜。因此，这件事交给奥兰多办就好了。

“给这位骑士松绑，恶棍！”奥兰多对马冈札人喊道。

“这人想要干什么？”最积极热心的那个说，“他以为咱们都是麻絮做的？”

马冈札家族曾有一百二十人：至少有八十人被迪朗达尔劈成两半。被解救的泽比诺拥抱伊莎贝拉，并拜倒在恩人面前。

奥兰多对着那群恶人怒吼：
“给骑士松绑，否则我把你们杀光！”
一个看似最受信赖的人回答：
“他是谁，视我们为蜡像或草芥，
如此放肆无礼，目空一切？”
他是一团火，一声叫喊能洞穿天界。
说完，向奥兰多猛冲，
奥兰多也将长矛拖曳。

马冈札人昨夜从泽比诺身上
卸下闪闪发光的铠甲，
今日就穿在自己身上。
激战中抵不住奥兰多的猛打，
后者的铁兵器扎入他的右脸颊。
他的头盔太薄，顿时击垮，
碰撞摇动中头颈断裂，
一下子就被宰杀。

奥兰多还不打算歇手，
一枪将另一人的前胸刺穿。

放下长矛，抓起迪朗达尔，
冲进汹涌的人群中间。
有的人身首异处，
有的人头被劈成两段。
刺穿很多人的喉管，
一口气百余人命断。

杀死了三分之一还强，
追上其他人猛杀猛斩。
有人用盾牌、有人用头盔遮挡，
有人丢下钩刀，有人扔下短枪，
有人沿着直线逃走，有人斜插进路旁，
一些人躲进树林，一些人在山洞隐藏。
今天奥兰多毫不留情，
一个活口也落不在他手上。

共有一百二十人（杜比诺计算着），
至少八十人命丧。
奥兰多终于收手，
回到胆战心惊的泽比诺身旁。
见奥兰多返还，泽比诺欣喜若狂，
言语无法道尽。
多想匍匐在地顶礼膜拜，
如果不是被绑在马上。

奥兰多为泽比诺松绑，
从恶人身上扒下衣裳，
算他倒霉，对他只算装饰，
还是应该穿在泽比诺身上。
泽比诺将目光转向伊莎贝拉，
她正停留在在山坡上。
看到搏斗结束，
美丽的她来到近旁。

看到爱人出现在眼前，
淹死的故事只是传言。
当时的他常眼泪涟涟，
似一块冷冰置于胸间，
连内心都凝结冰冻，
不住地发抖打颤。
但寒冷很快过去，
心中重燃爱的火焰。

他立即伸出双臂，
将爱人拥进怀里。
尽管对奥兰多尊重信服，
仍怀疑他变成了少女的情夫。
一种痛苦取代了另一种痛苦，
先前体验的喜悦如此短促。
新的痛苦更加令人无法承受，

死亡的消息不及她另有所属。

泽比诺愈发伤心悲痛,
她的情夫是他的恩公。
自己对他多有亏欠,
把她从他手上夺回,
既不正当也非从容。
没人能潇洒地走开,
而不为了爱情大战一番,
但奥兰多的恩情怎容他放纵。

三人默默走到一汪泉旁,
跳下马背,在水边徜徉。
疲惫的公爵脱下头盔,
也请泽比诺照着他的模样。
女人看见恋人就在眼前,
突至的喜悦令她脸色苍白。
而后又像大雨后潮湿的小花,
迎接着太阳出现。

绝不犹疑,毫无顾忌,
奔向恋人,抱住脖子,
心中的话说不出来,
泪水沾湿了脸庞和衣襟。
奥兰多注意到她表达的爱意,

不再需要任何其他证据。
所有这些迹象都已表明，
她爱着泽比诺，绝无二心。

伊莎贝拉开始说话，
脸上还残留着泪滴。
她讲述了法国圣骑士
真心相救，彬彬有礼。
泽比诺将自己的生命
和对伊莎贝拉的爱放在同一天平。
跪倒在奥兰多脚下，表示无限的崇敬，
仿佛同时赐予了他两条生命。

骑士和骑士之间
不住地致谢。
只听密林树叶沙沙，
路上马蹄声疾，
赶忙扣上头盔，
牵过马匹。
眼前两匹坐骑，
马上端坐少女和骑士。

这时，一个可怕的异教徒骑士突然赶到。

他就是鞑靼人曼迪卡尔多，他正在满法国的找寻两个人：一个是黑衣骑士，替阿尔基多和马尼拉多复仇；另一个是奥兰多，为自己的父亲阿格里卡内雪耻，想要从他那里夺走圣剑迪朗达尔，将原属于特洛伊的赫克托耳的兵器搜集齐。当他得知正在找寻的两个人是同一个人，这个人就在眼前时，决斗的欲望令他欣喜若狂。鉴于迪朗达尔是争执的目的物，谦恭有礼的奥兰多不愿在决斗中手持无法战胜的圣剑，于是把它挂在一棵树上。

来的骑士是曼迪卡尔多，
一直匆忙追赶奥兰多。
圣骑士曾杀死两个人，
阿尔基多和马尼拉多。
后来放慢复仇的脚步，
因为将多洛丽丝掠夺。
他用橡树干击败百人，
他们都是手持铁器的家伙。

撒拉逊人不知他追赶的人
就是勇敢强壮的奥兰多，
尽管各种迹象征兆表明
他就是那个伟大的游侠。
泽比诺对他好像不存在，
他从头到脚打量着奥兰多，
认出了奥兰多的所有特征。
“你就是我要找的人。”他说。

“我已经足足找了你十日。”

他补充道："不放过你任何踪迹，
但你的大名将我刺痛激励。
是你来到了法国战场，
亲手把上千人送入了地狱，
几乎无人再见到太阳升起。
你单枪匹马制造了一场屠戮，
歼灭了诺里西亚和特雷米森的兵士①。

追赶路上一刻未敢歇气。
为了亲睹尊容，一试高低。
我知道你穿的什么外衣，
我知道你就是那个骑士。
如果这样还无法把你认出，
千百人也无法掩藏你的光芒，
你威风凛凛，仪表堂堂，
我一眼便认出你的模样。"

奥兰多回答道：
"无人敢言你是平民走卒，
高尚的渴望怎能不获得满足。
我用这颗卑微的心向你保证。
想看我的样子，请上前一步。
你会看到我表里如一。
我会取下头盔，让你看个仔细，

① 诺里西亚国王阿尔基多的士兵以及特雷米森国王马尼拉多的士兵。

直到完全满足你的第一个心意[①]。

等你仔细看完我的脸庞，
我会考虑你的另一个愿望。
现在我有一点不明：
为何要随我来到这个地方？
你所看到我的豪迈气概，
是否与褒奖的雄浑相仿。”
异教徒说：“请赐教吧，你已满足第一个愿望，
现在该轮到我们干一仗。”

奥兰多继续从头到脚
将异教徒打量一番。
他的两肋，他的马鞍。
发现他既没带槌，也没带剑，
于是问道：“如果长矛击飞，
又用什么武器应战？”
那人回答道：“不必操心，
即使这样，仍让许多人胆寒。

我曾暗自许下誓言，
除非迪朗达尔绝不佩戴其他宝剑。
为了追寻他，踏遍万水千山，
除此之外他还有许多血债要还。

① 第一个愿望就是看到我（奥兰多）。

如果愿意听，我可以明言，
当我把这个高盔戴在头顶，
曾发誓夺得赫克托耳的全部装备。
英勇的他已死去千年。

精美的武器全在我手上，
唯独缺了那把宝剑。
他是怎么偷走的，我不得而知，
只知道持剑的骑士傲视群雄。
我相信如果可以和勇士决战，
定能将他的不义之物抢还。
此外，我渴望找到那位武士，
是为我著名的父王阿格里卡内报仇。”

“奥兰多处死他是为了惩罚反叛，
我觉得不会为了其他的原因。”
伯爵无法保持缄默，厉声喝道：
“无论谁这么告诉你，都是谎言。
你所寻找的命运就在眼前。
我就是奥兰多，杀他是出于正义，
这就是你要找的那把宝剑，
如果你足够勇猛，我将当面奉还。

尽管这把剑原则上属于我，
还是让我们有礼貌地争夺。

我把它挂在一棵树上，
这次搏斗中它不属于你我。
如果你杀了我，或战胜我，
可以毫不客气地把它拿走。”
说到这里，他解下迪朗达尔，
把它挂在场地中间的一株树上。

第一次碰撞后长矛断开：两位骑士手里各攥着两截杆子，好像两个因争夺灌溉权和草地边界划分而争论不休的农夫。他们丢掉手中的断矛，各自上马，赤手空拳地上演了一场肉搏战。

二人背道而驰，
约莫半箭之遥，
而后拉转马头，
扬起鞭子，催马快跑。
接下来猛地一击，
互中对方的护面甲。
两只长矛碎成千片，
飞向空中如裂开的冰碴。

两位勇士力大无比，
两只长矛打得稀烂，
两名骑士没有弯腰，
手握枪杆继续作战。
两个习惯使用武器的人，

仿佛两个愤怒的农夫。
为了划分草地边界和水域，
手持棍棒展开一场恶战。

棍子经不住几下击打，
二人只好拳手相加。
狂怒之下左拳右掌，
除了拳头没有其他。
看准位置伸手就抓，
拆开金属片，撕破链环和腰甲。
没人想要其他武器，
一支重锤或一把铁夹。

这首诗里的每一场决斗都有它的特别之处：这次决斗中，马没紧固好。

曼迪卡尔多用力抓住奥兰多的前胸，试图将其拉下马来：显然他两只手都占着，无法继续握紧缰绳。尽管处境不妙，诡计多端的奥兰多仍挣扎着拽了一下敌马的辔头，辔头、缰绳和马勒均落在地上。与此同时，他紧紧抓住马鞍的前穹，结果曼迪卡尔多的铁臂将他连人带马鞍、马镫一起高高举起。马的肚带崩开，奥兰多摔倒在布里亚多罗的脚下，但就在那时，曼迪卡尔多的坐骑感觉自己的嘴里没了嚼子，于是发疯般跑了起来。奥兰多躺在地上，敌手消失了，他的那匹马也脱缰而去。

撒拉逊人如何找到方法

光荣地完成这次挑战？
如此费时是疯人所为，
伤人者比受伤者伤痛更深。
他们展开近身肉搏，
异教徒很快抓住了奥兰多，
一把扯紧他的前襟，
宙斯的儿子安泰曾经做过。

他猛地把他斜抓，
一会推一会儿拉，
盛怒之下顾不得战马。
处于守势的奥兰多渐渐占据主动，
渴望胜利的他发起进攻。
小心翼翼地把手
放在敌马的睫毛上，
使缰绳落入草丛。

撒拉逊人尽力令其窒息，
或者将他从马鞍拉下。
不管怎样碰撞，
奥兰多依旧双腿紧夹，
无论如何，誓不屈服。
剧烈晃动，肚带被迫离开了马身，
毫无意识就摔在地上，
大腿夹紧，双脚还钩着马镫。

奥兰多跌倒在地发出声息，
像一麻袋甲胄跌落在地；
曼迪卡尔多的坐骑感到嘴里没了嚼子，
整个脑袋随之自由飘逸，
也不在乎是树林或是大地，
发疯般狂奔而去。
被恐惧蒙蔽了双眼的它，
左冲右撞，背上还驮着骑士。

曾被曼迪卡尔多劫持的格拉纳达公主多洛丽丝正在追赶那个被马劫持的亲爱的劫持者。鞑靼国王翻身滚入沟内。他怎能骑一匹没有嚼子的马重新投入战斗？于是多洛丽丝献出自己的马具。曼迪卡尔多不愿接受。这时，一个身穿少女特有的蝴蝶边衣裳的老太婆骑马而至。她是加布里娜，当地最邪恶的人物之一。曼迪卡尔多抢走了她的缰绳和马勒，而后策马狂奔而去，任凭马上的老太婆猕猴般尖叫嘶喊。

多洛丽丝见领路人离开战场，
他的退出令她心怀沮丧。
不敢独自一人留下，
骑马跟着他哒哒的马蹄声响。
异教徒将骏马高声咒骂，
手和脚多次重重地击打。
好像它不是畜生，威胁它停下，

它非但不停，反而越跑越欢。

受惊吓的骏马惴惴不安，
顾不得脚下朝斜向奔去。
一口气跑出了三英里，
一条沟挡住了它的去路。
连马带人四脚朝着天
跌入没有睡床或毯子的沟底。
曼迪卡尔多既没伤筋也没动骨，
即便撞上如此坚硬的土地。

奔跑的战马终于停下脚步，
没有马勒，他无法驾驭。
鞑靼人一把抓住马鬃，
怒不可遏却无所适从。
“给它套上我的缰绳吧。”
女人对他说道，
“无论收紧或放松缰绳，
我的马没有那么狂躁。”

接受多洛丽丝的提议会很失礼，
获得缰绳可以通过其他手段。
幸运之神站在他这一边，
邪恶的加布里娜来到眼前。
之前她曾陷害泽比诺，

如今她就像一只母狼。
远远听见犬吠和猎人的呼喊，
惊慌失色逃向这边。

她穿的裙子曾属皮纳贝罗[①]，
那个女人喜好卖弄风姿。
同样佩戴专属年轻人的首饰，
连同她胯下的那匹坐骑，
也属于名叫皮纳贝罗的女子。
那可是一匹举世无双的良驹，
鞑靼人注意到马上的老太婆。
老太婆却对他们的到来一无所知。

老太婆穿着那身行头，
误以为年轻地四处招摇。
却引来斯托蒂拉诺的女儿和曼迪卡尔多的嘲笑[②]。
你看那衣服穿在她身上，
衬得那张脸像极了狒狒或老妖。
撒拉逊人设计夺走了她的缰绳，
而后摘掉马勒，威胁它，呵斥它，
朝它怒吼，把它赶跑。

---

① 皮纳贝罗：皮纳贝罗遇到加布里娜和玛菲萨，被她们打落马下。她身上穿戴的贵重衣服和首饰现在归加布里娜所有。

② 斯托蒂拉诺：多洛丽丝的父亲，格拉纳达国王。

奥兰多的疯狂

奥兰多和曼迪卡尔多之间的决斗暂停下来。鞑靼国王被那匹不听使唤的狂奔的马载走后，奥兰多在那棵挂着圣剑迪朗达尔的树下等了一会儿。

看到对手没有回来，奥兰多重又将那把无敌之剑系在腰间。还有一种说法是，他在附近游荡了三天三夜。如果曼迪卡尔多重新发起挑战，他随时奉陪。就这样，时间过去了两天，圣骑士骑着马四处走，可是曼迪卡尔多连个影儿都没有。

奥兰多沿着河岸信步来到一条溪流前。看见树干上满满的，都是或写或刻的文字。“不过我认识这个笔体。”奥兰多想。穷极无聊的他开始心不在焉地译解那些词句。他读道：“安杰莉卡。”当然了，这是她的签名！安杰莉卡来过此地！

安杰莉卡的签名周围刺着心、打着结，还画着鸽子。安杰莉卡恋爱了？会是谁呢？奥兰多丝毫没有怀疑：“如果她爱上了谁，那个人肯定是我。”

但是在那些心和结上，与安杰莉卡的名字作伴的还有一个名字，一个陌生的名字：麦多罗。为什么她要写这个名字？为什么她要写连她自己都不知道是谁，根本不存在的某个人的名字？“也许……”奥兰多想，在她的爱情幻想里，麦多罗是安杰莉卡给他起的绰号，她写满麦多罗的名字，是因为她不敢写奥兰多。

正午为风吹日晒的畜群
还有赤裸的牧羊人
提供了一个阴凉的蔽身之所。
奥兰多甲胄在身，不会发冷哆嗦，
他想走进去休息片刻，
却发现这是个伤心的角落。
语言无从表达停留的悲惨，
他从此卷入不幸的漩涡。

用眼睛环顾四周，
河岸边的树苗上刻着字。
很快停下脚步，定睛观看，
确实是他的女神的笔迹。
麦多罗和美丽的契丹公主，
从牧屋出来后常会到附近散步。
之前我曾描述过一些地方，
这也是其中之一。

他看到的一千个地方，
就有一千个结将他们连在一起。

那些文字如同爱神手中的钉子，
根根刺痛他的心。
他怎能让自己相信，
千方百计不让自己怀疑，
而后自欺欺人地说服自己：
不是安杰莉卡将名字写在树皮。

“然而，我认识这种笔体。”
接下来他说道，
“我不知读过见过多少次。
也许她假托麦多罗的名字，
从心底勾起对我的回忆。”
伤心不悦的奥兰多
用空洞的希望安慰欺骗自己。
这一切只是他辛苦酝酿的虚拟。

越是竭力扑灭怀疑之火，
那团火反而在心中越烧越旺。
如同一只鲁莽的大鸟，
落入猎人的大网或粘在胶上，
想要尽快脱离陷阱，
徒劳地拍击翅膀。
奥兰多走进一个岩洞，
一汪泉水澄净明亮。

洞口爬满蔓生的藤草，
歪歪斜斜，芊芊长长。
这里就是那对幸福的恋人
艳阳当空时恩爱拥抱的地方。
洞内洞外刻满了他们的名字，
多过周围的任何地方。
有的用木炭，有的用粉笔，
有的甚至用刀尖刻上。

走进一个山洞。岩壁上布满了涂鸦的故事以及用木炭或彩色粉笔写成或用刀子刻上去的文字。显然，用的都是阿拉伯文。熟悉的阿拉伯文曾多次将远征中的奥兰多解救出险境或困局。因此，他很清楚上面写的是什么意思：尽管如此，他还是怀疑自己的眼睛。这里的笔迹与安杰莉卡的不同。“哦，在此与安杰莉卡公主拥抱，日夜晨昏，哦，多么美妙”。签名人：“麦多罗”。

奥兰多琢磨着：“如果麦多罗是我，我并没有来过这里，也没有写过这段话；如果当时安杰莉卡幻想着在此与我拥抱，为了转述我的感受，她应该用男性化的笔体书写这些文字。”这种解释虽然巧妙，却站不住脚。现在麦多罗这个假想敌已经在奥兰多的脑海里挥之不去。这个可怜的情敌，为了宣泄自己的幻想，为了诽谤那个拒绝过他的女人，不惜在安杰莉卡对奥兰多表达爱意的文字旁添上自己的名字。无论他怎样尝试不同的解释，这次他又想偏了。而后，奥兰多的推理拒绝走那条最简单的路，泪水在胸中如波涛般翻涌，如鲠在喉。

奥兰多全神贯注地骑马：山谷深处，一缕轻烟从农舍的屋脊上袅袅升起；犬吠声入耳；耕牛也哞哞地回应。山下，有一处牧人的小屋。奥兰多，无意识地靠近，求宿一夜。

剧烈的疼痛郁结在胸次，
多么想顷刻间奔腾而去。
仿佛看见一团水
装在大肚细口的瓶里。
如有人将它底朝上倒置，
液体会慌忙逃离。
但它们全部纠结在狭窄的瓶口，
想要倒出，只能一滴一滴。

他稍稍找回了一些自己，
想这怎么可能会是真事，
也许有人心怀叵测，
费尽心思败坏他女人的名誉；
或者身扛无法承受的妒忌，
想要一股脑宣泄在这里。
无论出自谁的心意，
他很擅长仿造笔迹。

他的精神重又苏醒活跃。
带着如此微薄脆弱的希望，
而后催动布里亚多罗。
时候不早，太阳已经让位给月亮。

未久，看见一缕炊烟，
从屋顶的烟囱飘散。
听见犬吠声，牲畜叫。
为了借宿，他来到农舍前。

牧羊人分成四组，恭迎圣骑士：有人脱下盔甲，有人接过马刺，有人擦亮胸甲，有人替他牵马。奥兰多仿佛梦游者，任凭他人摆布；而后，他躺下来，圆睁双眼。难道是幻觉吗？那些文字依旧折磨着他。床边、墙上，甚至天花板上，凡目之所及，那些文字都会立刻出现，他抬手想把它们撵走：然而，它们仍旧在那儿，充满了整幢房子。

“睡不着吗，骑士？”牧羊人察觉到他的焦躁不安，走过来坐在他的床头。“如果你愿意，我给你讲一个美丽到无法想像的故事。而且是真事。你相信吗，居然有一位东方公主来寒舍投宿。”

奥兰多侧耳倾听。

“这位公主从战场上救回一个可怜的受伤的步兵，一个金发小伙子。”

他神情倦怠地下马，
把马交给老练的仆役。
有人取下他的兵器，
有人擦亮他的盔甲，
有人摘掉黄金马刺。
麦多罗曾在这里养伤，
体验两个人的幸福安逸。

奥兰多躺在床上，饭也不吃，
痛苦将肚子填饱，无需进食。

越是寻求宁静和安心，
越是找到烦恼和痛楚。
可恨的笔迹无处不在，
写满出口和每扇窗户。
害怕表现得不够平静，
本想探问却双唇紧闭。
清晰的事物要用云彩遮蔽，
这样就会少一点悲戚。

自我欺骗绝少获益，
无需询问这是常理。
牧羊人见他伤心不已，
试图让他开心解颐。
他总是能找到合适的听众
向他们讲述两个恋人的故事。
很多人都侧耳倾听，
讲给奥兰多也毫无顾忌。

安杰莉卡几番劝说祈求，
终将麦多罗背到这个地方。
他实在病得很重，
安杰莉卡为他疗伤。

麦多罗很快痊愈，
她的心却被爱情所伤。
星星之火，熊熊燎原，
燃遍全身，心神惆怅。

全然不顾自己的身分，
强烈的爱情令她心神不宁。
东方最强大国家的公主，
嫁给了一个贫穷的步兵。
要知故事的结局，
要回到公主临行。
为了感谢牧人的款待，
安杰莉卡将宝石相赠。

这个结局就像一把斧头，
当即将奥兰多的头颅砍下。
斧头无数次抬起降落，
爱情刽子手才满意地将斧头放下。
奥兰多试图掩饰他的悲伤，
越是努力越易觉察。
眼中的泪水，口中的叹息，
愿意与否，最终都会爆发。

放开痛苦的水闸，
不担心旁人的惊诧。

眼泪奔涌，流过面颊，
泪水在胸前流成一条海峡。
他叹息着，呻吟着，
翻来覆去，难以入睡。
床比石头还硬，比荨麻还尖，
如果您能够觉察。

牧羊人向惊愕不已的奥兰多讲述了整个故事——安杰莉卡和麦多罗的爱情，还有他们的婚礼。

“骑士，就在你躺的这张床上，公主和小步兵度过了他们的洞房花烛夜。”

奥兰多像被马蜂蛰了一般突地跳了起来。

“你不相信我说的话吗，骑士？你看，契丹公主和她的新郎在临行前送给了我们这些穷人什么！”他把一只镶着珠宝的手镯拿给奥兰多看。这只镯子正是奥兰多送给安杰莉卡的爱情信物。“哎，站住，骑士，你去哪儿！”

奥兰多骑上马，在深夜里呼喊着飞驰而去。

泪如雨下的他自言自语道：“这不可能是泪水，因为我的泪水已经流干。从我眼中淌下的是正在弃我而去的生命的本质。”

连声叹息的他自言自语道：“这不可能是叹息，因为它从未停歇：定是从我燃烧的心里吹出的一阵风，就像壁炉的油烟罩。”

痛苦万状的他自言自语道：“这不可能是我，因为奥兰多已经死去，被安杰莉卡杀死。我是我自己的鬼魂，一个再也无法安息的鬼魂。”

黎明时分，他再次来到麦多罗刻下心声的那个岩洞，用迪朗达尔劈打岩石，碎石落下，将一潭清水变成一潭浊水。而后，他躺倒在草地上，睁大眼睛，凝视天空，就这样一动不动、不吃不睡地过了三天三夜。

第四天，他站起身，开始脱衣服，将一片片盔甲掷向四面八方。他赤身裸体，他赤手空拳。他开始拔树，先是一棵松树，接下来是一棵橡树，其后是一棵榆树。从那一刻起，奥兰多的疯狂开始滋长、爆发，并燃遍整片田野和村庄。

那张床，那座房，那个牧人，
突然在他心中激起无限仇恨。
等不及月亮落下，红日初升，
迎着天边的那抹鱼肚白，
拿起武器，飞身上马，
向树林的最深处狂奔。
当他确定四周无人时，
才尖叫着宣泄出心中的苦闷。

他流泪，他悲叹，他日夜不停，
逃过城市，逃过村镇，
在一片森林中寻找安宁。
躺在坚硬的空地上，
不禁惊叹自己的脑袋里
有一汪泉水，不竭澄清。
千遍万遍地抽泣，
边哭边暗自叮咛：

“眼里湍流而出的不再是泪珠，
我的泪水早已流尽，
泪水也宣泄不了心中的苦楚。
炽热的激情唆使驱动，
生命的本质找到了出处。
泪腺就是他的逃路，
远离了我的肉体，
生命本身携带着痛苦。

苦恼的迹象不再是叹息，
叹息不该是这个样子，
叹息会时不时地休憩；
我的胸口永远不会发散它的悲戚。
是爱情在火的周围拍打翅膀，
燃烧了我的心，卷起风浪，
爱情，你设计了怎样一个奇迹，
被火燃烧，却能让生命久长。

我不是看上去的那个人：
奥兰多已经死去深埋地下。
是那个忘恩负义的女人
杀了他，用她的背信弃义。
我是从肉体上分离的灵魂，
在地狱中备受熬煎，

却把影子投射到地面。
所有对爱情心存希冀的人请以我为鉴。”

伯爵整夜在林中游荡，
一直游荡到破晓时分。
命运再次将他带到
麦多罗刻字的那潭水旁。
那刻在山岩上的侮辱
重新令他怒火上撞。
他激愤、怨恨、憎恶、疯狂，
毫不迟疑地拔剑相向。

他砍掉那些石头和文字，
细小的碎石崩向天际，
可怜的洞穴，刻字的树木，
在他的劈砍中统统毁弃。
从此以后，牧羊人和羊群，
不要再提供睡床和阴凉，
那潭水曾经多么清澈纯净，
盛怒之下也难逃下场。

石子、土块、木桩、树干和树枝
不停地抛向美丽的水波里，
直到从水面一直浑浊到水底，
不复从前的澄澈明丽。

他终于累了，浑身浸满汗水，
筋疲力尽的他再也无法坚持。
他满怀轻蔑、仇恨和怒气，
倒在草地上，朝着天空叹息。

疲倦悲痛的他最终倒在草地，
一动不动直勾勾地望着天空，
不吃也不睡地躺在那里。
太阳三次落下又升起，
辛酸痛苦丝毫没有减低，
直至把他引向疯狂的境地。
到了第四天，狂怒的他，
将身上所有的网眼和金属片扯去。

这里是头盔，那里是盾牌，
他将盔甲武器随处丢弃，
丢得最远的是锁子甲。
所有的装备散落于森林各地。
而后他撕破衣服，赤身裸体，
露出多毛的后背、前心和肚皮。
他开始发疯，令人恐惧，
没人见过比他更疯的疯子。

愤怒来得如此迅疾，
随着他的怒火升温。

不清的神志将所有感官遮蔽。
我想，即使他手中的宝剑，
还有赫赫的战功都无法帮他记起
不需宝剑斧头，奥兰多力大无比。
为了证明他的威力，
他将松树连根拔起。

接下来他又拔了很多树，
橡树、圣栎、老榆树、
山毛榉、白蜡树和杉树，
苦栎和其他古老的植物。
容易得就像拔茴香、莳萝和接骨木。
他就像一个捕鸟者，
将一片空地清出，
铺上麦茬、灯心草和鸟胶，撒开网具。

牧羊人听到一阵喧闹，
把羊群抛在森林里，
从各处大步流星地跑来
查看究竟发生了什么奇事。
我的故事先讲到这里。
超过这个界限，会令人厌烦，
我将它推迟到后面再讲，
过于冗长恐怕要将各位冒犯。

阿格拉曼特军中内讧

阿格拉曼特国王驻扎的营地被查理曼大军团团围住。如果最好的勇士都散落于法国各处，他又该如何抵抗呢？他派出众多信使征召离营的将帅从速回营助阵。然而他没有考虑到“不和”和他姐姐“傲慢”的存在，他们被大天使米迦勒放出来，为的是在撒拉逊军中制造内讧。

争执的首要原因是被曼迪卡尔多劫持的罗多蒙特的未婚妻多洛丽丝。鞑靼国王总是心想事成，他甚至得到了被发疯的奥兰多丢弃的迪朗达尔。（我们将看到这个战利品是如何夺去泽比诺的性命的。）这就是为什么他突然出现在罗多蒙特面前。阿尔及尔国王和鞑靼国王杀气腾腾，大战数百回合，其激烈紧张程度我们只能想像它发生在两个力大无比的武士间：然而，技巧却被展现得如此精确完美，两匹马面对面，在一圈熹微的光线中做螺旋式转动，仿佛格斗的场地对他们来说已经到了需要付费的地步。

罗多蒙特双手握剑，向对方的头上劈去，曼迪卡尔多眼冒金星，但仍回身如弹簧般跳起反击，直至一剑下去，误把自己的马头砍掉。

叫嚣谩骂，一腔怒气，
剑声叮当，挥动武器；
风生云起，橡树白蜡纷纷倒地，
阴暗的尘灰向空中飞起。
树木连根拔起，
房屋夷为平地，
卷起海上猛烈的暴风雨，
将散落在林间的羊群杀死。

两个异教徒，力大无穷，
最勇敢的心，盖世无敌。
只有勇猛的世家子弟，
才能发动此等战争和攻击。
宝剑相交，声震山林，摇动天地，
兵器击出的火星，
纷纷飞向天空，
如同天上点亮了千万盏明灯。

没有休息，也没喘口气，
两位国王鏖战多时。
试图从这边或那里，
挑开金属片或戳穿网眼，
胜负不分，难比高低。
仿佛被壕沟和城墙围绕，

抑或每寸土地都价值连城，
从未跳出那个狭窄的圈子。

出手上千次以后，
鞑靼人的双手剑终于劈中
阿尔及尔国王的额间。
浑身瘫软，仿佛被夺走了所有力气，
天旋地转，火花星星满眼，
头晕目眩，向后倒向马鞍。
双脚滑出马镫，
险些摔倒在爱人面前。

如同精铁打制的弯弓
铁量巨大，有力强健。
越是弯曲，越是紧缩，
越是耗费绞车和杠杆。
愤怒地转身，猛地一弹，
借力使力，非洲人很快起身，
用双倍的力量，
朝敌人的头上猛砍。

阿格里卡内的儿子也同样，
额头上挨了罗多蒙特一剑。
因为他有特洛伊的头盔，
所以没有伤到脸面，

被击昏的曼迪卡尔多，
一时分不清清晨还是傍晚，
狂怒的罗多蒙特并未罢休，
朝着头部来了第二剑。

马儿听宝剑从高处落下，
风声呼啸声，惶恐中逃避，
忙向主人求救，却为自己带来厄运。
为了逃走，它跳起来退去，
剑落在头上，一劈两半。
剑指向主人，而不是马匹，
可怜它没有鞑靼人的头盔，
风起剑落，当场倒毙。

战马应声倒地，
主人跳到地面。
不再糊涂，手中转动宝剑，
看见战马死去，勃然大怒。
怒火在浑身蔓延，催马向前，
曼迪卡尔多绝不再后退，
如一块任海浪拍击的礁岩。
战马倒下，他徒步上前。

非洲人感觉战马失足，
于是将身子靠向前穹，

敏捷地甩开马镫，
转身双脚着地。
二人扯平，面临同样的情势，
进入白热化的搏斗仍在继续。
骄傲、愤怒与仇恨绝不停息，
一位信使赶到将他们分离。

阿格拉曼特国王派来的信使赶到，传令双方重返营地，然而他不敢介入，唯恐自己受伤。于是他向多洛丽丝求助，只有她能说服二人推迟这场决斗。失去战马的曼迪卡尔多，看见被疯狂的奥兰多遗弃的坐骑布里亚多罗在一片草地上自顾自地吃草。于是，骑上它，和罗多蒙特、多洛丽丝一起，朝阿格拉曼特的营地行进。

路上，他们遇到一个美丽健壮的女人，随行的还有四名基督教骑士。为了还债，曼迪卡尔多决定打败这些骑士，抢下那个女人，献给罗多蒙特，作为他失去多洛丽丝的补偿。曼迪卡尔多很快将四人打翻在地。“现在，你在我手里。乖乖地做女人。”

“我才没落在你手里，”她回答道，“你应该知道我是女战士玛菲萨，我懂得如何用武器保卫自己。”

玛菲萨披戴盔甲，跨上战马，将长矛刺向曼迪卡尔多：他原以为打败她易如反掌，怎知她是一块硬骨头。

这时，一直站在一旁好像事不关己的罗多蒙特突然跳出来说：“哎，不行，这样不算数！我们推迟决斗是为了赶去营救阿格拉曼特国王！如果还要决斗，也得我们两个先来。”

“营救阿格拉曼特？”玛菲萨惊叫道，“你们是撒拉逊军队的？那我们是战友！我们一起助我们的国王一臂之力吧！”

他们向巴黎的方向赶路。然而途中，鲁杰罗突然出现，他正在找罗多蒙特，因为他抢走了鲁杰罗的坐骑弗伦蒂诺。曼迪卡尔多和鲁杰罗之间也有矛盾，他们曾就谁有权利佩戴特洛伊英雄赫克托耳的白鹰徽章争执不休。因此衍生出来的错综复杂的纠纷，解决起来非常棘手。如同波河河谷发洪水：河堤已经关闭，满溢的河水却从其他十个出口奔泻而出。四个撒拉逊人开始一对一地决斗，以便决定他们中间的某个人应不应该与其他人交手。

鲁杰罗向非洲人索要弗伦蒂诺，
否则就立即开战。
这真叫人进退两难，
既不想交出骏马，
也不想在此拖延。
曼迪卡尔多又挑起一个争端，
因为他看到飞鸟之王的徽章[①]
佩带在鲁杰罗的胸前。

天蓝的衬底上一只翱翔的白鹰，
这就是特洛伊人美丽的徽记。
鲁杰罗之所以佩戴是因为，
他的祖先就是英勇无敌的特洛伊。
然而曼迪卡尔多毫不知情，
他也无法忍受这等侮辱：
他人怎能在盾牌上镌刻

① 鲁杰罗佩戴这枚徽章是因为他的祖先是特洛伊人。

著名的赫克托耳的白鹰徽记。

曼迪卡尔多佩戴的徽章
形似劫走甘尼米的神鹰。
那天在危险的城堡打赢，
获得高贵的徽章作为奖赏。
请记住，一定还有其他故事要讲，
那一全套精美的铠甲，
伏尔甘送给特洛伊骑士，
仙女却交到曼迪卡尔多手上。

鞑靼人和鲁杰罗曾经为此争斗[1]。
至于发生何事让二人分开，
我不会说，因为都摆在眼前。
如果不是在这里见面，
也许此后他们永远不会再见。
曼迪卡尔多很快看到盾牌，
傲慢地高声威胁鲁杰罗：
“我向你挑战！

莽汉，你胆敢佩戴我的徽章。
我不是第一次这样对你讲。
疯子，你以为我曾经尊重过你，

① 博亚尔多的诗中讲到，鲁杰罗和曼迪卡尔多为了这只白鹰几乎拳脚相向，只是后来格拉达索介入并中断了这场殴斗，因为他批评曼迪卡尔多不该对拥有圣剑迪朗达尔抱有幻想。

就会继续忍受于你？
既然恐吓和劝告都无法消除
埋藏在我心中的疯狂，
现在我就立刻让你见识一下。
听从我的命令才能将你原谅。”

一捆干柴沾上星星之火，
噗地一吹就会立即燃烧。
对方刚说出冒犯的第一句，
鲁杰罗顿时愤怒气恼，
他高声言道：“你以为有人与我争斗，
你就可以将我打败。
怎知我会从他那里夺回骏马，
从你这里夺回赫克托耳的盾牌。

曾有一次我们来到战场[①]，
那不是很久以前。
我并未给你致命的一击，
因为你胯上没有佩剑。
这次来真格的，上次只是预演，
那只白鸟将使你遭殃，
那是属于我族人的古老徽章。
你窃用了它，我佩戴才是正当。”

① 上次鲁杰罗和曼迪卡尔多相遇时，后者没有佩戴宝剑，他去寻找迪朗达尔。鲁杰罗表现得很大度，不愿意伤害一个没有武器的对手。

“正相反，是你窃用了我的徽章。”
曼迪卡尔多说着拔出宝剑，
这把剑曾被奥兰多丢弃在森林，
因为他发疯就在不久前。
美好的鲁杰罗
见异教徒抽出宝剑，
一直信奉骑士精神的他
将长矛一丢，为了公平起见。

紧握宝剑巴里萨达，
将盾牌套在手腕，
罗多蒙特催马上前。
玛菲萨也急忙追赶。
他们各自拉住一人，
恳求他们不要开战。
罗多蒙特抱怨曼迪卡尔多
怎可以两次破坏条款。

首先，坚信会打败玛菲萨，
为此不止一次将决斗停下[①]，
现在为了抢夺鲁杰罗的徽章，
将阿格拉曼特国王抛下，
他言道：“如果你想比试武艺，

① 他曾经和马拉吉吉、维维亚多以及理查戴托交手。

咱们两个先一决高低。
有更合适正当的理由
让我们两个先比。

我们在这种条件下制定
停战协定和条例，
先结束和你的决斗，
我再找他解决骏马的问题。
你若侥幸活下来，
再去和他争夺徽记。
我希望能消耗你很多体力，
这样鲁杰罗就会省些力气。”

曼迪卡尔多回答罗多蒙特：
“事实并非遂你心意，
我对你付出的精力，
远远超乎你的想像。
我会让你从头到脚大汗淋漓，
留很多给鲁杰罗和他的上千仆役。
有谁胆敢向我挑衅与我比试，
就想想永不枯竭的井水。”

恶语相向，怒火上升，
一方争执，另一方也不屈服。
愤怒的曼迪卡尔多同一时间

向罗多蒙特和鲁杰罗发起挑战。
罗多蒙特天性忍不得羞辱，
他放弃和解，选择冲突。
玛菲萨匆忙两边劝说，
然而势单力薄于事无补。

河流冲破高高的堤坝，
慌乱地寻找新的出路。
农夫为了避免洪水泛滥
淹没绿色的草场和待收的谷物，
急忙关闭这条或那条路；
如果堵住了这边的洪水，
就看见那边有更多的水流
从松软的河堤喷涌而出。

同样，鲁杰罗、曼迪卡尔多
和罗多蒙特也吵闹得不可开交，
每个人都想表现得更勇猛，
把同伴比下去，保全自己的骄傲。
玛菲萨力求平息怒气，
却徒劳地费时费力。
一个人刚刚退出混战，
就见其他人怒冲冲地跳上前去。

想促成和解的玛菲萨言道：

“先生们，请听我的劝告：
推迟每个争斗才是上策，
帮阿格拉曼特脱险更重要。
如果每个人只关心自己的事情，
我和曼迪卡尔多也要单挑。
我们倒要看看
他的宝剑是否能让我求饶。

要去把阿格拉曼特营救，
我们之间就要停止战斗。”
“我以为，此事不能就此罢休，”
鲁杰罗说道，“他要把坐骑还我。
简而言之，或者他把良驹还我，
或者他誓死保卫良驹。
或者我死在此地，
或者我骑着良驹回到营地。”

罗多蒙特回答：“想达到你的目的，
可没有死在这里容易。”
他继续说：“我郑重地告诉你，
如果我们的国王有什么灾难，
那也要归罪于你。
我已经准备好了做该做的事。”
鲁杰罗没有在意他的声明，
愤怒地将宝剑紧紧握在手里。

阿尔及尔国王如一头野猪，
冲上前去，用盾牌和肩膀碰撞。
对方一时狼狈惊慌，
以至一只脚滑出马镫[1]。
曼迪卡尔多大喊：“鲁杰罗，
要么推迟决斗，要么和我开战。”
无比残忍凶恶的家伙，
举剑朝鲁杰罗的头盔猛砍。

鲁杰罗将身伏在马头，
想要起身都不能够。
罗多蒙特的宝剑携着怒气，
朝年轻骑士的头上砍去，
若他的头盔不是钻石般坚硬，
这一剑下来将劈到他的面颊。
痛苦的鲁杰罗松开双手，
马缰和宝剑同时脱手。

骏马驮着他朝田野奔去，
将巴里萨达留在身后的土地。
那天，玛菲萨看到自己的战友
居然被两名骑士夹击。

---

① 我认为是鲁杰罗敏捷地出击，伤到了罗多蒙特的肋部，让对手猝不及防。他用的是盾牌和肩膀，而不是宝剑。于是当罗多蒙特试图保护右侧的时候，被击中了左边。

高贵勇猛的她，义愤填膺，
选择曼迪卡尔多和她对局，
使出浑身力气，
向他的头上砍去。

被罗多蒙特打落马下的四名基督教骑士也参与其中。其中一人是大法师马拉吉吉。他利用巫术叫多洛丽丝的马着魔，发疯般载着格拉纳达公主疾驰而去。发现争执的起因不见了，阿尔及尔国王和鞑靼国王策马追逐，鲁杰罗和玛菲萨也紧随其后。就这样，他们终于朝着阿格拉曼特营地的方向进发了。

“不和”本以为很快完成了任务，她得意地揉搓着手，转身离去。到此，撒拉逊人之间的争斗暂告一个段落，多洛丽丝的小母马重新引领众勇士回到了他们的大本营，同时也让伊斯兰人大败查理曼军队成为可能。

面对如此多的变故，大天使米迦勒明白，“不和”并没有尽职尽责。他飞过去找她，看见她正在常去的那个修道院意图痛斥等级贵族选举。大天使米迦勒揪住她的头发，将其掀倒在地，上下齐发，拳脚相加，而后把他能找到的所有香炉和烛台在她的后背上砸碎。

阿格拉曼特身旁顿时挤满了怨声不断的勇士：罗多蒙特和曼迪卡尔多过不去是因为多洛丽丝；曼迪卡尔多和鲁杰罗是因为特洛伊的徽章；鲁杰罗和罗多蒙特是因为弗伦蒂诺；玛菲萨和曼迪卡尔多是因为后者想利用前者做交易。

阿格拉曼特是一个办事有条不紊的国王：他命人将一对对的名字写在小纸条上，然后抽签决定决斗的顺序。接下来，他命人准备一块规则的比武场地，并邀请邻国的君主和贵妇届时前来观战。一切看起来正如预想的那样遵章守序，但“不和”继续摇动她的鼓风机。帮曼迪卡尔多佩戴武器的格拉达索看见他的剑上刻着“迪朗达尔”。长时间以来，他一直为从奥兰多那里夺下这把剑而奔波忙碌：现在另一个人却不中意它，用它来决斗，于是先前的次序被打乱，生出他额外的事端。与此同时，扶罗多蒙特上马的萨克利潘特，认出那匹马是布鲁奈罗从他那里偷走的弗伦塔拉特，也就是弗伦蒂诺。由此引发了另一场争斗，不是一场，而是两场，因为布鲁奈罗的对手是一心想复仇的玛菲萨。

我们生活在一个不会失去任何东西的世界，但在这个世界上，没有一样东西只属于你。在这场混战中，武器、坐骑、马具不断易手，他们中间的每个人都有着无法混淆的名字、故事和特质，他们身后拖着一长串永不停歇的争执。“不和”可以欢呼胜利了，她的声音如此高亢，足以撼动整个巴黎，搅浑塞纳河水，响彻阿丁丛林。

见此情景，疯狂的“不和”放声大笑，
她无需担心休战与和解，
高兴得手舞足蹈，
一刻不停，到处奔跑。
“傲慢”也和她的同伴一起欢喜跳跃，
在火上添加干柴和火绒，
向着天国的方向仰头长啸，
向大天使米迦勒发送胜利的信号。

可怕的声音如此响亮，
摇动了巴黎，搅浑了塞纳，

震得阿丁丛林隆隆作响[1]，
野兽也因咆哮离开了家。
阿尔卑斯山和塞文山脉，
布雷、阿尔勒和鲁昂遥远的海岸[2]，
莱茵河、索恩河、加龙河、隆河都能听见，
母亲将吓坏的孩子拥入怀间。

---

① 阿丁丛林：位于雷诺河和摩萨河之间的丛林。

② 布雷：位于旧省吉耶纳。阿尔勒：位于普罗旺斯。鲁昂：位于诺曼底。阿里奥斯托用这些城市、河流、山脉的名称借指法兰西的边界。

泽比诺与伊莎贝拉之死

根本上的不平等将阿里奥斯托的英雄们区分开来。一些人是用有神力的面团捏和而成的，雪花般纷纷落在身上的长矛短剑，对他们来说只是一种锤炼，好像多铁有益身体健康；另一些人，身分同样高贵，作战同样骁勇，却是用人类的面团捏成的，他们会受伤，真正地受伤，并因此死去。这群凡人英雄不止在武器的伤害面前表现得极端脆弱，而且很难承受灾祸；属于他们以及他们忧心忡忡的爱人们的幸福安详总是那么短暂。

泽比诺就是其中的一个。经历了许多艰难和不幸的阻隔，他和他的伊莎贝拉刚刚团聚。如今他们跟随奥兰多的脚步。两个人的自由与生命都要拜奥兰多所赐。零零散散的迹象和证据让他们明白，奥兰多已经陷入疯癫。他们拾起散落在草地上的兵器。

然而，一直在寻找奥兰多，并想继续决斗下去的曼迪卡尔多不相信对手已经发疯：他宣称自己是迪朗达尔的合法持有者。泽比诺拔剑保护朋友的宝物。他受伤了。伊莎贝拉和多洛丽丝共同叫停了冲突。

虚弱的王子浑身乏力，
一眼泉边将脚步停止。
心痛的少女多想帮助，
苦于找不到方法和言语。
无助地看着他死去。
那个地方远离城市，
城市里才有医师，
哀求或花钱救治。

她只能徒劳地抱怨，
怪罪命运和上天的严厉无情。
她说：“啊，为什么不将我淹没在深海里，
趁着我扬帆远行？”
泽比诺用疲倦无神的眼睛望着悲叹的她，
感觉身体痛得不行。
这种痛苦如此顽固坚定，
似乎已接到死神的命令。

他对她说道：“我的心肝，
你是否愿意在我死后继续爱我，
令我悲痛的不单是面临死亡。
我怎忍心将你一人丢下，无人照看，
如果我有幸能在一个安全的地方，
将生命的最后时刻走完，

如果可以死在你温暖的怀抱中间，
我将幸福、幸运、满足，死而无憾。

这多舛的命运啊，
不知被谁掌控操纵，
迫使我将你弃于草丛。
我对着这张嘴，这双眼睛，
对着曾将我缠绕的波浪鬈发保证：
我的灵魂将跌入幽暗的地狱深层，
想到我是这样离开的你，
比任何痛苦都令我不能承受。”

听到这里，伤心欲绝，
泪水涟涟的伊莎贝拉低下脸颊，
将嘴唇贴在泽比诺的上面。
她的嘴唇仿佛一朵玫瑰，
一朵反季节采摘的鲜花，
在多荫的树篱上渐渐苍白。
她说：“我的生命，不要多想，
我怎能抛下你，让你独自走完最后的旅程。

我的心肝，莫要有丝毫的恐惧，
我会跟着你上天堂，下地狱。
我们的灵魂将相伴相依，
一同上路，直至无期。

如果看见你闭上眼睛，
我会被内心的伤痛杀死，
如果它没有这么大的能力，
我向你保证，今天这把剑就结束我的生命。

死亡比活着更是一种幸运，
对肉体我已不抱什么希望。
也许有人偶然从此路过，
同情感动下将我们合葬。”
听她说到这里，
泽比诺的最后一口气被死神夺去。
她仍用哀痛的嘴唇收集他的气息，
直到他的灵魂飞升而去。

泽比诺气若游丝，却努力地说：
“我的女神，我恳求你，请求你
为了表示对我的爱，
你曾经毅然离开祖国的土地，
如果可以命令你，那我就命令你：
直到天主召唤的那一天，一定要活下去。
不管什么原因，都不要把我从记忆中抹去，
不要忘了我曾经那么地爱过你。

或许上帝会好好地帮你，
摆脱那些残暴人的卑鄙。

如果你落入阴暗的洞穴，
他会派罗马贵族来解决[1]。
多亏他才战胜海上的风暴，
让你从渎神的比斯开人那里逃掉。
如果你必须选择死去，
选择它是因为它好过羞耻。”

我认为他最后的这些话
还没有完全清楚地表达。
像一道微弱的光渐渐熄灭，
缺少燃烧用的油蜡。
谁能完美地讲述，
当年轻的伊莎贝拉看到亲爱的泽比诺
面色苍白、身体冰冷地
死在她怀中时该有多么痛苦？

她扑倒在沾满鲜血的身上，
嚎啕大哭，泪水涟涟，
她哭喊着，面向上苍。
声音在几英里外的树林田野回响。
她对自己都不够仁慈，
痛苦地抽打着脸颊和前心，
撕扯着金光闪闪的鬈发，

① 罗马贵族指的是奥兰多，他曾多次解救伊莎贝拉，把她从海上的风暴中救出，救她逃离比斯开人鄂多立克的魔掌。

徒劳地呼唤着爱人的名字。

激愤的怒火将她淹没，
痛苦的她再也不想活。
将剑尖对准自己的胸口，
不再听从爱人的嘱托。
一位住在附近的隐士出现，
他常来此地汲取洁净的清泉，
目睹此景，他大步上前，
反对伊莎贝拉错误的意愿。

泽比诺受的伤，奥兰多、鲁杰罗或罗多蒙特可能会一笑而过，但泽比诺是用人类的血肉、骨骼和静脉制成的，这场战斗对他来说事关生死，并非游戏。然而，这不足以说明泽比诺和伊莎贝拉这类人物就比那些身材健硕的虚张声势之徒更“真实”。他们只是遵循了另一种逻辑思路：他们是悲剧故事的主人公，在奇异恐怖的冒险旅程中，用生命和死亡开辟了一片别样的广阔的诗意空间：受伤的泽比诺卧在泉边，伊莎贝拉深情地与他辞别，落在身上的泪水变得冰冷。正要自杀的伊莎贝拉被一位隐士救下，隐士陪着她护送泽比诺的灵柩去往普罗旺斯，她打算将爱人埋在那里，而后隐身修道院。

就这样，悲惨的故事与奇异的故事在此相遇：一个暴徒挡住了她的去路，并对她进行侮辱。那个人是罗多蒙特：多洛丽丝的背叛，令怒火中烧的他与女人为敌；与阿格拉曼特为敌，因为他没能主持公道；阿尔及尔国王退隐到罗纳河河口附近一座废弃的小教堂里。决心劝阻伊莎贝拉不要出家当修女的罗多蒙特将隐士抛入河中，随后转身扑向这个年轻女子。

奇异的故事仿佛战胜了悲惨的故事：伊莎贝拉反而赢了。她赢了，是因为她定计强迫这个愚蠢凶狠的家伙接受了一种远非他本意的解决办法，并杀死了她。伊莎贝拉对罗多蒙特说，她知道一个秘密，有一种草药能使人刀枪不入；她自己喝下这种药水，然后邀请罗多蒙特用剑砍她的头。罗多蒙特相信了她的话，于是杀死了她。就这样，穿越奇异的故事，悲惨的故事重又将它的逻辑强加于上：糊涂的罗多蒙特只能为不幸的女英雄哭泣，并自愿做她的守墓人。

残忍的罗多蒙特
将那个多嘴的隐士杀死，
而后面色从容地
转向悲伤惊恐的女子；
用情人间才会有的话语，
说她是他的心肝，他的生命，
他的安慰，他最宝贵的希冀，
以及所有诸如此类的词语。

他表现得如此审慎恭敬，
似乎不会泄露他的残暴。
秀丽的容貌让他坠入爱河，
弱化缓和了他惯有的骄傲：
尽管使用武力能取得成效，
他却满足于欣赏她的美貌；
如果她不愿主动献身，

他认为这样也不是很好。

伊莎贝拉虽然宁愿葬身火海，
但也许可以一点点满足他的企图。
这么一个荒凉陌生的所在，
她就像一只猫爪下的老鼠。
她一直反复地思忖，
是否能找到一个办法，
可以让她不伤毫发，
脱离险境时仍完美无瑕。

她先是心生一计，
就是亲手杀死自己。
残忍的野蛮人不怀好意，
如果这样就是极大的错误。
那个在她怀中咽气的骑士[①]，
命运如此残忍和乖戾，
她曾经向那个骑士发誓，
永远忠诚，做个贞洁的女子。

异教徒欲火中烧，
她不知如何行事。
她清楚他的歹意，
反抗也于事无济。

---

① 骑士：指的是泽比诺，被曼迪卡尔多杀死，死在伊莎贝拉的怀里。

她的脑子里想东想西，
最终找到一个自卫的妙计，
这样可以保住她的贞洁，
做一个贞洁的烈女。

这个可恶的异教徒
走上前来，诉诸言行，
全无最初和她讲话时
表现出的礼貌和恭敬：
“如果我已经确定
你会保全我的德行，
我将要回赠给你的
比你从我这里夺取的还多。

你要的欢愉只持续片刻，
这个世界上满眼都是。
不要漠视一种无穷的存在，
真正的快乐乃人间至喜。
你可以轻易地找到，
成千上百个讨人喜欢的女子。
世上除了我没有他人，
能馈赠你如此的厚礼。

我认得一种药草，
来时的路上曾经看到，

我还可以在附近找到。
用柏木做成柴火烧，
和长春藤、芸香放在一起烹煮，
而后在纯洁的手间榨成汁，
在身上涂抹三次，随后凝固。
从此不惧刀枪和火药。

如此浸泡三次，
你的身体一个月不惧兵器，
最好每个月涂抹一次，
它的效用方能保持。
我会做这种药汁，
今天就让你试一试。
如果我没有想错，
这比征服欧洲更令你感恩欢喜。

为了回报这个礼物，
请用你的信仰许下诺言：
永远不在言语或行为上，
将我的贞洁侵犯。”
伊莎贝拉说完，罗多蒙特忍住情欲，
他一直想有一副金刚之躯。
于是接受了伊莎贝拉的请求，
甚至许诺了更多的内容。

他会践诺直到圣水出现，
他克制自己的冲动，
尽量不让暴力显现；
但后来还是违背了协定，
因为他对上帝和圣人
没有丝毫的崇敬可言。
这个缺少信仰的异教徒，
终于向撒谎的非洲屈服[①]。

阿尔及尔国王向伊莎贝拉
上千次发下不再骚扰的誓词，
直到她准备好的药汁
将他变成往昔的天鹅或阿喀琉斯[②]。
她上至悬崖，下到阴森的谷底，
前往远处的乡村和城市
采集到许多药草。
异教徒陪伴左右，寸步不离。

他们采集足够多的药草，
有些有根，有些无根。
很晚才回到他们的住处。
那个节欲贞洁的典范

① 撒谎的非洲：在事实上或想像中，非洲人是背信弃义的。古罗马有一句谚语“Punica Fide”，也就是布匿人（非洲人）的不守信用。

② 天鹅：海王神尼普东之子，父亲将他变得刀枪不入。阿喀琉斯除了脚踵，浑身刀枪不入。海王神将死去的儿子变成一只圣洁的天鹅。

利用整晚的时间，
将药汁小心地烹煮。
阿尔及尔国王无时无刻，
不在留心药汁的做法和妙处。

他和仅有的几个随从，
在嬉戏中打发夜晚的时光，
感到身边的火苗散出热量
充满了狭窄的空场。
口渴的他一口口将美酒品尝，
两大桶醇美的希腊酒就这样喝光，
这些酒是他的侍从们一两天前，
从长途跋涉者的身上夺抢。

罗多蒙特向来不饮酒，
这种行为将受律令的禁止和惩罚，
品尝后感觉非凡美妙，
味道好过甘露和吗哪[①]。
一边大杯满瓶地痛饮，
一边斥责撒拉逊人的习惯。
杯里总是有酒，喝光了再斟满，
好酒让每个喝酒的脑袋像风车般旋转。

女人把锅从火上端下，

① 甘露：众神饮的酒；吗哪：以色列人漂泊荒野时上帝所赐的食物。

这时药草已经煮好;
她对罗多蒙特说道:
“这证明我的话没有随风飘摇,
我将赋予你的经验
令你能够将真伪分辨,
让粗俗的人变得博学,
现在就在我身上试验。

请先在我身上试试,
让我幸福地享用神奇的药汁,
以免你会心生惧怕,
这是什么杀人的毒液。
药汁从头顶涂到脖子和前心,
然后你用宝剑砍我,
看看到底是药水有效
还是你的宝剑锋利。”

像她说的那样涂抹药汁,
高兴地向粗心的异教徒裸出脖子。
没有多想,也许是不胜酒力,
头盔或盾牌都无法阻止,
野蛮人相信了她的言辞。
随手抄起铁器,砍了下去,
那颗美丽的头颅,曾是爱情的栖息地,
如今被砍断,只剩下前胸和背脊。

那颗头在地上跳了三次；
一种声音从腔内飘出，
清晰可闻的是泽比诺的名字。
为了追随他到天上，
逃脱撒拉逊人的魔掌，竟想出这个诡计。
贞洁，灵魂，你的信仰
对这个时代几乎陌生的东西
竟然比生命和青春年华宝贵。

安息吧，美丽赐福的灵魂！
请赐我的诗歌以力量，
我会用最美的语言，全部的心力，
为你装扮，把你歌唱。
一千年一千年以后，
世间仍将你的大名传扬。
安息吧，在无上的天宫
让你的爱和信仰作尘世的榜样。

造物主的目光从天上
转到这个无双绝妙的角落，
说道："我盛赞这位贵妇超过卢克雷蒂亚[①]，
她的死亡将塔奎因赶下宝座。

① 贵妇卢克雷蒂亚的牺牲感动了罗马人，他们起义反抗傲慢的塔奎因。

为此，我欲颁布圣旨，
和其他法令一样，不会因时间消逝，
我宣布那条河为不可侵犯的圣池①，
永恒不变，生生世世。

将来无论谁拥有你的名字，
都将被赐予极高的天赋。
美丽、文雅、知礼、智慧，
以及最高的诚实与正直，
她们的光荣将载入历史，
她们的美名将世代铭记。
帕纳塞斯、品多、艾利孔②，
将一直回响着伊莎贝拉，伊莎贝拉的名字。”

上帝说罢此言，
纯净了空气，平静了海洋，
她贞烈的灵魂被交与第三层天堂③，
重新回到泽比诺身旁。
那个残暴无情的布鲁斯第二④，

---

① 阿里奥斯托让上帝用异教徒的方式发誓。

② 帕纳塞斯、品多、艾利孔：指的是缪斯的圣山，意思是所有的诗歌都为的是颂扬伊莎贝拉的美名。当然，阿里奥斯托是想在这里间接地称赞伊斯特的伊莎贝拉，这一点已经在这首诗的其他部分提过。而且，他也可能借此赞扬其他有名望的高贵的伊莎贝拉，那不勒斯的斐迪南多的妻子和费德里克三世的妻子、西班牙国王斐迪南多的妻子，最后还有罗维雷的吉多贝多的妻子。

③ 第三层天堂：维纳斯的天空。

④ 布鲁斯：布列塔尼小说中的人物，绰号“无情”，女人的劲敌。

羞愧耻辱地留在地上;
等他酒醒之后,
定会咒骂自己的错误,陷入哀伤。

伊莎贝拉升天的灵魂
或许在一定程度得到安慰;
是他把她的身体杀死,
她的复活可以在记忆中回味。
他找到一种方式,
把她曾居住和被杀死的教堂,
改建成她的坟场。
我将会告诉你具体的情况。

罗多蒙特、疯狂的奥兰多、安杰莉卡

罗多蒙特是一个心思敏感的巨人，不惧怕世间的任何人，勇武和傲慢令他所向披靡，然而女人们戏弄他，他的耻辱无边无际。相对于他，多洛丽丝更喜欢曼迪卡尔多，这在他心头划下一道无药可治的伤口；伊莎贝拉诱骗他杀死自己，这一下甚至搅乱了他的价值秩序。从那一刻起，他将生命投入到一项荒唐而崇高的任务中去：守护这个被他愚蠢地杀死的年轻女子的坟墓。

他在一条深河的岸边，一座窄桥的对面，建起了一座陵墓。他与任何企图通过这座桥的骑士交战，打败他们，把武器作为战利品悬挂在伊莎贝拉的坟头。

出于爱慕抑或是忧虑，
他把附近所有的工匠找来；
甚至将六千人聚在一起，
从临近的山上运下巨石。
从最顶端到地基，

将高约五十码的建筑竖立。
教堂就砌在其中，
里面安葬着恋人的尸体。

哈德良在台伯河畔建造宏丽的陵墓[①]，
罗多蒙特几乎是仿照他的样子，
在坟冢旁竖起一座高塔，
打算在里面住上一段日子。
他还在旁边的河上
铺设了一座桥梁[②]，
桥虽很长，宽仅两码，
两个骑士很难骑马并行。

两匹马并肩而来或迎面相遇，
既没有围栏也无处躲避，
从哪一边都可能掉下去。
于是路经此地的骑士，
无论是基督徒还是异教徒，
都被强征过路费。
上千件武器和盔甲挂在她的坟头，
作为献给她的战利品。

十天或者更短的时间

---

① 建于台伯河边的哈德良城堡，即现今人所共知的圣天使城堡。

② 桥的存在是铺设一条必经之路，并因此引发争端和决斗，这在骑士小说中很常见。

建桥的工程就已结束；
匆忙间陵墓没有建好，
巨塔也未达到应有的高度。
尽管高塔还未建好，
就派一个哨兵守护，
吹响号角向罗多蒙特报信，
若有骑士路过此处。

他时刻准备，全副武装，
在河的此岸或彼岸抵挡。
若勇士从高塔的这边来，
阿尔及尔国王就从另一岸对仗。
小桥就是他们的战场，
若骏马稍有闪失转向一旁，
就会跌进深不见底的河流中央，
连人带马难逃命丧。

痛苦的撒拉逊人想像
经常有头朝下落水的恐怖，
口中吞下很多河水。
也许源于纵酒过度，
他要忏悔赎罪，
把污点从这个世界上清除；
好像水可以消灭酒和手
还有舌头犯下的错误。

几天内出现了许多骑士，
有的人路过纯属无意，
有的去往意大利或法兰西。
不走寻常路，特意转道来此，
还有人荣誉胜过自身的生命，
慕名而至，为了一决高低。
所有人都以为能得到胜利的棕榈，
却一个个将盔甲生命丢弃。

如果获胜的是异教徒，
就拿走他们的盔甲和武器，
把名字刻在武器显眼的位置，
然后挂在他们的坟地。
他把所有的基督徒囚禁起来，
再把他们押往自己的领地。
这件事还没办成，
就出现了疯狂奥兰多的踪迹。

一天，桥上出现一个人，不是骑马的武士，而是一个赤身露体、蓬头垢面、疯疯癫癫的男人。他就是奥兰多。这个品行高尚、如今却跌入最阴郁的癫狂的勇士，与最傲慢、却被高尚的忧虑附身的勇士来了个面对面。有一种品质在双方身上完好无缺地保存着，那就是勇猛。他们在桥上互殴，结果双双落水：沉重的盔甲压在罗多蒙特身上，令他很难浮出水面；裸身的奥兰多游上河岸，重新上路，仿佛什么事都没发生。

狂怒的伯爵偶然出现河边，
与我所说的没有什么不同。
罗多蒙特匆忙行事，
高塔陵墓均未完工，
窄桥也是勉强能用。
奥兰多赶到河边的桥上，
异教徒全副武装，
唯独没戴头盔上场。

奥兰多在狂怒的驱使下
越过屏障，奔到桥上。
罗多蒙特一脸困惑，
仿佛见到一座巨塔屹立身旁。
他远远地恐吓高喊，
不屑于拔剑相向：
“呔！停住脚步！
为何如此无礼、自大、莽撞。

这座桥特为贵族骑士修建，
岂是为你等呆傻的莽汉。”
奥兰多精神恍惚，
听而未闻，来至眼前。
“看我如何教训这个疯汉。”

异教徒说着，
一心想把他抛入水中，
却没考虑对手是何方神仙。

这时，一个秀美的姑娘
为了过桥，现身河畔。
她浅画娥眉，面庞娇艳，
脸上的羞怯和腼腆
是那么显而易见。
如果您还记得，先生，
她在巴黎内外四处寻觅，
一心要把布兰迪玛特带到眼前。

菲奥迪利吉是她的名字，
当她来到桥上时，
罗多蒙特一把抓住奥兰多，
想把他抛进河里；
熟悉伯爵的少女，
立即认出他的样子。
见到他如此赤裸疯癫，
忍不住一阵惊异。

她停下脚步，定睛凝视：
两位壮汉会有怎样一场恶战。
为了把对方扔下桥去，

两位勇士使出浑身的力气。
“疯子怎么能有如此大的威力？”
狂暴的异教徒咬牙切齿，
他左转身，右腾挪，
心中涨满骄傲、轻蔑和怒气。

趁机用手尝试着重新抓住，
有时抓住奥兰多大腿的内侧，有时用脚踢，
灵巧地锁住他的右脚或左脚。
罗多蒙特和奥兰多扭打在一起，
似一只呆头呆脑的狗熊
以为可以将绊倒自己的树连根拔起。
把所有的罪过归在它身上，
心中充满仇恨和怒气。

奥兰多的理智消失不见，
我不知道它去了哪里，
只剩下那把子超凡的力气，
人世间无人能及。
他紧紧抱住异教徒，
向后一倒，跌落桥面，
一起落入水中，沉入水底，
河畔回响呻吟，浪花高高溅起。

水流旋即将二人分开，

光溜溜的奥兰多游得像一尾鱼，
这边伸一下胳膊，那边踢一下腿，
刚一上岸，就立即逃去，
也不停下来思考这次逃逸，
能否招致谩骂抑或赞许。
甲胄在身的异教徒迟些到岸，
因为他游起来更加费力。

这时的菲奥迪利吉
已经安全过了河，抵达彼岸，
试图找到布兰迪玛特的徽记，
于是从各个角度将陵墓观看。
既没外套，也没看到盔甲，
只能寄希望于其他。
我们回过头来说说伯爵，
抛在他身后的是河流、窄桥和高塔。

奥兰多的生命已然断断续续，不再有一根线将其串联在一起。如果他独自一人，定会迷失在狂野的大自然的喧嚣里。然而他的缺席怎能不引起查理曼阵营的注意。他失踪的消息一经传开，惶恐不安的情绪四散弥漫，首当其冲的是他忠实的朋友布兰迪玛特，他动身追寻他的踪迹。忠诚呼唤忠诚：为了寻找布兰迪玛特，这次又轮到他亲爱的新娘菲奥迪利吉出发了，她突然有一种不祥的预感。菲奥迪利吉这个忧心忡忡的女性形象偶尔出现在疯人的旅途中：只有眼见他发疯的她才能证明，那个被莽撞冲动折磨的无法辨认的身体里曾经容纳奥兰多的理智。

这个疯汉在河畔和丛林间踉跄而行，蹚过罗纳河，来到比利牛斯山。如果偶遇一头驴，他会把它抡向空中，抓起它的一只蹄子转圈；如果捉住一个樵夫，他会像撕纸片那样将其一分为二。来到塔拉戈纳海边，为了躲避太阳光，他在沙滩上挖了一个洞，像鸵鸟一样，将头埋入其中。

一个身着华服的女人骑马小跑着来到海边。她的坐骑还是头年幼的小马驹，被这个可怕的裸体男人绊了一下脚，从沙地上跳了起来，开始不听使唤。美丽的女战士大喝了一声！我们从诗歌的开篇就一直期待的邂逅就这样发生了。出现在奥兰多面前的是安杰莉卡。

这是致命的时刻，可是主人公们都没有意识到。两个人没有认出彼此。安杰莉卡如何能辨认出那个皮肤黝黑、妖魔附体、头似骷髅、满脸胡须、头上粘满了干草和海带的家伙就是那个曾经盔甲闪亮、勇猛无敌的将领奥兰多呢？而对奥兰多来说，安杰莉卡的幻影无非是一团闪烁的色块以诱人的姿态移动，或者像阳光折射在小溪上，或者像孔雀开屏。

紧随其后的麦多罗见一个野人正在追赶自己的爱人，于是策马上前，试图将他打翻在地，置于马蹄之下，败于自己的剑下。然而奥兰多的皮肤在他疯狂的时候比健康的时候还要坚硬。他好像感觉有人用两根指头点了一下他的肩膀，于是转过身，拳头碰到了麦多罗那匹马的脸：马倒下了，它的脊椎骨仿佛是玻璃做的。

安杰莉卡被疯子追得满沙滩跑，她骑着小马驹，疯子虽光着脚，却如骏马般疾驰。奥兰多一跃而起，伸手去抓小马驹的尾巴。就在那时，安杰莉卡记起手上的魔戒，只要把它藏在舌下，就可以隐身。

契丹公主从我们的视线中彻底消失前的那一刻，被抓住尾巴的小马驹失足倒地。安杰莉卡飞出马鞍，一个倒栽葱，头插在沙地上，两脚朝天。这就是那个长袖善舞、专营诱惑的女人留在我们心中的最后一幕。

奥兰多抓住了小马驹的尾巴：对他来说，小马驹或是公主都没有什么分别。他跳上马背，在西班牙的海滩上狂奔；无休止的疯跑，长时间的禁食，多次跌入沟壑，最终将小马驹置于死地。可是他并不遗弃它，而是用缰绳拖着它腐烂的尸体，嘴里还念念有词："驾！快走！"

我许诺会一一讲述
奥兰多所有的疯狂。
然而数量如此之多，
我也不知何时收场。
我会挑异乎寻常的歌唱
和主要的脉络紧密依傍。
故事发生在图卢兹，比利牛斯山上，
如此难以置信，怎能语焉不详。

怀着满腔狂怒，
伯爵浪迹天涯，
路经许多国家，
终到法兰克和塔拉戈纳的交界处[1]。
也就是比利牛斯山下，

[1] 比利牛斯山脉将法国人——也就是法国——和塔拉戈纳——也就是西班牙的塔拉戈纳省或阿拉贡省——分开。

他将前额朝向太阳落山之处[1]。
走上一条陡急的山路，
路旁倒垂幽黑深邃的山谷。

他在山口偶遇两个年轻的樵夫，
他们骑着一头牲畜，
驴身上驮着一捆柴木。
他们注意到奥兰多的面目，
明白他的脑子短路，
于是用高声威胁道：
“要么靠后，要么闪开。
不要挡着前进的道路。”

奥兰多听罢没有言语，
而是愤怒地用脚一踢，
正好击中驴子的前胸，
那股力气谁人能比。
只见它高高弹起，
仿佛大鸟飞过天际。
驴子落在一英里之外，
那里有座山峰矗立。

而后扑向两个年轻人。
其中一个运气好过见识，

① 太阳落山之处：西方。

惊恐中，一跃而起，
摔向六十码开外的距离。
这么一跃，飞身落入
柔软易弯的草丛和荆棘。
脸上虽有明显的划痕，
其他部位却完好如初。

另一人冲向突起的岩石，
尽量快速地向上攀爬，
因为他希望一到岩顶，
就能找到抵抗疯子的办法。
但他向上爬的时候，
奥兰多抓得他不能动弹（不想让他活）。
尽其所能伸开双臂，
将那人一撕两半。

有时会远远看到这样一幕：
一只鹰隼或是苍鹰
扯出苍鹭或鸡热乎乎的内脏，
而后美美地饱餐品尝。
幸运的是那个曾有脖子折断的危险的人，
并没有死去，
于是逢人便讲他经历的奇迹，
杜比诺听到后记在本上。

伯爵的这些和更多奇事
陪伴他一路寻觅。
翻越群山，走过草地，
在中午时分来至西班牙的土地。
他沿着海岸线前行，
浪花拍打塔拉戈纳的海岸；
同样在疯狂的驱使下，
他决定在沙滩上建一个家园。

在他将头埋入干燥的细沙
试图躲避正午烈日之时，
美丽的安杰莉卡和她的丈夫麦多罗
偏偏偶然路过此地。
就像我之前讲述的那样，
他下山后来到西班牙的边地；
她来到离他不到一码的距离，
因为她没有觉察到他的气息。

这是奥兰多吗，他与往常大不同。
怎能立刻认出来？
从那天开始一直疯到现在，
永远赤条条无论阴凉或是暴晒。
如果出生在阳光充足的赛印[①]，

① 赛印：埃及南部城市，如今的阿斯旺。

或加拉曼特人敬拜太阳神阿蒙的所在[1]，
或者尼罗河源头的群山之中[2]，
奥兰多的皮肤将更加黝黑，因为太阳的灼晒。

几乎觉察不到他头上长了眼睛，
消瘦的脸庞，干得像根骨头，
蓬乱的头发，可怜，丑陋；
浓密的胡须，骇人，污秽。
安杰莉卡刚一见他，就向后退，
害怕得抖作一团，
浑身战栗，惊声尖叫，
转身向她的同伴求救。

疯狂的奥兰多也发现了她，
于是猛地跃起上前去抓
他曾那么欢喜的那张柔美的面颊。
他曾经对她崇敬爱慕有加，
他曾经瞬间对她充满渴望，
一切回忆在心中磨损破碎；
他疯狂地跑在她身后，
像是在追一条狗或林栖鸟兽。

麦多罗见疯子追赶自己的女人，

① 非洲内陆民族加拉曼特人敬拜太阳神阿蒙的弗赞地区。

② 传说中尼罗河的源头在“月亮山”。

于是，催马向前奔去，
高举宝剑劈向他的上身。
本以为这一剑下去，
定是头身分离，应声倒地。
怎知他的皮肤硬如骨头，
不，比钢铁还要坚硬，
奥兰多生来刀枪不入，身怀魔力。

奥兰多感觉身后有风声，
转过身，同时将拳头握紧。
他的拳头力大无比，
一拳打中年轻人跨下的马匹。
那匹马就这样被击碎，
而后痛苦地死去。
与此同时，重又转过身去，
继续追赶跑在前面的女子。

安杰莉卡夺命狂奔，
一次次挥动鞭子马刺；
仍认为小马跑得太慢，
纵令它快如离弦的箭矢。
她记起手上的戒指，
放在嘴里就可以免于一死。
那枚没有失去魔力的戒指，
可以让她如一道光般消失。

或许害怕，或许坐得不稳，
又或是她的坐骑摇动，
不容易摘下戒指，变换位置。
我无法肯定究竟是哪样。
就在她把戒指放入嘴里
隐藏她美丽面容的同时，
她抬起双腿，离开马鞍，
头向下倒栽在沙地里，
落在离奥兰多不到两寸远的距离。

奥兰多本可以飞身向她扑去，
顷刻间将她杀死；
但好心的命运女神帮忙，
让他像从前做过的那样，
从别处偷来一个坐骑，
这匹被圣骑士在沙滩上追赶的小马
不再属于她的名字。

不要怀疑她没有准备，
让我们将奥兰多跟随。
冲天怒气永不平息，
为了让安杰莉卡消失，
他在沙滩上追着她的坐骑。
眼看着越靠越近，

现在已经将它触碰，
先是抓住马鬃，最后紧拉住缰绳。

奥兰多开心地抓着小母马，
就像有的男人抓到一个姑娘。
调准它的口衔和缰绳，
一跃而起坐在马鞍之上。
催马跑出很多英里，
一刻不停，这里走走，那里望望，
从不给它摘下马鞍和缰绳，
也不让它将鲜草或干草品尝。

想让小马从沟壑上跃起，
却连人带马一头栽到沟底。
他没感到震动，毫发无伤；
可怜的小马却折了一只肩膀。
奥兰多不知怎样把它拉出，
最后把它扛在了肩上，
从沟底向上爬，担着所有重量，
扛着它走过比三支箭程还要远的路。

后来感觉分量过重，
把它放在地上，想用手拉着走。
小马一瘸一拐、缓慢地跟在身后。
奥兰多说：“快走！”

说也无用，即使马驹小跑
也无法满足他疯狂的念头。
他从马头上解下缰绳，
捆在马的右后腿上。

拖着它走，他的心里稍感安慰。
小母马就可以更容易跟随。
艰难道路上的石头砂粒
蹭去它一撮毛，磨掉它一块皮，
野蛮的方式令小马劳累痛苦，
最终将这个畜生置于死地。
奥兰多既不看，也不想，
依旧跑他的路，一刻也不停息。

拉着那匹死去的小马，
继续他西去的道路。
如果饿了，需要食物，
就去抢劫村庄和农户。
水果、肉类、面包填满肚，
见到每个人都会动粗，
有的被打死，有的被打残，
从不停留，只有前路。

如果那个少女没有隐身，
他也会照做，哪怕是自己心爱之物。

因为他不分青红皂白，
他以为伤害才是帮助。
噢，该死的戒指，
和送给她魔戒的那位骑士[①]。
若不是这样，奥兰多就可以报仇，
为自己和千百个遭她蔑视的骑士。

在奥兰多的无限疯狂里，还会突然闪现一个顽固的念头，那就是报复那个把他弄到这步田地的女人。或许这是阿里奥斯托对女性仇恨的迸发？诗人立刻意识到这一点，并请求女性朋友的原谅。厌女癖的发作总是稍纵即逝。安杰莉卡消失了，那匹替罪马的苦难也到了尽头。奥兰多强迫一个牧人用他的驽马交换那匹小马驹的尸体。他骑着马一路来到马拉加，并在那里大开杀戒，而后骑马跃入直布罗陀海峡，等他再次出现时，已经游上了摩洛哥海岸。

我的疯狂并不比奥兰多的少，
我也不比他更值得原谅。
走遍西班牙的大部分疆土，
奥兰多在海滩和山间游荡。
许多天，他就这样拖着死马，
一路上没有任何艰难阻挡。
直到他来到一条大河的入海口，
于是被迫将它遗弃在岸上。

① 是鲁杰罗把那枚魔戒送给了安杰莉卡。

他如水獭般善于游泳，
跳入河中，游上对岸。
这时他遇到一个牧人
为了饮马来到这边。
看到奥兰多却没有躲闪，
因为见他赤裸着独自一人。
疯汉说：“我想要你的驽马，
用我的坐骑和你交换。

如果愿意，我指给你看。
它死了，躺在悬崖边，
你以后可以将它医治，
没有其他可抱怨的缺点。
你可以把驽马给我，外加点什么。
请你下马，因为我喜欢。”
牧人大笑，不答一言，
走向浅滩，远离疯汉。

“我要你的马：哎，你没有听见？”
奥兰多大喊，怒冲冲地追赶。
牧人手握多结粗硬的棍棒
向奥兰多身上打来。
伯爵怒不可遏，
比任何时候看起来都要凶残。
一拳打中牧人的脑袋，

击碎骨头，当即毙命，躺在河边。

跳上马，奔上不同的路，
每到一处，便洗劫一气。
驽马吃不到干草和草料，
短短几日疲乏饥饿而死。
可是奥兰多并没有步行，
总能找到足够多的马匹。
找到多少就用多少，
并杀死它们的主子。

最后他来到马拉加①，
比在别处犯下更多的罪孽。
这次，不光抢劫老百姓，
还让他们无家无业。
他造成的损失不是一两年能修复。
这个危险的疯子杀人无数，
很多房屋被大火夷为平地，
毁坏了整个城市的三分之一。

从那里出发，来到一块
名为西塞拉的土地②，
位于直贝塔洛或者直贝泰拉海峡沿岸③，

① 马拉加：位于西班牙南部。

② 西塞拉：现今的阿尔赫西拉斯。

③ 直贝塔洛或直贝泰拉海峡：直布罗陀海峡。

两个名字叫哪个都可以。
一艘小船正从岸边起航,
船上坐满了人，他们心情欢畅,
在清晨的微风中快活,
驶向最平静的海洋。

疯子高声叫喊:“等一等!”
他本想登上那条船,
他们却对他的叫喊充耳不闻,
没人愿意拉载这样的货物。
那条木船扬帆破浪前进飞速,
就像一只迁徙的燕子划过天空。
奥兰多夹紧双腿，策马奔去,
手里的棍子敲打着马身，跑向海里。

马蹄踏入咸咸的海水里,
挣扎也无用，哪怕使出浑身力气,
海水淹没膝盖、肚子和屁股,
而后是头，只能勉强露出水面。
别再对回去抱什么希望,
棍子敲打在两耳之间的头上,
可怜!要么淹死在水中,
要么渡海到达彼岸的非洲。

奥兰多再也看不见船尾或船舷。

小船已经离开了干燥的海边，
划向大海，船走得太远，
流动的浪头将船身藏起，遮住了双眼。
即使在水中他还在策马，
下定决心要渡海到对岸。
马喝了一肚子水，喘不上气，
终于不再游泳，结束了生命。

死马沉入海底，
奥兰多也一同沉下去。
他伸开双臂双腿，用手掌划动，
吹出的气息推开涌向脸上的海水。
风儿轻柔，海面平静，
上哪里去找比这里更好的天气？
只要海水升高一点变得波涛汹涌，
圣骑士就会淹死在水里。

幸运女神眷顾疯汉，
命令海水把他拖到
休达岸边的一片沙滩[①]。
城墙约有两支箭的射程。
很多天他驰骋在海岸，
朝着西方，朝着幸运，
直到他看见岸边
密密麻麻黑人军队的营盘。

---

① 休达：位于直布罗陀海峡对面。

月亮上的阿斯图尔夫

在非洲的心脏，离遥不可及的尼罗河源头不远的地方，有一座金碧辉煌的城市——努比亚，它是传说中的基督教国度埃塞俄比亚的都城。旅行者从未到过此地，因为它被凶悍的异教徒包围。埃塞俄比亚国王名叫塞纳波，人称普雷特佳尼。他是世界上最富有的君主，同时也是最不幸福的君主。他竟敢率领军队，骑上骆驼和大象，向“伊甸园”发起进攻。在上天的诅咒下，塞纳波被剥夺了光明，惨遭鸟身女妖的折磨。他不能把食物送至嘴边，总有大鸟们从天而降，将食盘打翻，而后用爪子和牙齿将食物抢食一空，即使剩下什么，上面也留下了臭烘烘的排泄物。一个先知说，这个诅咒将继续下去，直至一名骑士驾飞马来到努比亚。

就是在这种情形下，那日阿斯图尔夫乘着骏鹰出现在埃塞俄比亚的天空，人们像迎接天使一般迎接他的到来。“我既不是天使，也不是圣人。”阿斯图尔夫说，“但我已经准备好了尽力而为。”

众所周知，没人能像阿斯图尔夫那样将法宝和超自然能力运用得如此自如。不可避免的是，每个物件再三易主后，最终都会找到那个最适合拥有它的人。骏鹰和魔号依旧归属阿斯图尔夫，他借此毫发无损地穿越难以到达、中了魔法的非洲，并为查理曼大帝的神圣事业寻找同盟军。

有人劝服塞纳波国王，说飞马到来后，鸟身女妖将不再出现，于是他终于下令按常理备盛筵款待宾客。客人们还没来得及把第一勺汤送到嘴边，就听到喊喊喳喳的叫声。抬头望去，一只鸟身女妖正停在椅背上。突然间，喧哗声起，所有的鸟身女妖展开翅膀，俯冲而下，将食物撕烂弄污。

阿斯图尔夫奔出去放开骏鹰，旋即腾空而起。很快空中飞满了羽毛，猛禽肮脏的黑色羽毛以及飞马洁白轻盈的羽毛。阿斯图尔夫拔剑砍向那些隆起的腹部，那些仍在抓取火腿和乳酪的弯曲的爪子。刀剑劈砍形成的气流让鸟身女妖成功地避开了击打。地面上的塞纳波国王看起来小小的，正撕扯着自己的头发和落在头上的鸟的污物：即便是飞马也对附着在他身上的诅咒无能为力。

就在那时，阿斯图尔夫记起斜背在肩上的那只魔号。于是，他把号角送到唇边吹响。听到恐怖的号角声，鸟儿们调转尾巴，抬起翅膀逃走。阿斯图尔夫，跟在后面，一直吹得舌干唇焦。

地平线上显出一座雄伟的高山的轮廓，尼罗河的源头以及亚当夏娃的“伊甸园”就隐藏在云雾缭绕的山顶。山脚下，地心的深处开了一个岩洞。那是地狱之门。鸟身女妖就躲在里面。

阿斯图尔夫穿过树脂冒出的烟雾，眼前立刻出现两只悬在半空的女人的脚。地狱的门槛上垂着一道阴影，那是一个吊死的女人。吕底亚国王的女儿莉迪亚，因对爱人忘恩负义而遭受惩罚。

在所有活着落入阴间的来访者中，阿斯图尔夫是最不热衷深入调查的那个。至于弄清躺在地狱门槛上的负心、愚昧、不忠的恋人们的情况，则属于他的能力范畴；他只管倾听吕底亚国王的女儿莉迪亚的忏悔，更多的事情他不敢介入。他急忙出去，用石头和树干把地狱之门砌死；当然是因为鸟身女妖们关在里面，或许她们的隐秘意图还在于不放任何人进去。

洗去地狱的灯烟，阿斯图尔夫重新上马。骏鹰飞到云彩之上，离开地球，到达耸立于月空的山顶。在“伊甸园”门口迎接阿斯图尔夫的是基督的门徒，福音书作者诗人圣约翰。彬彬有礼的圣约翰说起话来却毫不搪塞，他对阿斯图尔夫说，如果他认为升天至此是源于什么特殊的功绩，那就大错特错了：这一切都是天主的圣意，为的是援救查理曼大帝和他的军队。情况是这样的：造物主赐予奥兰多天生的神力和刀枪不入的体魄是为了让他捍卫神圣的信仰，然而他堕落了，爱上了一个轻浮的异教徒。就像对待纳布科多诺索那样，上帝为了惩罚他，剥夺了他的理智，但限期三个月。三个月已经到期，阿斯图尔夫被召唤到这里正是为了拾回奥兰多的理智。

宇宙间的一切都会失去。地球上失去的东西都到哪儿去了呢？月亮上面。在白色的山谷之上可以重新找见无法抵御时间的名望、恶意的祈祷词、情人的眼泪和叹息以及被浪子挥霍掉的时间。密封的圣瓶里保存着那些失去的理智，全部或者部分。

那晚，月亮恰好经过山边。阿斯图尔夫和圣约翰登上艾丽娅的马车。只见弯月变圆，低处的地球变小，小成一颗圆球。为了辨别陆地和海洋，阿斯图尔夫必须注目凝视。

他们穿过火球，却没有烧伤，而后进入完美无瑕、由精铁打制而成的月球。月亮同地球一样，是个大世界，那里也有大海。就像我们这里一样，那里也有河流、湖泊、平原、城镇和堡垒：还有和我们不同的地方。地球和月亮，如此交换大小和映象，如此颠倒功能：这上面的景色，是一个可以被称作月球世界的地球；如果人类的理智保存在这里，便意味着地球上只剩下了疯狂。

随后跨上骏鹰，飞上天空，
为的是去往山顶。
山顶如此之高，他认为
离月亮的光晕不会太远。
去看一看的欲望如此强烈。
渴望天空，大地也不入眼。
在空气中一步步上升，
直到最终抵达山巅。

蓝宝石、红宝石，
金子、黄玉和珍珠，
钻石、红锆石、橄榄石宛若花束，
幸福的平原上，
多彩的微风吹拂。
世间难求的仙草胜过祖母绿。
还有那美丽的树木，
永远果实累累，鲜花处处。

蓝色、红色、黄色、绿色，
白色的小鸟在枝头婉转歌唱，
溪水潺潺，湖水平静，
清澈度胜过水晶。

一阵轻柔的微风摆荡，
仿佛一直不曾远离家乡。
周遭的空气飘摇，
免得日间的热度烦扰。

花朵、苹果和青草的香气
被空气掠走带离，
再将它们混合成
一种滋养灵魂的甜蜜。
原野中央矗立一座宫殿，
仿佛用明火照亮。
非人间所能及的是
四周的灯火辉煌。

阿斯图尔夫骑骏鹰朝宫殿飞去，
绕宫殿一周，约有三十多英里，
放缓步伐，信马由缰，
悠闲地欣赏四处的美丽。
他认为，与天上相比，
我们居住的那个世界
丑陋、邪恶、充满臭气，
而这里却是如此的明亮欢愉。

来到发光的宫殿前，
他禁不住赞叹称奇，

宫墙纯粹由宝石砌起，
比红宝石还要朱红亮丽。
哦，动人的杰作，哦，建筑师代达罗[①]，
人间有哪个建筑能与你相比？
世界七大奇迹中的任何一个[②]
在你的壮观瑰丽前也要沉默不语。

在宫殿闪光的门廊前
迎候公爵的是位老者[③]。
斗篷是红的，裙子是白的，
一个白如牛奶，另一个红赛朱砂。
头发是白的，下颌是白的，
一缕浓密的长髯胸前飘洒。
老者仪态雍容可敬，
定是天国的使者。

他笑容可掬地迎向圣骑士，
圣骑士恭谨地下了马鞍。
老者说道：“哦，爵爷，
是上天的旨意让你来到伊甸。
纵令这不是到此的缘由，
也并非你臆想的目的。

① 代达罗：如代达罗般心灵手巧的建筑师。

② 世界七大奇迹：埃及金字塔、巴比伦空中花园、奥林匹亚宙斯神像、罗德岛巨人雕像、阿耳忒弥斯神庙、摩索拉斯基陵墓、亚历山大灯塔。

③ 老者：那个老人是福音书作者圣约翰。

尽管你以为是什么神秘的理由[1]
将你从北半球带到此地[2]。

为了学会如何营救查理曼大帝，
和处于险境的神圣的教义，
我特来此传达上帝的旨意，
给一路上毫不知情的你。
哦，孩子，到此既不要归功于你的学识，
也不要得益于你的武艺，
你的号角或飞马也不是你应得的，
这些都是上帝的恩赐。

我们有空再一起讨论，
我会告诉你如何行事。
首先要填饱肚子恢复体力，
你长途跋涉，定要果腹充饥。”
老者继续他的话语，
当他发现这位老者
是书写福音书的圣约翰，
公爵惊诧不已。

救世主如此热爱约翰，
于是那话传在弟兄中间：

① 不可捉摸的神意。

② 北半球：相反，月亮山位于南半球。

他永远不会因死亡终结天年。
这就是上帝之子对彼得说这番话的原因[①]:
“我若要他等到我来的时候
与你何干?”
尽管他不是说他不死,
我们却认为他说的就是这个意思。

他在那里升天,找到了同伴,
伊诺克主教已经在那边。
还有大先知以利亚的陪伴,
他们三人还没看到最后一个夜晚[②]。
没有地球恶臭凶险的空气,
享受着永恒的春天。
直到天使吹响喇叭,
昭示基督回到白云之间。

圣人们恭敬地欢迎骑士,
将他领进一个房间住宿。
另一个房间给飞马准备,
还有草料,上好充足。

① 这里是对《约翰福音》某个章节的概要。彼得转过来,看见耶稣所爱的那门徒跟着……彼得看见他,就问耶稣说:“主啊,这人将来如何?”……耶稣对他说:“我若要他等到我来的时候,与你何干?你跟从我罢。”于是这话传在弟兄中间,说那门徒不死;其实耶稣不是说他不死;乃是说:“我若要他等到我来的时候,与你何干?”

② 阿里奥斯托似乎接受了错误的信仰,认为圣约翰的身体升天,就意味着长生不死,把伊甸园交给他作为住所,那里曾是伊诺克主教和先知以利亚的住所。两个人都活着升天。

他们送给他天堂的果子，
味道如此鲜美，依他的判断，
若亚当和夏娃为此拒绝顺从，
也应该情有可原。

富有冒险精神的伯爵
满足了他应有的天性。
那样的食物，这样的休息，
有关舒适的一切都能在这儿找到对应。
曙光女神已经离开了老迈的丈夫[①]，
尽管他还有很多年岁要活。
阿斯图尔夫从床上起来，
看到上帝心爱的使者，
拉着他的手和他攀谈。

很多事应该保持缄默，
然后他说：“孩子，尽管你来自法国，
也许不知那里发生了什么。
你知道吗，你们的奥兰多
因为误入歧途，违背了上天的嘱托，
他正在遭受上帝的惩罚。
上帝越是爱他，就越忍不住怒火。

你们的奥兰多，在降生之时

① 老迈的配偶：泰索尼斯。

被赋予至高的勇敢和无上的力量，
上帝赋予他凌驾人类之上的本领，
任何铁器都不能将他伤。
上帝有意将他塑造成这样，
就是为了让他做护教的勇士，
就像参孙成为大力士
是为了成为帮助犹太人反抗腓力斯人的英雄。

奥兰多把上帝如许的恩赐
转化成不该有的回报，
越是要他出力，他越是想逃[①]。
他模糊了双眼，
为一个异教徒神魂颠倒[②]。
甚至为了这个女人，
不惜发起残忍邪恶的冲突，
企图将忠实的族兄杀掉[③]。

因此上帝让他疯痴，
裸露胸膛、大胯和肚皮。
剥夺了他的智慧和理智，
认不得别人，也认不出自己。
我们读到，上帝曾用同样的方式

① 基督徒最需要他的时候他却将他们抛弃，没有留在他们身边，保护他们。

② 宗教不同。

③ 族兄：里纳尔多。

将纳布科多诺索惩治[①]，
让他变成疯子，流放七年，
像牛一样以吃草度日。

为何犯了错误，对圣教徒的惩罚
却要比对纳布科多诺索的轻。
为了将这个罪过洗清，
上帝只限三个月执行。
救世主允许你辗转来此，
并没有其他的目的。
我们只想借你之手，
重拾奥兰多的理智。

你真的还要和我同游，
完全放弃那个地球，
我会带你去往月球。
月球的四周围绕着
离我们最近的星宿。
治愈奥兰多的良药隐藏在里头，
我们过会儿再开始赴月之行，
等今晚的月亮升至头顶。”

使徒在谈话中泄露了秘密，

① 纳布科多诺索：傲慢无比的巴比伦国王，被上帝剥夺王权，放逐七年，像野兽一般生存。

这一天就这样过去。
当太阳下沉到封闭的海面，
他们的头顶上月牙升起。
这时，一辆马车出现，
准备带他们游遍周遭的天地。
这正是让以利亚远离世俗的眼睛，
把他从犹太人的群山带到天上的那辆车子。

四匹骏马，颜色红过火焰。
福音圣人来到车前，
和阿斯图尔夫一同坐下。
抓住缰绳，策马上天，
车轮转动，向空中升腾，
从永恒的火球旁边经过①。
圣人创造了奇迹，
马车经过时，火球并不灼热。

马车穿越整个火球的表面，
然后奔向月亮的国界。
月亮的大部分看起来
就像毫无瑕疵的钢铁，
看起来和地球的面积
大同小异或毫无差别。

① 根据古代的宇宙学，火球位于地球和月球之间。

在地球的最下层[1]，
有海洋将它合拢围绕。

这里让阿斯图尔夫双倍吃惊：
近处看这个国度如此巨大，
从地球这边看去
却似一个小圆球。
想要分辨四周的海洋和陆地，
最好张大双眼，注目而视。
因为月亮自身没有光亮，
它们的形象不能投射到远方。

那上面还有我们这里没有的
更多的河流、原野和湖泊，
更多的平原、丘陵和山坡。
那里也有城市和村落，
以及圣骑士之前和此后
从未见过的壮丽的建筑。
那里有广阔孤寂的丛林，
林间仙女总是追逐着猎物。

公爵此行的目的，
不是仔细欣赏奇景的全部。
随后他跟着使徒走入

① 地球最下层，据托勒密体系的说法，是离上帝最远的地方。

两座大山之间的峡谷。
那里集合了地球上失去的事物:
或是因为我们的谬误,
或是时光流逝, 运气不足,
在地球上失去的, 都汇集到此处。

我所说的不是王权和财富,
尽管命运的变迁全由它摆布。
我想说的是, 命运女神
无法送来或拿去的事物。
许多名望留在此处,
久而久之下面的时间就会将其吞噬:
我们这些罪人向上帝祈祷,
无尽的誓愿都留在了此处。

情人的眼泪和叹息,
游戏中虚度的时日,
无知人长久的怠惰,
从来漫无目的的遐思。
多么不足道的欲望啊,
将月球的大半边充斥。
总之, 在那下面失去的,
都能在天上重拾。

圣骑士在一堆堆的失物间

来去反复询问有何意义包含。
看到膨胀的囊状物堆积成山，
里面似乎发出喧哗和嘶喊。
您知道，那里有亚述、吕底亚、
波斯和希腊人古老的王冠。
曾经多么辉煌荣耀，
如今几乎无人过问。

金色和银色的钩子
在附近堆积成山。
这是谄媚者满足国王王子
还有庇护人的贪婪。
他们期望获得奖赏的礼物
也隐藏在花环中间。
他们造作地赞美主子，
如同鼓噪的鸣蝉。

在金子的节疤和发芽的树桩上
能看到不幸的爱情的模样，
还有老鹰的利爪，我知道[①]
那是贵族们强加于人的权杖。
鼓风机堆满四周的陡坡，
那是王公们曾经馈赠给

① 如果是像看上去的第一人称，可能暗指阿里奥斯托的个人经验，或者和创作这首诗的主要来源有关。阿里奥斯托曾戏谑地说，他从杜比诺那里学会了很多东西。除非不理解成“我知道”。

宠臣们的虚名和奖赏。
而后凋落，随着如花的青春时光。

堆满荒芜的城镇和城堡的废墟，
金银财宝七上八下散落一地。
问过才知道，是协定和诡计，
看起来没被执行者很好地隐匿。
他看到条条毒蛇形似少女，
伪币制造者和强盗的手艺。
又看见许多打碎的瓶子①，
曾在可怜的宫廷中服役。

他看见一大泊倒掉的汤，
于是问圣徒这又意味着什么。
圣徒说："这是人死后
在遗嘱中留下的施舍②。"
经过一大片各色花朵堆成的山，
曾经芬芳四溢，如今恶臭扑鼻。
这是康斯坦丁给西尔威斯特③
的厚礼（如果可以这么说）。

① 玻璃瓶不再有用就被扔掉，就像君主对待朝臣。

② 遗嘱中注明的捐款，但继承人并不执行。或者还可以理解成是因为害怕下地狱，所以在将死之时所做的施舍，因此并不值得称赞。

③ 康斯坦丁送给西尔威斯特教皇的礼物。人文学家洛伦佐 · 瓦拉认为，这个说法是错误的，不过阿里奥斯托好像依然相信。

他又看到大块的粘鸟胶。
啊，女人们，你们的美貌，
如果把他在这里看到的
全部整理成诗句未免太过冗长。
千千万万没完没了，
都是我们丢落在月亮上的东西。
只有疯狂，是很多，不是很少，
留在了地球上，而且永不走掉。

几天后，做了些事情，
他才回头再看丢失的东西。
如果身边没有帮忙的翻译，
他无法分辨变了形的记忆。
后来看到人类不太需要的东西，
人们从来不会为它向上帝起誓。
我说的是理性，也在这里堆积，
大过任何我描述的山的体积。

它像柔软轻薄的液体，
盖不紧就会随时蒸发。
收集在各种圣瓶里，
有的小些，有的大，
只有这个用途，没有其他。
奥兰多的那瓶最大，
里面装着伟大的理性，

很容易分辨，瓶外写着他的大名。

同样，其他瓶子的外面
也写着失去理性的人的名字。
勇敢的公爵惊愕不已：
他原以为很多其他人，
他们的理性一点也没少。
这里却明确告诉他，
他们所有的理性很稀少，
而大部分理性都在这里找到。

有人失去了爱情，有人丢掉了荣誉，
有人过江渡海搜寻财富，
有人将希望寄托有权势的君主，
有人亦步亦趋追随愚蠢的巫术，
有人爱宝石，有些人恋名画，
有人将别的东西看做一切。
这里有占星家和哲学家，
诗人的理性也有很多。

阿斯图尔夫也失去了理性，
把它交与《启示录》的作者①。
只要把鼻子凑近圣瓶，
就能自动恢复清醒，

① 圣约翰写了《启示录》，《新约》的最后一章。

后来，杜比诺承认
阿斯图尔夫很长时间都生活得清醒，
直到后来犯下一个错误，
再一次夺去了他的理性。

最满最大的圣瓶里
装着曾经让奥兰多明智的理性。
阿斯图尔夫把它从堆积成山的理性中拿起，
分量一点也不轻。
圣骑士从充满光亮的圆球，
回到下面的地球。
他在圣徒的带领下，
来到一座宫殿，宫殿旁有条河流。

每个房间里充满了羊毛、丝绸、
亚麻和棉布的绒头，
染成各种颜色，好看的，或是丑陋的。
第一个庭院里有一个女人
在纺车上纺着绒头。
就像看到夏日里一个村妇，
当新丝集中在一起时，
把蚕宝宝从潮湿的蜕皮上拿走。

完成一个绒头，就有人再放一个。
还有人把它拿到别的地方，

第三个人将好看和丑陋的分拣，
以免混淆它们的模样。
“我不明白这是在做什么？”
阿斯图尔夫对圣约翰讲。
圣约翰回答：“那些老妇人是命运三女神，
她们正在编织你们这些俗人的生命。”

布拉达曼特与玛菲萨

毫无疑问，布拉达曼特和鲁杰罗是相爱的，他们终究会结婚也是确定无疑的。尽管结果会走向必然，但到目前为止，他们并没有多少时间厮守在一起。每当他们克服重重险阻得以重聚后，总是会发生什么将二人再次分开：要么是一个少女流着泪请求搭救一个无辜者；要么收到一份不能不接受的挑战书；要么是身处险境的阿格拉曼特国王命令散落于世界各地的骑士奔赴危机四伏的撒拉逊营地。鲁杰罗已经向布拉达曼特许诺，尽快赶上她，接受基督教洗礼，并请求她的父亲蒙塔尔巴诺的阿莫内公爵答应他们婚事，这时他该怎么办呢？

鲁杰罗迫切地想要皈依基督教并及早成婚，然而，作为一名伊斯兰军人，他首先要保持意识的清醒，否则，改变信仰就像是在逃避责任。他给布拉达曼特写去了一封信，将这种想法解释了一番，而后开赴撒拉逊的营地。他发现最勇猛的战友间关系明显紧张，而且他自己也卷入内部的争端：尤其是他和曼迪卡尔多之间的决斗如此凶狠，好像两个人都要离我们而去了。然而，只有鞑靼国王丧了命；鲁杰罗虽然保住了性命，却也狼狈了一阵子。与此同时，布拉达曼特正在蒙塔尔巴诺的城堡里等待他。

一步步地跟随他，我们看到鲁杰罗好像一直被犹豫不决困扰着，但这只是一种感觉。忠诚的将领、游侠、未婚夫、前世注定的埃斯特家族的未来祖先，鲁杰罗首先有很多事情要做：他的任务层层累积，他的计划总是超负荷。

布拉达曼特了解军人的生活总是充满各种意外，尽管心急如焚，尽管他迟迟不来，她仍然没有失去对鲁杰罗的信任。烦恼在于，有时路过的骑士会带来一些消息，值得注意的是鲁杰罗身边一直有一个名叫玛菲萨的撒拉逊女勇士。鲁杰罗和玛菲萨一起出发去营地；和玛菲萨一道打败敌人；是她治好了曼迪卡尔多带给他的伤。流言蜚语很快从军营传遍整个法国，没过多久，它就像一支箭射中了布拉达曼特的心脏，嫉妒和愤怒折磨着她。鲁杰罗居然为了一个和她同样的女勇士，她最直接的竞争对手，背叛她！一开始是愤怒，后来演变成绝望，最后甚至到了拔剑自戕的地步，但守护天使制止了她，陪伴她向背信弃义的鲁杰罗和情敌玛菲萨发起挑战，发泄心中的怨恨。

布拉达曼特出发前往阿格拉曼特的营地。撒拉逊人在巴黎大溃败，如今退守到普罗旺斯的阿尔勒。一路上，勇敢善良的布拉达曼特像往常一样行侠仗义，但伤感的她心在别处。

其间她曾与罗多蒙特决斗，他在他镇守的桥上和所有经过此地的骑士进行礼节性的决斗。是焦急的菲奥迪利吉叫她去的，为了把他的爱人布兰迪玛特解救出来，他在和罗多蒙特的决斗中战败，并被囚禁起来。阿尔及尔国王碰到女人总是不走运：布拉达曼特战胜了他，气急败坏的他扯掉盔甲，用脚踩踏，而后永久地躲藏在岩洞里。

布拉达曼特夺回鲁杰罗的坐骑弗伦蒂诺，但是没能放出布兰迪玛特；罗多蒙特已经把他的囚徒们运往阿尔及利亚了。悲伤的菲奥迪利吉想乘船去阿尔勒追寻她的爱人；鉴于她经过那里，布拉达曼特请求她把马还给鲁杰罗，同时匿名向他发下挑战书。

菲奥迪利吉进入阿尔勒的营地，布拉达曼特留在外面。尚在休养中的鲁杰罗收到了他的爱驹和那封挑战书：礼节和侮辱一并奉上；这位不知名姓的敌人会是谁呢？伊斯兰骑士十分好奇：塞尔潘迪诺请求第一个出战，国王允许了。才一个回合，他就被布拉达曼特挑落马下。她把马还给他，让他叫个更厉害的对手出来应战。但是第二个出战的沃尔特纳的格兰多尼奥也好不到哪儿去。第三个上前的是费拉乌。“你是一个可敬的对手。”布拉达曼特对他说，“但我要的是另一个人。”

“他是谁？”

“鲁杰罗。”布拉达曼特说着说着，两颊绯红，然后长矛挥动。费拉乌认出了她：他在马鞍上还没坚持到一分钟。现在轮到鲁杰罗了，没有退路了。

鲁杰罗披戴盔甲。战败的费拉乌跑过来说：“你知道和谁决斗吗？是布拉达曼特。”

现在轮到鲁杰罗满面通红。

玛菲萨趁机越过鲁杰罗，出营迎战布拉达曼特。两个女战士终于面对面。玛菲萨的头盔上装饰着凤凰，布拉达曼特的头盔上插着洁白的羽毛。她们如野兽般恶斗。布拉达曼特用她有神力的长矛将玛菲萨挑落马下，但是后者继续徒步作战。比武场上挤满了撒拉逊人；鲁杰罗也在其中，他已经分神了。布拉达曼特一看到他，眼睛就没从他身上离开过；一边应战，一边低声诉说着嫉妒的句子和情话。布拉达曼特无法忍受和他的爱人为敌；她退到一个柏树林里，林中有一块大理石的墓碑。玛菲萨追上她，重新挑起决斗；鲁杰罗介入其中，想把她们分开。玛菲萨一怒之下，和他打了起来。她颤抖着将长矛向他身上掷去，幸好钉在了柏树上。大地在晃动，坟墓中传出一个声音："你们不要吵！你，鲁杰罗，你，玛菲萨，知道吗？你们是兄妹，不，是双胞胎！"

鲁杰罗欣然接受挑战，
命人拿来他的盔甲，
当着国王的面穿戴完毕。
那些贵族再次回来说
谁是那个杰出的骑士。
可以将长矛耍得神奇，
他问和他讲话的费拉乌，
是否认识那名勇士。

费拉乌回答道："可以肯定，
他不是你提到的那些人其中之一。
我见过他的样子，
他是里纳尔多年轻的弟弟[①]。
我又见识了他的武艺，
我知道不可能是理查戴多。
我想也许是他的妹妹，

① 里纳尔多年轻的弟弟：理查戴多。

我听说，他们容貌相似。

里纳尔多认为她武艺高强，
打得和圣骑士一样漂亮，
但是，就我今日所见，
她的武艺远在里纳尔多和他堂兄之上。”
鲁杰罗听到她的名字，
会令人想起清晨的霞光，
朱红色的羞涩布满脸庞，
他的心颤抖着，不知作何感想。

听到消息像是被爱情的箭刺中，
内心里都燃起火来，
然而突然脊背上生出一股凉气，
恐惧向全身散开。
害怕新的怒火已经消耗，
她心中燃烧的对他的挚爱。
因此他踌躇不定，
该出营相见还是留下等待。

这时身边的玛菲萨
急欲下到比武场地，
盔甲早已穿戴完毕（因为她很少不这么装扮）。
无论白天黑夜，寸步不离。
听见鲁杰罗穿戴盔甲，

唯恐先她一步走出营地，
夺去属于她的胜利，
她打算抢得先机，争取荣誉。

她上马奔赴战场，
等待鲁杰罗的阿莫内的女儿
正心如撞鹿般紧张，
想要让他成为她的囚徒。
想着向哪里投掷长枪，
才能带来最小的损伤，
玛菲萨出了城门。
头盔上顶着一只凤凰①。

或许她的傲慢已经表明
她在这世上勇猛绝伦；
或许因为赞扬她贞节的意愿，
活了一辈子都不会有郎君。
阿莫内的女儿看着她，
发现不是自己爱恋的容颜，
于是询问她的姓名，
原来夺爱的女人就在面前。

更确切地说，是那个
她以为夺她所爱的姑娘。

① 凤凰：这种神鸟每五百年浴火重生。博亚尔多在玛菲萨的头盔上别了一条龙。

如果不把眼泪报复在她身上，
她会死于嫉妒和疯狂。
调转马头，愤怒地向她投出长枪，
不是为了将她击落马下，
而是为了平息妒火，
希望一下刺穿她的胸膛。

力量之大，玛菲萨应声落马，
体验土地是柔软还是坚硬。
这种事情少有发生，
她禁不住疯狂发怒丧失冷静。
刚一落地，就抓起宝剑，
想要复仇，飞跑上场，
傲慢不逊于她的阿莫内的女儿喊道：
“你想做什么？你是我手下败将[①]。

虽然我对他人恭敬有礼，
却不会用在你玛菲萨身上。
我听人说起过你，
说你生性粗鄙傲慢狂妄。”
玛菲萨听到这些话，
就像礁石上的海风一样抽搐，
她尖叫着回答着什么，
因为愤怒，说什么根本听不清楚。

① 马上比武不同于空地作战，只要其中一方落马，比武就算结束。

她拿起宝剑，不顾骏马或勇士，
前胸腹部一通狂砍。
但布拉达曼特调转缰绳，
马儿迅速向一旁跳转。
同样义愤填膺，
阿莫内的女儿掷出长枪，
差点刺中玛菲萨，
她再次转身跌倒在地上。

刚一落地，就马上起身，
举剑朝对面奔去。
布拉达曼特再次挥动长矛，
玛菲萨又一次被摆平在地。
无论布拉达曼特多么强大，
形势仍然不对她有利。
尽管每次都将对方摔倒在地，
她的勇猛全要仰仗神奇的兵器。

人群中有一些骑士，
我说，是我们这方的骑士，
来到比武场地，
这边那边，三五成群。
相隔不到一里半的距离，
看到他们的骑士有如此高强的武艺，

他们知道她是基督徒，
一定来自基督教的军队。

这些人见特洛伊宽厚的子孙①，
朝着城墙的边上进逼，
无论如何，无论什么危险，
都不能手无寸铁，束手待毙。
他命令将士拿起武器，
集合在防御工事之外。
这些人中就有鲁杰罗，
玛菲萨的匆忙将他阻止。

恋爱中的青年观望事态，
他的心却一直在颤抖。
担心他亲爱的未婚妻，
因为清楚玛菲萨的身手。
我说，从看到她们刚一交战，
鲁杰罗就开始惴惴不安。
可是看到后来发生的事情，
他不禁暗自吃惊赞叹。

不像从前那样只战一个回合，
她们的争斗迟迟没有结果。
担心会发生了什么怪事，

① 这些人：实际上是阿格拉曼特看到这些骑士向城墙边靠近。

他的心底伤痛折磨。
两个人他都希望她们好，
两个都爱：两种爱无法比较。
一种是疯狂，是火苗，
另一种与其说是爱情，不如说是友好[1]。

如果鲁杰罗可以体面地做到，
他当然愿意将二人阻止。
但是他身边的同伴们，
不愿看到查理曼那方胜利。
已经看出谁有高超的武艺，
于是跳到场地中，企图搅局。
另一边的基督教骑士们，
也跑上前去，双方打在一起。

四处警报声响，
几乎天天这样。
徒步的上马，空手的扛枪，
人人被召回自己这方，
不止一只军号吹响，
清亮好战的声音在四周回荡。
号角声唤醒了马驹和步兵，
铜鼓和定音鼓声音嘹亮。

① 友好：对朋友的好感。这种感情模式在鲁杰罗和玛菲萨知道他们是兄妹之前就已经确定了。

这场混战血腥惨烈，
怎么想像都可以，
多尔多涅引以为傲的女战士，
为此痛苦惋惜。
她多么渴望将玛菲萨置于死地，
然而她无法达到目的。
转来转去，四处翘望，
为之叹息的鲁杰罗在哪里？

她认出年轻人天蓝色的盾牌，
上面刻着那只银色的老鹰。
她停下脚步，用头脑和眼睛
注视他的肩膀、胸膛，
秀美的脸庞以及优雅的身形。
而后心生怨恨，
想到另一个女人享受着他的爱情。
于是怒气来袭的她说道：

“另一个女人可以亲吻你美丽甜蜜的嘴唇，
我就不能亲吻吗？
啊，没有其他人可以享受你的爱意，
如果你不是我的，那么谁也无法拥有你。
与其一个人被气死，
还不如亲手杀了我和你。
如果我在这里失去了你，

至少在地狱里还能永远在一起。

如果你用爱情害死了我，
获得复仇的安慰也在情在理。
所有人都要求公正和法律，
杀死他人的人也注定要死，
不能因为你公正地死去，我无理地死去，
我就认为你的痛苦和我的持平，
哎呀，我会让那个渴望我死去的人去死，
可是你，对爱你、敬慕你的人多么无情。

我的手，为何你不勇敢大胆
用铁器撕开敌人的胸膛。
我宁静地坚守爱情协定时，
多少次将我致死弄伤。
他居然同意将我杀死，冷若冰霜，
甚至我的痛苦对他也不痛不痒。
杀死这个邪恶的男人、那颗勇猛强壮的灵魂
让他的死为我千次补偿。”

说到这儿，她策马前去，
大喊道：“当心，负心的鲁杰罗，
如果我可以，一个高贵少女的心
不再是你丰厚的奖励。”
鲁杰罗听到她讲话，

认定她真的是自己的未婚妻。
她的声音留存在年轻人的脑海里，
即使混在千人之间也能辨别。

他体会到她话中的深意：
责备他是因为他没有
遵守二人共同的协议。
为了请求她的原谅，
他想和她谈判，于是举手示意。
但她已经拉下护面甲，
在愤怒和伤痛的驱使下
冲上前要亲手将他处死。

鲁杰罗见她如此激动，
也紧握武器，端坐马上。
他把长矛挂起，但并不挂牢。
部分折起，就可以不把她打伤。
那个女人向他发起进攻，
为了伤到他，心里不存一丝怜悯。
来到近前，却不忍心
将他挑落马下，尽情侮辱。

长矛相撞也没有效果，
爱神周旋在二人之间，
将爱的神箭刺入心窝。

后来女人无法忍受，
怎能将心爱的人折磨。
于是把怒火撒向别处，
她做了那些著名的事情，
只要世界一直转动。

霎时间她用黄金枪将三百人横扫在地，
她独自打了胜仗。
摩尔人纷纷逃离。
鲁杰罗转来转去，徘徊良久，
而后靠近她说：“不和你讲话我会死，
哎呀，我到底做了什么？
非得从你身边逃离，
看在上帝的分上，请听我一句！”

仿佛南方和煦的微风
从海上吹来温热的呼吸，
眼前的冰棱虽处处可见，
却也高山融雪，湍流成溪。
听到那些哀求，简短的叹息，
里纳尔多妹妹的心中顿时充满感慨。
那颗因愤怒而变得比石头还坚硬的心
顿时柔软起来。

她不想也不能有别的回答，

她用马刺斜刺拉比卡诺，
尽可能远地离开阵地。
她向鲁杰罗招手示意，
离开人群转而在山谷藏匿。
谷间有一小块空地，
空地上有一片柏树林，
林中的树木大同小异。

一座新修的大理石陵墓，
矗立在那片小树林里。
里面躺的人究竟是谁[1]，
只有懂得关心的人才会注意那短短的几行字。
但布拉达曼特来到这里，
我想她无心阅读那些字句。
鲁杰罗催马跟在身后，
来到林中，赶上这个女子。

我们回头说说玛菲萨，
这期间她重又拿起武器，
寻找那个一个回合就把她
掀翻在地的女勇士。
她见她离开队伍，
又见鲁杰罗跟随其后。
她没以为他是在追寻爱情，

① 里面关着亚特兰大的灵魂。

以为他是想一较高低。

她催动战马，追寻他们的踪迹，
几乎和他们同时到了那里。
她的到来妨碍了两个人，
谁经历过爱情，都知道，无需我多语，
然而布拉达曼特尤其恼火。
一见她悲伤涌上心底，
谁能阻止她相信不是鲁杰罗
将她带到这片小树林里？

她再次呼喊背信弃义的鲁杰罗：
“负心汉，我从别人那里得知你的不忠，
难道这样还不够吗？
为什么还要让我见到那个姑娘？
我看你是一心想将我赶走，
借以满足你卑劣的欲望。
我会一死了之，但我仍会尽力
让那个人给我陪葬[①]。”

她比蝰蛇还要愤怒，
说罢冲向玛菲萨。
长矛向情敌身上刺去，
只见她向后倒下。

---

① 暗指玛菲萨。

几乎半个头盔埋在地里，
玛菲萨并非受到突袭，
相反，她奋力反击，
即便如此，仍头朝下栽下马去。

想死，或者想让玛菲萨死的
阿莫内的女儿满腔怒气，
不想重新投出长矛，
把对方再次打翻在地；
而想把她半埋在沙子里，
将她的头颅砍去。
她丢掉黄金枪，拔出宝剑，
立即从马上跳到大地。

但她来晚了，气急败坏的玛菲萨
已经迎上前去，
（后来会看到第二次交手
玛菲萨又被轻易地打翻在地。）
看到这里痛苦的鲁杰罗，
无论怎样请求呼喊都于事无济。
两位女勇士的心中充满了仇恨和愤怒，
她们准备死战到底。

在半把剑的距离内近身搏斗，
她们的心中无比骄傲。

挺身向前，凶猛异常，
另一个人也不告饶，
宝剑已经没有了用处。
扔掉宝剑，换上匕首，
鲁杰罗向两个人哀求，
可是说什么她们也不回头。

他看到恳求不成，
就决定强行拉架。
夺下二人手上的匕首，
将它们丢在柏树脚下。
后来没了可以伤人的武器，
他就介入其中，一边恳求一边威胁，
一切都是徒劳，既然没了武器，
二人开始拳打脚踢。

鲁杰罗没有罢休：一会儿抓这人的手，
一会儿将那人的胳膊抓住。
纠缠了很长时间，
直到玛菲萨恼羞成怒。
她从来就藐视一切世人，
如今置鲁杰罗的情意于不顾。
后来离开布拉达曼特，
提着剑，朝鲁杰罗砍去。

“鲁杰罗，你这个无礼的村夫，
居然敢搅扰他人的争斗。
今天我这只手会让你后悔，
打得你们俩同时求救。”
鲁杰罗本想好言相劝，
却惹得玛菲萨怒上心头。
看来，对她说什么话，
都是白白浪费时间。

最后鲁杰罗也拔出了剑，
他也气得红了脸。
我想在罗马、雅典
或世界上的任何地点，
都看不到如此赏心悦目的表演。
看到这个，最高兴的莫过于
心怀妒忌的布拉达曼特。
她的嫉妒和怀疑顿时消失不见。

她从地上拾起宝剑，
站在一旁观战。
眼中的鲁杰罗，
身手敏捷且有力，
有如战神下凡。
如果鲁杰罗像玛尔斯，
玛菲萨就像地狱里

愤怒的复仇女神。

真的，有一段时间健壮的青年
并未使出浑身的力气，
经历多次，他清楚宝剑的本事。
剑到之处，魔法都会消失，
或毫无益处，或隐藏起来。
他从不用刀刃或剑尖，而用刀身。
他时刻小心谨慎，
仍旧会有那么一刻丧失耐心。

因为玛菲萨出手凶狠，
甚至朝他的头上猛砍。
鲁杰罗举起盾牌去挡，
一剑击中白鹰徽章。
因神力保佑，盾牌既没碎裂也没划破，
他吃惊地胳膊一震。
若非有赫克托耳的盾牌保护，
这一下将砍下他的臂膀。

凶狠的少女本想一剑下去，
砍断鲁杰罗的头颈。
鲁杰罗的左胳膊几乎不能动，
甚至无法举起那只美丽的白鹰。
荡然无存的是内心的同情，

火光点亮了他的眼睛。
他尽全力用刀尖劈砍，
玛菲萨若被砍中，那可真的不轻。

我不知怎么告诉您发生的事情：
宝剑击中了一颗柏树，
柏树种得如此密集，
刀锋陷入足有一拳头的深处，
这时，山摇树动，大地颤抖。
从那块大理石墓碑中，
发出一声怒吼，
喊声高过所有人类的声音。

那个可怕的声音喊道：
“你们不要再打了，
兄长杀死妹妹违反天理，
妹妹杀死兄长天理难容。
你，我的鲁杰罗；你，我的玛菲萨，
相信我此话并非虚空。
你们是在一个子宫内孕育的同卵双胞胎，
你们相伴来到这个世界中。”

这是埋在那里的亚特兰大法师发自阴间的声音。老法师死于失去被监护人的痛苦。他在坟冢里泄露了鲁杰罗和玛菲萨的身世：鲁杰罗的父王被叛逃到伊斯兰阵营的姐夫们害死；生下他们兄妹二人的母亲淹死在锡尔特沙河里。亚特兰大法师抚养双胞胎，直至一群阿拉伯战士抢走玛菲萨。

挑起两个女勇士间精彩混战的布拉达曼特的嫉妒心已然没有存在的理由。玛菲萨将成为她的小姑子；她决定即刻皈依基督教，并与圣骑士并肩作战，为死去的父亲报仇。布拉达曼特期待鲁杰罗也这么做，然而鲁杰罗依旧遵循预定的计划：先向阿格拉曼特国王辞行，为了报答国王，他想先履行职责，在对敌作战中建功。与曼迪卡尔多之间愚蠢的争执以及他身上的伤对他的计划形成了阻碍。布拉达曼特和命运都要有些耐心。

里纳尔多与鲁杰罗的决斗

鲁杰罗回阿格拉曼特在阿尔勒的营地的时机不好。好像还嫌伊斯兰军队的缺口不够，又从非洲传来了意想不到的坏消息：阿斯图尔夫率领一支由努比亚人组成的军队穿过沙漠，攻占了毕色塔。阿格拉曼特征集到一条作战建议：撒拉逊部队最好离开法国去拯救非洲，或者留下来抵抗，利用奥兰多不在的有利条件，在查理曼的领地将其打败。西班牙国王马西里奥赞同第二种意见，但年长睿智的索布里诺认为空营只能让摩尔人的境况更糟。他提出了另外一个建议：让两个勇士的决斗定义整场战争，他们和查理曼大帝达成协议，失败一方的国王要向另一方进贡。是鲁杰罗的骁勇善战让阿格拉曼特国王敢于将自己的命运托付给他：查理曼也接受了挑战协定，并挑选里纳尔多作为本方的勇士。

事情就是这样一步一步把鲁杰罗和布拉达曼特推到了这里：作为史诗和冒险传奇的主人公，一切都是为了把他们卷入古典悲剧的范畴，并遭受内部冲突的折磨。鲁杰罗，为了让自己配得上国王亲选勇士的荣誉，应当力求杀死恋人的哥哥；他既不能祝愿自己获胜，也不能向怯懦屈服。布拉达曼特只得缄默无语、一动不动地见证这一场发生在未婚夫和亲哥哥之间的生死决斗，一场无论如何都注定会带来残酷的葬礼，并让婚礼成为不可能的决斗。

无论比武的结果如何，
女伯爵的心中只有难过。
她不想看着鲁杰罗死去，
这个念头足以碾碎她的心。
为了惩罚不止一次冒犯
基督想要毁灭法国，
除了失去亲哥哥，
少女还要忍受更苦痛的折磨。

她不能不对她所有的人民
心存责备、藐视和敌意，
他们让她的未婚夫一去不回。
这对每个人都不是秘密，
她日也思夜又想，
多次在心里打定主意：
他们之间已经约定，
退出或反悔都没有意义。

幸运的是，女巫师梅丽莎一直在她身边，答应她用招魂术避免悲剧的发生。

不久后异教徒军队出营，
一队队排列整齐，
粗野气派的非洲国王
出现在壮观的行列里，
胯下一匹栗色坐骑，
蹄子上一丛白毛，额头雪白，鬃毛漆黑。
和他并排的是鲁杰罗，
高傲的马西里奥不为他服务①。

那个费尽千辛万苦
从鞑靼国王那里夺来的头盔，
那个一千年前属于特洛伊人赫克托耳、
被鸿篇巨著歌颂的头盔②，
如今戴在马西里奥国王的头上。
其他武器上镶满或包裹着，
耀眼的珠宝和黄金，
被王公贵族们分享。

另一方的查理曼国王
连同军人们从工事中出来。
同样的整齐，相同的模式，
全副武装，严阵以待。

① 马西里奥不屑于尽职责，也就是不想陪他观战。

② 鸿篇巨著：荷马所著的《伊利亚特》。

身边围绕着著名的同辈[①],
和他一起的里纳尔多甲胄在身,
唯缺头盔,它曾属曼布里诺,
如今归了霍吉尔,那个丹麦人[②]。

两把斧头,一把交给纳莫公爵[③],
另一把交给布列塔尼国王萨拉蒙。
查理曼的军人集合在这边,
那边是非洲和西班牙的联盟。
中间没有任何人出现,
为比武留出一大片空地。
除了两位勇士,任何人进入场地
都将犯下该杀之罪。

等异教徒一方的勇士
选择完武器之后,
双方的神父出场,
每人手里托着一本书。
我们的书里描绘了基督的完美生活;
另一方手里托的是《古兰经》。
查理曼上前接过《福音书》,
阿格拉曼特接过另一部。

---

① 同辈:圣骑士和皇帝有着同样的权利和义务。

② 霍吉尔:格都利亚国王之子,巴伐利亚公爵纳莫的女婿,杜多内的父亲。

③ 一把斧头给鲁杰罗,一把斧头交给里纳尔多。

两位勇士下马对阵，手持战斧，就是一种顶端是榔头的棒子。鲁杰罗只管招架，害怕身上沾染未来舅哥的鲜血；相反，对妹妹的恋情一无所知的里纳尔多下手凶狠。撒拉逊人看到他们的勇士处于下风，深感失望；就在那时，一个身形巨大的猛士跑到阿格拉曼特的看台：罗多蒙特从他的隐居地返回，陪着国王破坏协约，带兵杀入敌阵；除此别无他法；罗多蒙特准备承担任何违约的责任。"如果有罗多蒙特，力量对比上就会对我方有利。"阿格拉曼特想到这里，带队冲了进去。仓促的决定往往不正确：因为那个看似有血有肉的罗多蒙特，无非是梅丽莎用魔法召来的幻影，他的显现是为了蒙骗对方，让鲁杰罗和布拉达曼特从内部冲突中解脱出来。

混战中，基督徒猛烈反击不守信用的敌人，当战争进入白热化时，布拉达曼特和玛菲萨这对姑嫂也联手攻入阵地。

鲁杰罗的焦虑强烈苦涩，
的确在任何难事之上。
痛苦不止折磨他的身体，
更是折磨他的心肠。
二人中总有一人难逃命丧，
没有里纳尔多强悍，就会命断疆场，
更糟糕的是杀死未婚妻的兄长，
她一定满怀仇恨，这比死亡还要凄凉。

里纳尔多没有类似的考虑，
他一心想要赢得胜利。
恼怒凶狠地挥舞战斧，

一会儿砍向胳膊，一会儿对准头部砍去。
善良的鲁杰罗用斧头抵挡，
这里那里，转来转去。
尽管他偶尔也要反击，
却只选择非要害处。

对于异教徒中的大多数人来说，
这场缠斗对敌方有利。
鲁杰罗太懒，不肯出击，
里纳尔多太凶横步步紧逼，
非洲国王的脸上露出慌乱的神情。
一边观战，一边喘息叹气。
他埋怨索布里诺，全部怪罪于他。
因为是他出了这个馊主意。

这时，梅丽莎赶到，
这个通晓所有巫术的女法师，
隐藏女人的样子，
幻化成阿尔及尔国王的身体。
面容相似，连手势都相同，
身披龙鳞打造的铠甲，
手持同样的盾牌和宝剑。
他有的她也有，一样不缺。

她骑着魔鬼变身的骏马

来到忧愁的特洛伊国王后人面前。
满面怒容，大声喝道：
“陛下，怎能选这样一个乳臭未干的小子
冒着迎战威名远扬的高卢勇士的危险，
把国家的命运和非洲的荣辱
全部寄托在他一个人身上，
这是个天大的错误。

不要让比武再继续下去啦，
否则摩尔人要付出高昂的代价。
责任全落在我罗多蒙特身上，
不要再顾虑什么协定和誓言啦。
让每个人持剑杀入阵前，
况且有我在，一人可以顶百。”
阿格拉曼特听到这番话，
想都没想就下令进攻。

他相信有了阿尔及尔国王，
不必在乎什么神圣的宣誓。
认定只要罗多蒙特肯帮忙，
就能轻松打败上千个骑士。
于是放低长枪，催马奔驰，
短时间四处散开杀入阵地。
梅丽莎见成功引发战役，
在伪装下立刻消失。

两位勇士见双方混战，
破坏协定，违背愿望。
二人不再辛苦为难，
而是将曾经的敌意和伤害原谅。
约定不干预任何一方，
直到事态渐渐明朗。
到底是谁破坏了先前的约定，
是年长的查理曼，还是年轻的非洲国王。

他们立下新的誓言，
将与那个背信的人为敌。
双方军队混战在一起，
有人进攻，有人后退，
有人勇猛，有人胆小，
眼前的一切混乱喧闹。
只见所有人都在跑，
有人向前跑，有人向后跑。

如同奔跑的灰狗，
围绕渴望的猎物，
甚至不能与其他猎狗为伍，
猎人牵着皮带，它愤怒、痛苦、
煎熬、悲伤、无助，
徒劳地悲嗥，死命地挣脱，转动脚步。

那天玛菲萨和她的嫂嫂
就这样爆发了愤怒。

直到那个时刻，
她们在广阔的平原上
见到许多可以用来泄愤的外敌。
因为受到协约的限制，
她们不能上手攻击，
只得无助地痛苦叹气。
现在协定破坏了，停战结束了，
她们冲向摩尔人的军队，满怀欣喜。

玛菲萨刺穿第一个人的胸膛，
矛尖从背后伸出两码。
而后拔出宝剑，说时迟那时快，
劈开四个头盔，仿佛它们是玻璃做的。
布拉达曼特也毫不示弱，
金枪挥舞煞是好看。
所到之处敌人片片倒落，
比玛菲萨多了一倍，却一个也没斩。

她们二人联手抗敌，
互相为对方的功绩作证。
摩尔人激起了她们的怒火，
二人分开各自出征。

谁能说出那些被黄金枪
挑落在地的每个战士的姓名?
谁又能记得每个被玛菲萨可怕的宝剑
劈开或砍断的头颈?

宛若和风轻轻吹拂,
亚平宁山肩积雪融化露出草皮。
两条混浊的激流并行而下,
而后分成两条水渠,
搬起峭壁上的石头,拔掉大树,
把五谷和泥土卷入山谷。
几乎是在比赛,
看谁能在路上将更多的阻碍破除。

两位高傲的女勇士
在阵地上各自为战,
在摩尔人的阵营杀成一片。
一个用枪,一个用剑,
阿格拉曼特喊不回溃逃的兵士,
无法把他们重聚在周围,
他徒劳地询问,徒劳地举目四望,
遍寻不到罗多蒙特的消息。

非洲人中,马西里奥国王和索布里诺国王不愿与一个言而无信的国王有任何瓜葛,于是他们弃阿格拉曼特而去。阿格拉曼特不光惨败，还被两个身手敏捷、冷酷无情的母老虎布拉达曼特和玛菲萨追赶。对他来说，只剩下一条退路了，那就是舰队：战败的国王乘船起航，前往非洲。

几乎是在战事最危急的时刻，
阿格拉曼特国王惨遭抛弃。
马西里奥和索布里诺国王
率领多名异教徒回到阿尔勒营地。
而后二人上船远航，
他们怀疑不安全的陆地。
摩尔人的公爵和骑士，
也跟随他们一同离去。

阿格拉曼特还在坚持，
直到最后再也坚持不住。
他转过身去，径直朝着
不太远的阿尔勒城门逃去。
拉比卡诺紧随其后，
布拉达曼特策马疾驰。
她多么渴望将他杀死，
多少次他把鲁杰罗从身边夺去。

玛菲萨也有同样的愿望，
迟来的复仇，为死去的父王[①]。

① 阿格拉曼特因为特洛亚诺、埃尔蒙特和阿格兰特的缘故杀死了里萨的鲁杰罗。

鞭子狠命地抽在战马身上，
让它明白她有多么焦急渴望。
然而二人都没有即时赶到，
道路已经被阻挡，
国王先进了城内，
关闭城门后登船逃亡。

就像两只仪态万方的母豹子
发现漂亮的山羊和赤鹿，
挣脱皮带，一同急冲，
却只能眼睁睁地看它们离去。
几乎是羞愧于自己的来迟，
转而心中充满悔恨和愤怒，
两位少女只能叹息着返回，
眼看着异教徒国王逃走。

然而她们不会善罢甘休，
回到四散奔逃的异教徒那里。
见人就砍，面露杀机，
每次出击，纷纷倒地，不再爬起。
溃败的敌军无处可去，
即便逃掉也同样是死。
因为阿格拉曼特逃走后，
将朝向战场的城门关闭，

而且砍断了架在隆河上的所有桥梁。
啊，不幸的人们，
只要暴君出现的地方，
他们总是被当作羔羊。
有的淹死在河里，有的溺死在海中。
他们的鲜血将水流染红，
很多人死了，很少人做了战俘，
很少人免于一死将罪孽救赎。

最后一次战役中，
双方都伤亡惨重。
(尽管数量不均，
撒拉逊人远多于基督徒，
大多死在布拉达曼特和玛菲萨手中。)
那块土地上至今还留着印记，
阿尔勒城边，隆河停滞不动，
平原变成了墓地[①]。

与此同时，阿格拉曼特国王已经起航，
将船驶向深深的海洋，
一些船留下，只驾着最轻的船出发，
还有那些一同逃命的兵将。
他在海上漂流了两日，

① 阿尔勒公墓的修建可以追溯到罗马帝国时期。中世纪的传奇中讲到，这里埋葬着在本地发生的一场基督徒和异教徒战役中阵亡的将士。

因为逆风而行，海风猛厉，
第三天他下令起帆，
相信这样才能返回非洲海岸。

航行了三天，一大列基督教战船挡住了他的去路。无数支箭乌云般压向阿格拉曼特的木船，接下来，弩炮射出大量石块，还有点燃的火标枪。

他听见巨石从高处落下，
呼啸着从弩炮中射投，
船头船尾均被击碎，
海水倒灌，撕开裂口。
更糟的是熊熊大火，
迅速燃烧，迟迟不熄，
可怜的船员越是想逃，
就越是逃入危险之地。

一些人面对敌人的攻击，
不得不跳海淹死；
一些人手脚并用，
爬上这条或那条船；
船上的人却把他们向船下赶，
一只只手缠绕不休拼命地抓住船舷，
却被掰开，将他们推下船，
身体泡在海水中，染成血红一片。

一些人以为跳海可以活命，
至少不会死得很痛苦。
渐渐耗尽了精神和体力，
游泳也没有丝毫的帮助。
逃离吃人的大火的士兵，
害怕淹死又急忙返回。
抱住一根燃烧的木头，
怕死仍会死，无论是烧死还是淹死。

可是，这支没人知道它存在的舰队又是从哪儿来的呢？是阿斯图尔夫施了魔法，向大海中投掷一把小树枝和小树叶，让它从水面上升起来的。

奥兰多恢复神智

阿斯图尔夫是如何独自一人征服整个非洲的呢？阿斯图尔夫相信是语言确立了事物间的无限相似性，他的保护人圣约翰（如果《启示录》真的出自他手）晓得世界完全由隐喻组成。

想把军队从埃塞俄比亚带到锡尔特的人将会面临怎样的阻碍呢？首先是狂风在沙漠中掀起沙尘暴。然而我们不说风刮起，只需到风安眠的地方。我们不说风吹动，风一吹，如果鼓起皮囊，就会沦为囚徒。

阿斯图尔夫去南部诺托风睡觉的洞穴，把皮囊安在孔眼上。清早当诺托风醒过来，想要出门时，就会被关在皮囊里。阿斯图尔夫携带着囚在口袋里的风一起返回，然后向部队发出前进的号令。士兵、骆驼和大象列成长队，穿过沙漠，却不会扬起一粒沙。

还有一个困难：努比亚没有马。如果人们想在沙漠中前行，骆驼和大象是必不可少的，可是想要到达阿特拉斯山脉，同时避开海岸城市的袭击，就需要一队骑兵，雪崩一般冲向毕色塔。雪崩一般……阿斯图尔夫登上山顶，命石头崩塌，并沿着斜坡滚下。每一块滚动的石头都会带动其他的石头滚动，滚动着，隆隆声似马蹄，跳动如飞节，扭动如臀部，它们旋转跳跃，就这样长出大腿、尾巴和脖子，就这样扬起口鼻，竖起鬃毛，发出嘶鸣……

白日降临前的黑夜，
努比亚军队即将上路。
圣骑士跨上骏鹰，
在空中疾驰。
中午时分到达南风所在的山峰，
风从这里吹向大小熊星座。
他找到了南风的洞穴，
它醒来时就从这个窄缝里狂风大作。

像大师传授的那样①，
随身携带一个空皮囊。
趁着凶猛的诺托风
在昏暗的高山洞穴中倦怠沉睡时，
缄默轻巧地把皮囊放在风口上。
南风对埋伏毫不知情，
以为次日清晨就可以出门，
却不知身体已经装进皮囊。

圣骑士带着猎物

① 阿里奥斯托记得荷马曾经说过，风神埃俄洛斯把所有的风关在一个皮囊里，交给尤利西斯，这样英雄远航的时候就不会被搅扰。阿斯图尔夫在这里采用这个计策是为了在穿行非洲沙漠时，不被南风扬起的沙尘暴威胁。

兴高采烈地回到努比亚。
粮草车走在最后，
当天就和黑人们一同出发。
光荣的首领带着他的全部队伍，
安全地开往阿特拉斯山脉。
穿过变幻无常的沙漠，
不必担心南风带来什么伤害。

抵达阿特拉斯山的这边[1]，
从那里能看到部分海水和平川。
阿斯图尔夫在军队中选出
最高贵和最守纪的兵卒，
将他们分散在四处
与平原接壤的山谷，
离开他们，爬上山顶，
心中充满崇高的抱负。

然后，双膝跪倒，
向他的圣师祷告[2]，
确信他的恳求被听到。
向山下投掷大堆的石头。
啊，全心信奉基督就什么都能做到！

---

① 阿特拉斯山的这边：阿里奥斯托时期的地理学家们几乎将它延伸到了北非昔勒尼的高度。

② 圣师：圣约翰。

石头违反自然规律[①]，
纷纷滚下山地，
变成肚子、大腿、脖子和口鼻。

它们尖叫嘶鸣着
跳跃在山谷之内，
而后到达平原，
像马儿那样摇臀摆尾。
有的栗色，有的灰色，有的栗白灰相间。
埋伏在山谷中的军人把缰绳放在手边，
用不了多久就全部上马，
它们天生就配着缰绳和马鞍。

阿斯图尔夫带回一大群马：八千一百零二位努比亚骑士上马攻打毕色塔。然而如果接下来没有船只带他们去法国营救查理曼，攻下毕色塔又有何用？努比亚只有陆军；这里甚至没有一根木头，一粒果壳……木头……果壳……阿斯图尔夫在海边闲逛，手里漫不经心地摆弄着什么，他把树皮、树枝、橡子抛入水中，看着它们像孩子一样飘起来……一个浪头涌起，将其吞没；再次出现时，它们已经变成一支由四桅帆船、单桅快艇和双桅帆船组成的舰队。

阿斯图尔夫的兵马一眼望不到头，
甚至可以将七支非洲军队阻挡。
记起老圣徒的训诫，

① 拉丁诗人奥维德讲过一个有关丢卡利翁和皮拉的神话，他们将石头变成男人和女人，让土地上重新住上居民。

是他把任务交到他手上[①]：
从撒拉逊人的手中夺回
普罗旺斯和艾格莫特边防。
在大队人马中再次遴选
那些相对熟悉海战的兵将。

两只手心尽量装满
各种各样的树枝，
月桂、杉木、橄榄和棕榈，
来到海边，将它们撒到海波里。
啊，幸福，受天主眷顾的灵魂！
啊，恩典，上帝罕有的赏赐！
啊，那些树枝生出惊人的奇迹，
奇迹浮现在波涛里！

它们的数量超过任何想像：
变弯、变沉、变宽、变长，
树叶先前隐约的纹理，
变成坚硬的木头和结实的横梁。
它在顶部变尖，
一时间变身为
不同种类的战船[②]，
数量超过先前。

---

① 阿里奥斯托第一次提到这个任务是圣约翰交给阿斯图尔夫的。

② 奇迹在于数量翻番，而且战船种类各异。

看着叶子长成的奇迹，
变成平底快艇、轮船和快速帆船，
奇妙的是船上还配有
桅牵索、船桨和风帆。
公爵不缺在狂风巨浪中掌舵的能人，
萨丁岛人或科西嘉人，
他们住得离非洲海岸不远，
可以做舵手、船长、大副或普通船员①。

运送罗多蒙特囚徒的撒拉逊船驶入毕色塔港，浑然不知已经落入基督徒手中。布兰迪玛特、奥利维罗和桑松耐特又回到朋友们中间。他们和阿斯图尔夫、杜多内一道庆祝自由，后者之前曾被囚禁在毕色塔，如今也获得了解放。正在这时，忽然一声巨响：一个赤裸、疯癫的男人，手持棍棒，正沿着海岸猛杀猛砍。

没人知道他是谁，没人敢上前阻拦。这时，一个年轻女子骑马飞驰而至。她就是为了找寻爱人布兰迪玛特，从法国一路风尘仆仆追到非洲的菲奥迪利吉。一路上走来，她曾多次遇到这个浑身赤裸的男人。菲奥迪利吉的长途跋涉终于到了尽头，终于可以再次拥抱她的爱人，也就是在这个时候，她认出了那个疯子是奥兰多，她指着他喊道：“伯爵在这里！”

现在要做的就是让奥兰多恢复失去的神智。只要把阿斯图尔夫从月亮上取回的圣瓶放在他鼻子下面，让他吸入瓶中之物就足够了。可是说起来容易做起来难，面对这个妖魔附体的人，在场的五位圣

① 舰队里的各级船员，担当不同的职责：管理仓库、保管食物或装卸货物等。

骑士需要齐心合力才能迫使他恢复理智。

阿斯图尔夫和他的同伴
聚集开会，商讨作战。
突然传来大声的呼喊，
他们立即穿戴盔甲，
飞身上马朝出事地进发，
四处寻找呼喊的缘由。
只见一个凶狠赤裸的男人
在一整片地上破坏不休。

疯子挥舞着手中的木棍，
如此沉重、坚决、粗硬，
每次木棍落下，
就有人倒地不醒。
一百多人被夺去了性命，
没人能阻止他的行径。
只能跑得远远的，
没人留在原地送命。

阿斯图尔夫、布兰迪玛特、
杜多内和奥利维罗一起，
疾驰到呼喊的地点，
不禁为蛮人的力气和勇猛赞叹。
这时，他们看到一位黑衣少女

骑马飞奔到眼前，
少女冲向布兰迪玛特，
双手搂住了他的脖子。

这个少女是菲奥迪利吉，
内心为布兰迪玛特燃着爱意。
自从他在窄桥上被捉去，
她痛苦得几乎变成疯子。
她从那里漂洋过海，
得知是异教徒所为，
他和很多骑士一同被囚禁
并运往阿尔及尔城。

她正要过海之时，
在马赛见到一条来自东方的船
护送莫诺丹特国王一家老小，
是一位年长的骑士①。
为了将布兰迪玛特寻觅，
他们渡过海洋，经过陆地，
在路上听人说起
他也许正在法兰西。

她知道他是巴蒂诺②，

① 布兰迪玛特的父亲。

② 《热恋的奥兰多》中，巴蒂诺因为仇恨布兰迪玛特的父亲把他劫走，随后把他卖到希尔瓦纳宫中。后来巴蒂诺和莫诺丹特和解，并想方设法打听布兰迪玛特的消息，因为自从他和奥兰多在一起后，就跟随后者去了法国。

就是他趁布兰迪玛特年幼，
将他从父亲身边劫走，
并在希尔瓦纳城堡收留。
听到骑士来此的缘由，
她和他离岸远航同游。
她向长者讲述布兰迪玛特
是如何从法国到了非洲。

他们刚一上岸
就听说阿斯图尔夫在毕色塔打仗，
还听说布兰迪玛特也在其中，
但不知消息是否走样。
现在菲奥迪利吉飞奔过去，
明显的是她快乐的模样。
先前的所有烦恼，
让她变得如此坚强。

温柔骑士见到心爱忠诚的妻子，
也同样欢天喜地。
他爱她胜过世间的一切，
搂住她，紧拥她，如此甜蜜。
一个，两个，三个亲吻
都无法满足他心中的焦急。
可是他抬眼看到了巴蒂诺，
他是和爱人一同来到这里。

他伸出胳膊想要拥抱骑士，
同时问他为何来此。
想做到但没来得及，
因为裸体的疯子手持棍子。
很多士兵混乱逃离，
他挥舞木棍逢人就杀。
菲奥迪利吉看到眼前裸体的男子，
向布兰迪玛特大声喊道："伯爵在此！"

同时阿斯图尔夫也明白
这人一定就是奥兰多。
年老的圣徒们在伊甸园[①]
曾告诉他奥兰多的现状。
除了阿斯图尔夫没有任何人
能在疯子身上看到他当年的模样。
长期的忽视，疯狂的奔跑，
已经让他的脸脱了相。

同情穿透阿斯图尔夫的胸膛和心脏，
他转身流着泪对身旁的杜多内，
而后对着奥利维罗说：
"奥兰多就在这个地方！"

① 年老的圣徒们：也就是伊甸园中的圣约翰、以利亚和伊诺克。事实上，只有圣约翰将奥兰多野蛮疯狂的现状告诉了他。

他们也定睛向他那边张望，
渐渐认出了他的模样。
见他沦落到如此可怜的境地，
心中不禁充满了惊讶和怅惘。

大多数人悲叹，眼中充满泪水，
阿斯图尔夫对他们说道：
“要找出办法帮他恢复神智，
而不是为他哭泣哀悼。”
于是布兰迪玛特、奥利维罗、
桑松耐特和善良的杜多内，
跳起身扑向查理曼的外甥，
想要一把将他抓牢。

奥兰多见许多人围拢，
拼命疯狂地挥舞木棒。
杜多内用盾牌挡住头部。
谁人能抵奥兰多的强壮，
若不是奥利维罗帮忙，
挥剑减缓了落下的力量，
盾牌、头盔、脑袋和上身，
都将毁于那根不义的木棒。

盾牌断裂，头盔击碎，
杜多内跌倒在地。

桑松耐特抓起宝剑，
力气之大，在离棍尖两码的距离
将其砍成两截。
布兰迪玛特跳到奥兰多身上，
双手抱住他的腰，
阿斯图尔夫抓住他的双腿。

奥兰多的身体左摇右摆，
英国骑士仰面摔到十步之外[①]。
布兰迪玛特就是不撒手，
而是更加用力地斜抱起来。
奥利维罗靠得太近，
奥兰多伸出坚硬邪恶的拳头，
将他一拳击倒，面色惨白，
鲜血从鼻孔和眼睛喷射出来。

幸亏奥利维罗的头盔质量好，
否则这一拳能叫他当场死掉。
尽管摔倒，却像是天堂的魂灵
赠送给他的礼物，
阿斯图尔夫和杜多内从地上爬起，
尽管杜多内鼻青脸肿。
连同剑法高超的桑松耐特，
大家一同向奥兰多身上猛扑。

① 英国骑士：阿斯图尔夫。

杜多内用力从身后将奥兰多抱住，
而且试图伸脚将他绊住；
阿斯图尔夫和其他人抓住他的胳膊，
即便一起用力也无法将他制服。
有谁见过一头被追捕的公牛，
耳朵淌血，充满愤怒，
边跑边咆哮，被猎狗追逐，
却怎么也无法用长牙闯出一条路。

想像奥兰多是那头公牛，
把身边的骑士搞得团团转。
奥利维罗从地上爬起，
跌倒是因为那记重拳。
阿斯图尔夫看到这不是办法，
只能让奥兰多杀害大家。
他沉思了一会儿，计从心生，
把奥兰多绊倒，大功告成。

他喊人拿几根粗绳，
迅速系上几个活扣。
捆住伯爵的胳膊和双腿，
再在他身上绕几匝。
大家各拿一个绳头，
采用同样的方法，

兽医可以放倒牛或马。
这样奥兰多才算作罢。

见他倒地，所有人扑过去
结结实实地捆住他的手脚。
奥兰多伸手伸脚用力挣扎，
想要挣脱的努力都是徒劳。
阿斯图尔夫下令把他抬走，
说是要让奥兰多恢复旧貌。
高大的杜多内把他扛在肩头，
一直把他带到沙滩的尽头。

英国骑士命人七次将他浸泡在水里[①]，
七次将他的全身清洗。
从脸到疯子的四肢，
除去丑陋的霉菌和皮脂。
而后用草叶闭起他的嘴巴，
他就无法吹气和喷气，
不留其他呼吸的管道，
除了用他的鼻子。

阿斯图尔夫准备好圣瓶，
瓶中装着奥兰多的理性。
随后将瓶子凑近鼻孔，

① 七次：洗七次不是偶然的，七这个数字具有神圣的象征意义。

神智顿时被他吸得一干二净。
啊，多么神奇！
奥兰多立刻恢复了从前的理性，
思想中找回了智慧，
甚至更加纯净清醒。

仿佛一个人在乏味的沉睡后，
见到丑陋的魔鬼的形状。
不是，也不可能，或者
看上去是个奇怪庞大的模样。
醒来后仍处于惊愕慌张，
尽管没有睡觉，找回了神智。
尽管已经从错误中走出，
奥兰多依旧神情异样。

布兰迪玛特，阿尔达贝拉的兄长[①]，
把神智重新装入他的脑袋。
他瞪视着，思索着，却说不出话来，
他是如何又是何时被带到这个所在。
他抬眼观察四周，
不明白身处何地。
他惊异自己怎么会赤身裸体，
多条绳索绑住他的肩膀直到脚底。

---

① 阿尔达贝拉的兄长：奥利维罗。

后来他就像昔雷诺那样，
对用绳子捆住他的人们说：“放开我！”①
眼神不似先前那般恣意，
他的面容如此祥和。
他们给他松开绑，
让人给他送来衣裳。
安抚他的伤痛，
关心他过去的疯狂。

当他恢复从前的模样，
他变得越发睿智阳刚。
他也从爱情的束缚中解放，
即使安杰莉卡出现身旁。
如果不是为了什么卑鄙的事，
他也不会再重视。
他在爱情里失去的东西，
统统通过学习和欲望在战功上重拾。

“放开我。”这是他刚刚能一个字一个字咬得清清楚楚后轻声说出的第一句话。

“他开始说拉丁文了？”圣骑士们说，“他还是个疯子。”

“不，这是在引用维吉尔的话。”奥利维罗说，他是这些人中唯一严肃求过学的人。他让他们放宽心。“他恢复了记忆。他是健康的。”

① 阿里奥斯托记起维吉尔在一首田园诗中写到，昔雷诺被两个牧羊人和林间仙女伊格尔捆绑嘲弄，于是对他们说：“放开我，小子们！”

兰佩杜萨三对三决斗

在烈焰冲天的毕色塔外海，被杜多内舰队打败的阿格拉曼特国王和忠心耿耿的索布里诺在一个小渔岛靠岸。

小岛上无人居住[①]，
长满低矮的桃金娘和刺柏。
僻静孤寂的欢愉，
唯有母鹿、野獐、狍子和肥兔。
看不到什么人，除了渔夫，
他们常把潮湿的渔网
挂在带刺的荆棘上风干，
这时鱼儿们在平静的海里安眠。

格拉达索也在那儿躲避暴风雨，他提出与奥兰多决斗，这是雪耻的最后机会。然而阿格拉曼特不愿放格拉达索独自出战；老当益

① 小岛：也许是利诺萨岛，因为它离兰佩杜萨不远。也有可能是想像中的海岛。

壮的索布里诺也跃跃欲试。他们将邀请奥兰多和他那一方的另两位勇士，三对三，参加一场在临近的兰佩杜萨岛举行的比武。奥兰多欣然接受了挑战，因为格拉达索将他的圣剑迪朗达尔据为己有，阿格拉曼特则霸占着他的坐骑布里亚多罗；他有些迫不及待：现在他恢复了神智，他要收回在疯狂的流浪中失去的曾属于他的东西。

英雄的脚步已然踏遍地球上的几大洲，现在正朝着事件的终点靠近。他们以地中海的大小岛屿为中心点，像罗盘针一样在航海图上旋转；此外，还没想好是否已经脱身，不必再为非洲军队履行职责的鲁杰罗在出海时船只失事，即将淹死的一刹那他说服自己皈依基督教的紧迫性。

年轻人伸开手脚，
划动着可怕的海浪。
暴雨狂风威胁着他，
越发折磨他的心肠。
害怕基督会在此刻复仇，
本可以在淡水中受洗。
有过的时机都已错过，
如今泡在苦涩的咸水里，

多次向恋人许下的誓言，
此刻全都浮现在眼前。
与里纳尔多交战时的承诺[①]

① 鲁杰罗在与里纳尔多交战前曾发誓，如果摩尔人搅乱战局，他将跟随查理曼，并放弃他的国王阿格拉曼特，后来事情真的发生了。

也根本没有实现。
他不愿上帝在此惩罚他，
他悔恨，他呼喊，
立誓一旦双脚踏上土地，
就要成为百分百的基督徒[①]。

不再拿起刀剑长矛
帮着摩尔人与基督徒为敌。
他要立刻返回法兰西，
为查理曼国王效力。
不再对布拉达曼特空许诺言，
而是将忠诚的爱进行到底。
奇迹出现了，他的誓言，
让他轻松游动，平添力气。

体力大增，意志坚决，
鲁杰罗划动手臂。
海浪一个跟着一个，
一团降落，一团涌起。
如此被海浪推着一起一落，
辛苦如此，终于到达海滩，
在礁石朝大海缓缓倾斜的地方，
他全身湿漉漉地上了岸。

---

① 百分百的基督徒：在情感和信仰上都要皈依基督。也就是说，不光信奉基督教，还要参与教会的日常活动。

在那里，也有一座小岛等着他，岛上有一位贤明的隐士已经准备好了为他施行拖延太久的洗礼。

世界是一片群岛：奥兰多、他忠诚的朋友布兰迪玛特以及他的小舅子奥利维罗为了对抗格拉达索、阿格拉曼特和索布里诺，在荒凉的兰佩杜萨岛登陆。这次决斗的极端复杂性在于作战勇士的头盔、宝剑和骏马还在另外某个人那里，首先他们的英勇就令人咋舌。这座兰佩杜萨小岛已然变成最神奇的武器和最著名的骑士的藏身之所，以至于为了找回他的巴亚尔多，里纳尔多后来也乘船来到此地。他来晚了：决斗已经结束，地上横着阿格拉曼特和格拉达索的尸体，然而圣骑士们也为胜利付出了残酷的代价：布兰迪玛特之死。

命运决定让奥兰多最亲密的朋友倒下，他的头部被奥兰多的宝剑一劈两半，直到那时，格拉达索手中的那把著名的迪朗达尔一直操纵着这场决斗，不顾它合理合法、坚不可摧的所有者昏厥过去。

布兰迪玛特找到阿格拉曼特，
并在他的四周开始打仗。
骑在弗伦蒂诺身上的他，
前后左右，旋转如车床。
莫诺丹特之子有一匹好马[①]，
非洲国王那匹也勇猛嚣张。
鲁杰罗从曼迪卡尔多手中抢来，
将布里亚多罗献给国王。

他的盔甲占了绝对上风，

① 莫诺丹特之子：布兰迪玛特。

历经考验完美精良。
布兰迪玛特的盔甲是偶然得到，
可以在匆忙中派上用场。
勇气让他无所畏惧，
很快就变成更好的武装。
只见他猛的一击，
刺破非洲国王右边的肩膀。

格拉达索刺中了他的腰窝，
看上去这下可伤得不浅。
勇敢的武士伺机待发，
挥剑向对方身上猛砍。
削断盾牌，刺伤左臂，
在右手上划出一道伤口。
但这与奥兰多和格拉达索的战斗相比，
只能说是玩笑或消遣。

格拉达索几乎夺去了奥兰多一半的装备，
头盔的顶端和两边都被削没，
盾牌脱手，掉落在地，
胸甲和背甲从下面裂开缝隙。
奥兰多毫发未伤，他有护身的神力，
可是对方却被搞得很惨。
除了我曾经说过的地方，
还有脸部、脖子和胸口上面。

格拉达索见自己的血污秽柔软，
奥兰多虽被刺中多次，
但从头到脚都很干。
格拉达索气急败坏，力贯双臂，高举宝剑，
相信一剑下去定能将他的
脑袋、胸膛、肚腹和整个身体砍断。
于是在离英勇的伯爵的额头半剑的距离，
举剑向奥兰多猛砍。

如果换做他人，
定能被从头砍到马鞍。
然而就像用刀面击中一般，
亮闪闪滴血未沾地反弹。
奥兰多遭受一击，头晕目眩，
不禁低下头去，眼冒金星，
缰绳滑落，丢了宝剑，
但宝剑用链子绑在手腕。

听到猛烈的击打声，
奥兰多身下的骏马惶恐不安。
显示自己了得的奔跑能力，
在尘土飞扬的海滩上乱窜。
伯爵也因此昏厥不醒，
无法再拉住马的缰绳。

马儿刚一蹿出，格拉达索便急忙追赶，
本可以立即赶到眼前；

然而他回头望去，
只见阿格拉曼特身处险境。
莫诺丹特之子伸出左手
一把抓住他的头顶。
已经解开了头盔前面的带子，
企图用匕首伤害他的性命。
国王没有招架之功，
因为宝剑已被他人夺走。

格拉达索不再追赶奥兰多，
而是调转马头奔去救主。
大意的布兰迪玛特没有想到，
奥兰多会让对手从身边逃出。
他既没看也没想，
一心要用刀子结果异教徒。
格拉达索赶到，使出全身力气，
双手举剑朝着他的头盔劈去。

天父！让你虔诚的殉道者
与那些选民的灵魂安息于一处。
他横渡波涛汹涌的大海，
已然在港口停驻。

啊，迪朗达尔！
你怎能对主人奥兰多如此残酷！
将最亲密真诚的伙伴，
在他的面前杀死。

头盔上两英寸厚的铁圈[①]
被格拉达索一剑砍断，
同样重重的一击
将下面钢制的兜帽分成两半。
布兰迪玛特面带惊愕，
突然从马上摔倒在地。
一股鲜血从头上涌出，
一条血河流淌在沙地。

伯爵清醒过来，转过头去，
看见布兰迪玛特躺在地上。
从站在身边的格拉达索的动作上判断，
显然是他导致圣骑士命丧。
不知是否能忍住愤怒和泪水，
只知道时间短暂不能悲伤。
他克制悲痛，愤怒奔涌而出，
时间到了，我们要结束这一章。

奥兰多的复仇如闪电般击中阿格拉曼特和格拉达索，如果索布

① 铁圈：铁圈的作用是为了加固头盔的底座。

里诺还没死，那是因为时候未到，如果皈依基督教，真是生不如死。然而救活布兰迪玛特为时已晚：他呼吸着，爱人菲奥迪利吉的名字仍在唇边。

胜利并未让他多么欢喜。
圣骑士很快下马落地，
带着一脸的不安和泪水，
朝布兰迪玛特急速跑去。
只见他躺在血泊之中，
头盔像是被斧头劈开。
如果它比皮肤还要脆弱，
用最小的力气也无法挡开。

奥兰多摘下他的头盔，
看到伤口从头顶到鼻子，
在两条眉毛间开裂。
然而骑士一息尚存，
祈求天主在他死前，
原谅他犯下的罪孽。
并安慰两颊沾泪的伯爵，
劝他一定要学会忍耐。

他说：“奥兰多，在你向上苍祷告时，
祈求他让你记住我的容颜，
也拜托你照顾我的菲奥迪……”

“利吉”二字尚未说出，
他就撒手人寰。
天使在空中奏出美妙的乐音，
布兰迪玛特的灵魂离开人世的躯壳，
在甜美的旋律中升天。

谁去给他的爱人报信？留守在毕色塔的菲奥迪利吉已经在梦中有了不祥的预感。不必多言。她知道基督徒获胜了。然而只需瞥一眼正在走近的阿斯图尔夫和桑松耐特的脸，那么的悲伤忧郁，又仿佛是战败了。她立刻明白了。

奥兰多取得的胜利
会令阿斯图尔夫和桑松耐特欣喜，
然而他们并没有如此，
因为布兰迪玛特的生命逝去。
知道此事，欢笑渐消，
脸上无法显露镇静。
他们之中到底该派谁
去给菲奥迪利吉送这个不幸的消息？

这天前的那个夜晚，
菲奥迪利吉做了一个噩梦：
梦到爱人的身上穿着
那件她亲手缝制的衣衫[①]。

① 衣衫：布兰迪玛特为了表达对去世不久的父亲的爱戴和悼念，许诺在决斗那天身穿黑衣。

衣衫的上面布满了
冰雹大小的红色水珠，
仿佛是她亲手绣上去的。
而后她心生痛楚。

好像在说：“是我的先生命我
将它做成全黑色的衣衫。
我为何让它看起来如此奇怪，
偏要违背他的意愿？”
这个梦让她有了不祥的预感。
消息传来，就在当晚。
阿斯图尔夫一直讳莫如深，
直到和桑松耐特一同来到她身边。

进门时，她在他们的脸上
没有看到任何凯旋的欢喜。
无需宣告，不必通知，
她明白她的先生已经不在人世。
她肝肠寸断，
她的眼睛憎恶光亮。
其他感觉都已丧失，
像死人般倒在地上。

醒来后用手撕扯头发，
抓挠自己美丽的脸庞。

徒劳地重复亲爱的名字，
尽全力将自己侮辱毁伤。
疯狂扯下一缕缕头发，
嘶喊着，像是恶魔附在身上；
或像狂欢宴上听到号角声响，
酒神的女祭司般兴奋地打转。

一会儿恳求这个，一会儿央求那个。
抓起一把刀子，向心头刺去。
一会儿想跑到小船那里，
船上装有阿格拉曼特和格拉达索的尸体，
他们早已经不在了，
她却不罢休地发泄心头的怒气；
一会儿又想漂洋过海，
千方百计也要死在爱人的怀里。

这首诗教会我们，在面对人生形形色色的突变时，如何思量哀痛与折磨，并让这段时间几乎轻盈地从身边流过。那么向痛苦屈服的时刻也来到此地了吗？当然，痛苦在群岛世界的演出中也有它的角色。布兰迪玛特的葬礼在船上举行，从毕色塔到阿格里琴托海湾，而后北上，去往被火把照亮的埃特纳山坡。

伯爵和骑士们轮流干活，
扛起布兰迪玛特的灵柩。
紫色的丝绸覆盖在上面，

华丽的黄金和珍珠装饰其间。
漂亮的枕头也毫不逊色，
镶嵌珠宝，做工考究大气。
躺在这里的骑士，
有着同色的衣服，同样的装饰。

走在队伍前列的三百人
是当地最穷苦人的代言者。
所有人都穿着黑色的丧服，
衣服很长，拖到地面。
一百个侍从跟在后边，
还有强壮优良的马匹。
马儿和侍从顺次走过，
他们长长的丧服扫地。

前前后后旗帜飘扬，
旗上绘有不同的族徽。
旌旗招展陪伴灵柩。
他们曾击败千百军队，
他们曾打败凯撒和彼得[①]，
前世的英勇已然化灰。
如林的盾牌属于可敬的勇士，
夺取后仍留他们的族徽。

① 凯撒和彼得：意指征服了帝国和教廷。

来了一百又一百人，
在葬礼上担当不同的任务。
手中擎着点燃的火把，
浑身被黑色的衣服裹住。
走在他们身后的是奥兰多，
泪水涟涟，双眼哀愁红肿。
里纳尔多也不比他好过，
脚伤未愈的奥利维罗留在家中。

如果用诗句描述葬礼，
时间也许要持续整夜。
黑色紫色的罩布分发，
燃烧的火把熄灭。
他们前往主教堂的方向，
谁人的眼中不含泪水。
如此英俊、年轻、美好，
所有人都为之动容，无论年龄、地位、性别。

他被安放在教堂里面，
哭丧妇唯利是图的泪水[1]
怎能将年轻的生命唤回？
神父咏唱了《慈悲经》[2]，
又将神圣祈祷文诵念，

① 哭丧妇：古罗马出殡时用钱雇来的哭丧妇。

② 《慈悲经》：为死者赦罪，请求天主垂怜的《慈悲经》。

将他安放在两根圆柱上的箱柜里面。
奥兰多要在上面覆盖奢华的金色绸缎，
直到它被埋入最昂贵的墓穴。

奥兰多没有离开西西里，
直到他去寻找雪花石膏和斑岩。
他令人设计坟墓，
花重金聘请最好的师傅。
菲奥迪利吉来到此处，
见到石板将大柱子直竖。
奥兰多之前已经离开，
正从非洲海岸返回此处。

见此情景，她的眼泪流个不停，
声声叹息，顽固得不知疲倦。
即便每日修行做弥撒，
也无法平息伤痛，满足心愿。
于是她在心中发誓不再离开，
直到她的肉体和灵魂消亡。
她在墓穴中建了一个房间，
就这样一辈子锁在里面。

罗多蒙特的结局

需要尽快解开所有的结：奥兰多恢复了神智，查理曼赢得了战争，剩下的就是庆祝布拉达曼特和鲁杰罗的婚事。他已经皈依了基督教：里纳尔多已经把妹妹托付给他，到了这时候，还会有什么麻烦事发生吗？相反，还是发生了，而且规模如此之大，几乎可以在行将结束的这首诗中开辟出另一首新诗的空间。阿莫内公爵在对鲁杰罗一无所知的前提下，居然把女儿许配给了希腊皇帝康斯坦丁的儿子利奥。阿莫内公爵能食言吗？鲁杰罗只能将每个决定的日期推迟一年，动身前往巴尔干，打定主意要把康斯坦丁和利奥从东方的宝座上拉下来。

那时希腊人正与保加利亚人交战。隐姓埋名的鲁杰罗替保加利亚人效力，打败了希腊人，英雄善战的他被授予保加利亚王位。利奥王子看到战争中的这个对手如此非凡超群，不禁对这个无名英雄心生敬佩，甚至狂热崇拜。

然而康斯坦丁皇帝狡诈地擒住了鲁杰罗，囚禁他，拷打他，就像对待一个危险的敌人那样。但是他那个依旧狂热崇拜这个无名英雄的儿子，偷偷把鲁杰罗放了，并赢得他终身的感激。

鲁杰罗的命运就是被敌人热爱，并置身于无所适从的境地。他再次陷入悲剧性的两难情境：亏欠敌手的恩情令他良心不安。

与此同时，布拉达曼特为了摆脱困境，说服查理曼大帝召集比武。只有那个能和她从黎明打到黄昏的骑士才能娶她为妻。她相信自己可以轻而易举地将利奥掀翻于马下，这样鲁杰罗获胜，就能娶她。然而这个可怜的女人不知道的是，鲁杰罗和利奥已经缔结了忠诚条约，而且利奥并没有亲自现身，而是让那个无名骑士伪装成他，披上他的盔甲，佩戴希腊王子的徽章，替他出战。因此，出于对利奥的忠诚，鲁杰罗必须对抗心爱的女人，违抗她的意愿，最后让她嫁给自己的情敌。

事情是这样的：利奥被认作获胜者。但玛菲萨不明白为什么哥哥不出现，于是她又加了一道考验：既然鲁杰罗求婚在先，要等鲁杰罗回来再决定，目的是让利奥和他比武。利奥接受了这个条件，并打算替那个无名骑士出战。鲁杰罗需要给自己的内心冲突找到一个解决方案：他当然不能自己打自己。

然而我们身边的人物如此慷慨，一旦隐藏的悲剧开始如火焰般显露，自然会见证一场集体仁慈的爆发：利奥放弃了布拉达曼特，鲁杰罗被推选为保加利亚国王，他将作为获胜者成为布拉达曼特的合法夫君。

我如此飞速地讲述，是因为这些过于严肃的事件不禁令我开始怀念一个人，他是比悲剧性高贵更强有力的喜剧性高贵的化身：这首诗已经接近尾声；阿里奥斯托把他忘了吗？不，在婚礼的尾声，历经九天的盛宴，在迂回曲折的诗歌的洞穴里跳出一名黑衣骑士，他出现在查理曼大帝面前：是他，罗多蒙特，所有英雄中最傲慢、最过分、最冲动、最不幸、最可悲的一个。为了补偿伤害他自尊的屈辱，罗多蒙特躲藏了一年一月零一天，现在他来挑战鲁杰罗，试图阻止诗歌的完结。

长矛再次飞舞空中，化作一长串碎片，英雄们对卓绝力量的证明再次与人类的日日辛劳形成对比：在波河筑堤的宏伟工程，匈牙利和西班牙金矿的坍塌。罗多蒙特的身上蕴涵了诗歌的多面精神，他的自负、他的忧伤、他不竭的能量储备，所有这些将在此刻辞行，如一根缓慢的游丝，盘旋着，朝着寂静冥河的黑暗处。

隆重的婚宴即将开始，
那是婚宴的最后一天[①]。
查理曼让鲁杰罗坐在他左边，
布拉达曼特坐在他右边。
田野上一个全副武装的骑士
朝着宴席的方向飞驰向前，
他一袭黑衣，骏马也是黑色，
伟岸的身躯，倨傲的容颜。

他是阿尔及尔国王，
由于在桥上被少女欺辱，
他发誓不携带武器，
不佩剑，不上马，
直到一年一月零一天后，
如隐士般藏身小屋。

① 婚宴：整个婚宴持续了九天。

那时的骑士常用此种方法，
惩罚自己犯下的此等错误。

纵令他不在，仍然知晓
查理曼和主公间发生的每件事。
为了不收回诺言，
如果与己无关，他都不再拿起武器。
然而看到一年一个月
第二天就全部过去，
他带着新的武器、战马、宝剑和长矛
出现在法国的宫廷里。

既没下马，也未弓身，
没有任何该有的礼仪，
只有对查理曼、圣骑士
以及许多在场贵族的鄙夷。
大家纷纷错愕讶异，
他怎会如此放肆无礼。
他们推开食物，停止交谈，
想听听这个骑士的话语。

站在查理曼和鲁杰罗面前，
对着他们傲慢地高声叫喊：
“我是萨西亚国王罗多蒙特。
你，鲁杰罗，我向你挑战，

就在这里，在日落之前，
我要证明你对国王的背叛。
你是个不忠的叛徒，
不配出现在在场的骑士间。

让你的罪行大白于天下吧，
因为你不能否认自己是基督徒[①]。
不过为了让事情看起来更清楚，
你就来战场上与我比武。
如果有人提出替你出战，
我也同样答应，绝不含糊。
一个不够，四个六个也行，
我说过的话对所有人算数。”

鲁杰罗听到此言，
霍地站起身反驳。
任何把鲁杰罗称作叛徒的人，
都是说谎者。
他为国王所做的一切[②]
没有人可以佯装正义地斥责，
他在战场上拼杀，
对国王总是尽职尽责。

他可以将自己保护，

① 今天宣布自己成为基督徒的事实正说明了他的背叛。

② 国王：阿格拉曼特。

无需向任何人求助。
一个人已经足够，或许太多，
他希望用事实将他说服。
里纳尔多、奥兰多、
侯爵和他一黑一白两个儿子[①]。
杜多内、玛菲萨迎上前去，
保护鲁杰罗对付傲慢的异教徒。

他们对鲁杰罗说，他是新郎，
不该搅了自己的婚礼。
鲁杰罗回答：“你们放心吧，
对我来说这些都是无谓的托辞。”
他拿起从著名的鞑靼人那里抢来的宝剑[②]，
一刀砍断所有的拖延。
奥兰多公爵握着鲁杰罗的马鞭，
查理曼国王把宝剑挂在他腰间。

布拉达曼特和玛菲萨为他穿戴盔甲
和所有其他的装备后出征。
阿斯图尔夫为他牵马，
丹麦人的儿子为他坠蹬[③]。
里纳尔多、纳莫和奥利维罗，

① 奥利维罗和身穿白衣黑衣的格里夫内和阿奎兰特。

② 著名的鞑靼人：曼迪卡尔多。

③ 丹麦人的儿子：杜多内，霍吉尔的儿子。

让周围人闪开一条道路:
快速驱赶圈内的每个人,
若要观战也要排列有序。

贵妇和少女面色苍白,
如同鸽子一般胆小。
被闪电雷鸣中狂风的呼啸
从谷物成熟的道场赶回窝巢。
浓黑的天空降下暴雨和冰雹,
田野被破坏得乱七八糟。
她们为鲁杰罗担心,
恐怕他无法将异教徒干掉。

所有的平民以及大部分贵族骑士
都有着类似的悲观。
这个异教徒在巴黎的所作所为,
还没在他们的记忆中消散。
刀光和火影毁坏的大部分城池,
异常醒目地留在那里。
他肆虐过的痕迹还将存留多日,
除了巴黎哪儿也没那儿凄惨。

没人像布拉达曼特的心
如此猛烈地战栗。
并不是她认为

萨西亚人更加勇猛有力；
也不是因为罗多蒙特
拥有取得胜利荣誉的正义。
尽管如此，她还是忍不住忧虑：
因为爱着，所以害怕，这也是正确的动机。

多想替鲁杰罗出战，
啊，多么为他担心！
即使战死沙场，
也好过悬着一颗心。
她宁可选择死上千遍。
如果她要为此死上千遍，
也要好过看着夫君迎战。
痛苦的是他要冒着死亡的危险。

祈祷也毫无益处：
鲁杰罗不会认输。
她忧伤焦虑地观战，
鲁杰罗在这边，异教徒在对面。
放低长枪，刺向对方，
刹那间长矛相交，
好似冰碴飞出。
飞向空中的小鸟。

异教徒的长矛刺中盾牌，

徒劳无功，白费力气。
铁甲由伏尔甘打造，
赫克托耳有最完美的武器。
鲁杰罗的长矛也刺向对方的盾牌，
尽管它约有一掌厚，
里外是铁，中间还有骨头，
却被利索地当即穿透。

但他的长矛禁不住震颤，
第一回合就折断，
碎成一截截、一片片，
羽毛般空中飘散。
若长矛是金刚石铸就，
他将一下刺穿异教徒的甲胄，
从此结束战斗，然而它断裂了，
二人双双跌靠马后。

骑士们抓牢缰绳，
骏马们旋即立起。
丢掉枪杆，拔出宝剑，
重又投入惨烈的搏击。
高明的骑手驾驭着敏捷的战马，
时而冲向左边，时而袭击右翼。
锐利的宝剑开始朝着
铠甲最薄弱的地方刺去。

罗多蒙特没穿龙鳞铠甲，
它曾经坚硬地护着他的心窝，
即使南布罗特的剑锋也无可奈何。
那天他也没戴往常的头盔，
因为他在窄桥上，
输给布拉达曼特时，
把装备留在了墓碑[1]。
以前我好像对你们讲过。

尽管不如第一件完美，
他还有一件上好的铠甲。
然而无论这件还是那件，
都没坚硬到承受“搏力煞”。
任何魔法、巫术、上等的精铁，
以及最优的刀刃都无法阻挡
鲁杰罗的上下劈砍，
异教徒的身上多处受伤。

怎奈鲁杰罗出手凶狠，
对方伤痕累累无可避免。
异教徒见盔甲上血迹斑斑，
于是狂暴异常，怒气冲天，
如同深冬暴风雨中的海洋。

① 泽比诺和伊莎贝拉的坟墓。

他扔掉盾牌，双手举剑，
使出浑身的气力，
朝着鲁杰罗的头盔上猛砍。

使出浑身的力气，
如同波河上两条驳船上的起重机[1]。
由人力和轮子抬起，
而后落在尖锐的木桩上。
异教徒举起世上最沉重的物体，
朝着鲁杰罗的头盔上劈去。
幸亏魔法头盔的帮忙，
否则连人带马一并命丧。

鲁杰罗两度低下头去，
险些坠马，张开大腿和双臂。
撒拉逊人再次挥剑砍下，
令对手没有时间恢复意识。
接下来是第三剑，
断成数截的细剑禁不住连续猛击。
残忍的异教徒只能赤手空拳，
如今已经没了武器。

尽管如此，罗多蒙特仍不停手，
扑向毫无知觉的圣骑士。

① 起重机：如今的打桩机。阿里奥斯托一定在波河上见过。

鲁杰罗的脑袋嗡嗡作响，
模糊不清的是他的神智。
撒拉逊人把他从沉睡中弄醒，
用强壮的手臂绕住他的脖子，
像打了一个结般紧紧箍住，
把他从马鞍上拉下，摔落在地。

这一落地他很快苏醒，
愤怒怎比那满心羞赧。
但当他将眼睛转向爱妻，
恬静美丽的脸上写着不安。
对他的落地充满疑问，
担心得快要昏死过去。
鲁杰罗为了报这奇耻大辱，
抓起宝剑，朝异教徒砍去。

罗多蒙特催马上前[①]，
但鲁杰罗警觉地闪开退后。
当马经过他身边时，
他左手抓住缰绳，调转马头，
用右手劈刺对手。
刺他的胯部、前胸和肚腹，
撒拉逊人感到两处疼痛，

① 阿里奥斯托第二次提到撒拉逊人的行为有悖骑士精神，因为骑马的不能与徒步的对手交战。

一处是大腿，另一处是腹部。

罗多蒙特的手中仍然握着
那把断剑的剑柄和圆头，
并往鲁杰罗的头盔上猛敲，
希望再敲一下就能将他击倒。
但胜利就该属于正义的鲁杰罗，
他抓住撒拉逊人的手臂用力摇，
腾出左手一齐用力，
直至将异教徒从马上拖下来。

是力量和技巧将摩尔人拖下马，
让他也和鲁杰罗处于同等的境地，
也就是下马步行，因为手上有剑。
观众都判定形势对鲁杰罗有利。
鲁杰罗离他有一定距离，
要时刻提防这个异教徒。
因为如果他跳到自己身上，
巨大沉重的身躯可不是儿戏。

鲁杰罗注意对方多处受伤，
腹部和大腿被鲜血染红，
希望他一点点体力不支，
最终赢得战斗的胜利。
异教徒仍然握着剑柄和圆头，

铆足力气把它们掷出去。
鲁杰罗就这样被击中，
只震得摇动天地。

剑柄正中护面甲和肩膀，
鲁杰罗只觉晕晕沉沉，脚步踉跄。
天旋地转，很难直立，
罗多蒙特打算冲向前方。
却不想双脚拌蒜，
大腿失血过多而乏力，
快步上前抓住鲁杰罗的他
却一只膝盖发软跪倒在地。

鲁杰罗趁势发起攻击，
朝他的胸部面颊砍去。
如此近距离地捶打，
强迫他用手扶着土地。
异教徒摇摇晃晃地站起，
紧紧抱住鲁杰罗的身体。
两人旋转、拳打、压挤，
直到耗尽残余的力气。

罗多蒙特的大部分力气
被受伤的大腿和腹部抵消，
鲁杰罗技术娴熟身手敏捷，

常常练习摔跤，
趁着优势乘胜追击。
朝着他流血最多、
伤势最重的地方攻击，
用手、用胸、还有双脚。

罗多蒙特充满怨恨和怒气，
抓住鲁杰罗的肩膀和脖子，
一会儿拉，一会儿推，
一会儿抓胸将他高高举起。
抓得牢牢的，四处旋转，
坚决要把他摔倒在地。
鲁杰罗重新振作精神，
动用理智和武艺，争取胜利。

多次交手后，勇士变换手法，
好人鲁杰罗抓住罗多蒙特。
在左侧压住他的胸部，
用全力将其锁住。
同时用右腿磕对手的左膝，
用左腿斜推对手的右膝，
把他从地面高高举起，
将他头朝下掼落在地。

这么狠狠地一摔，

罗多蒙特的头部和脊柱着地。
鲜血如泉水般喷涌，
顿时染红了大地。
鲁杰罗的前额有幸运女神[1]，
为了不让撒拉逊人站起。
一只手举着匕首在他眼前晃动，
一只手掐住喉咙，用膝盖压他的肚子。

就像有时在潘诺尼亚[2]
或伊比利亚的矿坑掘金[3]，
突然的塌方掩埋了人们，
连同他们的邪恶和贪心。
只有出口处的空气，
能让他们勉强呼吸。
撒拉逊人被胜利者压住，
很快被钉在大地。

鲁杰罗抽出匕首，
对准罗多蒙特的护面甲，
咆哮着威胁会杀死他，
除非他投降求饶。
然而那个人宁死不屈，

---

① 想像中的幸运女神前额上长一缕头发，后脑勺却是秃的。

② 潘诺尼亚：在匈牙利。

③ 伊比利亚：西班牙。

没有胆怯，绝不认输。
他尽全力挣扎着、扭动着，
想要从鲁杰罗的身下挣出。

猛犬被更凶猛的大丹压住，
喉咙已被大丹的牙齿插入。
仍徒劳地挣扎忙碌，
口喷白沫，怒火从眼中冒出。
却无法逃脱对手的魔爪，
击败对手靠的是力量，而不是愤怒。
异教徒想要脱身的企图，
都将变得徒劳无助。

罗多蒙特仍不放弃，
他终于抽出右臂，
用右手攥住武器。
此时他也拔出了匕首，
向鲁杰罗的后腰刺去①。
但年轻人意识到自己的错误：
再拖延下去，杀不死邪恶的撒拉逊人，
最后倒下的很可能是自己。

他的右臂将匕首高高举起，
朝着恐怖的额头刺去，再刺去。

① 后腰：那里没有铠甲保护。

匕首全部没入罗多蒙特的身体，
鲁杰罗终于脱离险地。
那个愤怒的、曾经在世间
如此骄傲不逊的灵魂，
从比冰还冷的尸体中脱离，
大声诅咒着朝冥河苍白的悬崖边飞去。